幻獸志異
2 虛擬實境
龍人 策劃 雨魔◎著

如同**魔獸世界**一般，馭獸齋擁有許多不同寵獸的角色，有的凶猛殘暴，有的純真可愛，有的忠心護主，有的見利忘友。擁有不同功能的寵獸，就像量身打造的個性裝備，寵獸們將與主人共同冒險犯難、打擊罪惡，探索未知的世界。

故事背景

三十世紀，地球上所有的國家和民族都統一在聯邦政府的大旗下，
幾個世紀後，人類成功在地球以外的方舟、夢幻、后羿三個星球定居下來。
由於地球經過三十個世紀的開採，資源遠遠少於其他三個星球，
聯邦政府也移居到后羿星。
人類對外界物質的研究彷彿到了盡頭，轉而致力於開發人類自身的潛能。
人類的身體非常脆弱，
雖然通過一些古老的功夫修煉，來達到強身的目的，但是並非每一個人都適合修煉，
要想達到一定的程度，動輒就是幾十年，實在是太久遠了。
於是，科學家們想利用一種簡單有效的方法，來取代按部就班的修煉，
幾十年過去了，終於讓他們研究出來利用其他生物來彌補自身缺陷的不足，
而且瞬間合體後ＤＮＡ的組合，可以讓人類擁有該生物所獨有的本領，強化肉體。
在以後的幾個世紀裏，培養寵獸蔚然成風，
不只是聯邦政府每年投資大量資金在該研究上，

四大星球的各大財團也每年投入大量的人力物力，
就連有興趣的個人也會在家弄個實驗室來研究。
身體素質的提高將能更好的和寵獸合體，發揮出更強的實力，
因此武術武道武館再一次的興起。
然而好景不常，自身本領的極大提高，使人類的好勝心再一次顯現，
聯邦政府在巨大的衝擊下宣佈垮台，四大星球各自獨立分為四個星球聯邦政府。
據傳說，聯邦政府在垮台前，把每年研究寵獸的失敗品封鎖到一個秘密的地方，
而更在垮台後，將尚未成功的高等獸的實驗品統統封鎖在那個秘密地方，
後世之人將這個秘密的地方稱為——力量之源。
據說，只要能夠達到那裏，你就掌握了全世界，
因為只要從這裏隨便得到一隻高等獸，你就可以縱橫四大星球，唯你獨尊了。
聯邦政府有鑒於高等獸和人類合體後所發揮出來的駭人力量，
在垮台前將所有關於寵獸的寶貴資料付之一炬，
從而直接導致人類在這方面的研究倒退到最原始的地步，研究也停滯不前。
在大戰中倖存下來為數不多的幾隻七級護體獸，也就成了現今人類所知的最高級寵獸。
而威力強大的神獸，只有在夢中尋找，主人公的傳奇也就在夢中開始了……

六大聖地

鷹子崖：這裏山清水秀，山林茂盛，一道數十丈高的瀑布滋養著方圓數十里的動植物。這裏充滿了飛翔系的寵獸，大至十數米，小至拳頭大小，種類不同，顏色各異，數量不可估算。

熊谷：這裏是熊的天堂，一條溪流橫穿熊谷，兩邊草皮似毯，大片樹林圍繞左右，一道大峽谷成為天然之險。這裏大多是熊系寵獸，其他類陸生寵獸依附於熊系寵獸生活在此，並得到庇護。

樹窩：在這個草原為主的星球，聚集了最多的樹木，彷彿全星球的植物都生長在此，茂密的森林靜謐無比，看似安全，卻是所有聖地中最危險的地方，各種樹木緊密地生長在一起，不論人還是獸都只能進入到這裏的邊緣地帶，想要深入是不可能的，這些樹木排列在一起，好像是在保護著什麼！

狼原：大草原向來是狼族天下，生活在這裏的是無數的狼系寵獸，牠們才是草原上真正的主宰，這裏的狼寵為一隻母狼統領，所有狼寵都匍匐在牠腳下。但當飛狗大黑來到此後，一切都改變了。

豹子林：這裏生長著一群豹系寵獸，牠們敏捷而兇狠，成為這裏所有寵獸的王。豹王高高在上，但卻要每年受到年輕豹子們的挑戰。

蛇溪：事實上傳說中的蛇溪與樹窩合二為一，這些冷血的寵獸依靠樹窩的樹寵們生存。蛇王是五花大蟒，天生一肉冠於頂，望之似乎王冠，龐大身軀，刀槍難破的鱗甲，統治著萬萬千千蛇類寵獸。

寵獸等級

寵獸分為一到九級，而每一級又分為上、中、下三品。

一到三級稱之為寵獸，較為常見，寵獸店能夠輕易地買到，但攻擊力不強，主要用來作一些輔助的用途，又被人稱之為奴隸獸。

四級到七級稱之為護體獸，四級和五級的護體獸較常見，寵獸店的搶手貨，不過越是高級的寵獸越脆弱，在未長大之前很容易死亡，四級以上的護體獸能夠大幅度增強主人的攻擊力，級別越高增強的幅度越大。

六級的護體獸就比較罕見了，千金難求，在寵獸店也很難見到，但仍可以在某些大型寵獸店買到，一般六級護體獸都會作為一個寵獸店的鎮店之寶。

七級的護體獸非常罕見，可以說是無價之寶，從百年前到現在四大星系數百億的人口中，據說能擁有七級護體獸的不超過十個，而在上個世紀大戰中倖存下來為數不多的七級護體獸，也不知散落在四大星球的哪個角落裏。

七級以上的稱之為神獸，力量之強大無與倫比，合體後力量更是非人力所能達，這種超強的力量一直為人所津津樂道，也因此有人把七級以上的神獸稱為高等獸，而七級以下的稱為低等獸。

七級獸處在中間，關係就比較曖昧，七級獸是最有可能升級躋身到神獸行列的寵獸。

但是由於到現在還沒有七級以上神獸出世的傳說，所以擁有一隻七級護體獸就成為了天下習武之人的夢想！

聯邦政府在毀滅前將所有資料付之一炬，仍有流落在民間的寶貴資料被保存下來，一些有心人在暗中默默地繼續研究。

那些在大戰中逃散的各級寵獸，有很多沒有被戰後的人類捕捉到，就和普通獸類在另一個世界中悄悄衍生自己的後代，也因此，人類世界不再寂寞，更有千奇百怪的獸類充斥在星球中人類痕跡不及的地方。

駁獸齋傳說

卷二　寵獸星球

目錄

第一章　哀傷之劍

不大會兒，我和清兒就來到李藍薇的住處，走入庭院才發現，此地竟是一處佈設精雅的石景小園，其間奇石嶙峋花草整葺，配上假山瓊池與亭台小榭，整園雖占地面積不大，卻格外顯得幽靜別致、相映成趣。

清兒見我感興趣的東看西看，撇嘴道：「這個『石園』是我們李家最別致的地方了，以前是爺爺的住處，後來把它當作禮物，送給藍姐了，哼，爺爺最偏心了，當年藍姐練成『清心訣』，就把『石園』送給她了，我也練成『清心訣』，也不見爺爺送我東西。」

我只顧看著奇石異草，倒也沒太留意她的抱怨。穿過庭院，我們在一間奇怪的圓頂房子前停下來，房子的樣式古怪，看起來質地非常不錯，我問道：「到了嗎？」

清兒哼了聲道：「就是這啦，你等著啊，我讓藍姐給我們開門。」

清兒上前一步，對著通話設施大聲喊道：「藍姐，快開門啦，清兒來看你了。」

話音剛落，一個冷冰冰的聲音傳出道：「小丫頭，是不是不服氣，又找來你的那些護花使者來爲你出氣啊，要是還是以前那些人，就不用進來了。」

我暗暗好笑，看來這種事已經發生了很多次了。小妮子見自己老底被揭破，倒也沒什麼不高興，笑嘻嘻的向我伸了伸舌頭，我笑罵道：「小妮子。」

清兒高聲道：「這次不一樣啦，是個非常厲害的喲，你要是害怕就不用開門了，呵呵，省得等會把你打得屁滾尿流哭鼻子。」

聽到清兒戲謔的調侃，裏面再次傳出聲音，仍是一樣冷冰冰，不過卻多了一些帶著怒氣的情緒在裏面，「死妮子，看你這次能請來什麼樣的高手，這次我不會再放水了，等會兒把你的那些護花使者們打敗，再打你的屁股，叫你下次再亂說話。」

輕輕的一道聲音過後，我驚奇的望著眼前密封的門突然變爲乳白色光暈，清兒見我呆頭鵝似的站著，拉著我就邁往裏面，嘴裏嘟囔道：「進來啦，等會兒，你要使出全力，千萬不要被藍姐的外表所迷惑，不要像以前那些笨蛋，還沒打就認輸了，此次清兒我的仇就看你的了，要是贏了，自然有你好處的。」

我故意站住問她道：「什麼好處？」

她本也只是隨口說說而已，哪有真的想過給我什麼好處，此時見我突然發問，支吾了一會兒道：「好處啊，那個，好處……」

我調侃地道：「原來是騙我的，根本沒有好處。」

她見我懷疑，忙道：「大不了，我把『小青子』給你好了。」

「小青子」就是那個可以用來追蹤的蟲蟲，我搖搖頭道：「我可不喜歡養小蟲子，不過，我聽說你有一個寶貝叫作什麼『冷凝漂浮帶』，如果能借我看看的話，我可以考慮同意幫你哦。」

清兒瞪大了眼睛怒望著我道：「你這人最懂得趁火打劫了，那可是我十六歲生日，得到的一件最好的禮物，平時都捨不得讓別人碰的，你竟然要借走。」

我裝作失望的樣子道：「這樣子啊，真是可惜，既然是你的心愛之物，那我也不便強求你，那自己留著吧，我回去了。」說完作勢要走。

清兒一把拉著我，她哪會捨得讓我走，眼看就可以報了多年的仇，此時只好咬牙答應我道：「還是人家哥哥哩，只會欺負清兒，你要是打贏藍姐，我就借給你看看，不過說好了，只借一天哦，多了可不行。」

我呵呵笑道：「一言爲定。」說完假裝沒有看見她氣鼓鼓地盯著我的目光，昂首走進室內。站在門邊，發現這裏竟是練功專用的地方，地方極爲空曠，盡頭有幾間小些的房間，應該是換衣服或者浴室之類的東西。

四周很單調，很少裝飾品，入目盡皆是乳白色，包括牆壁和地板，踩在地板上感受到質地非同一般，堅韌，有很強的抗擊打力。四周空氣清新，可見通風設施非常不錯。

一個美麗的女孩子站在場地中央，一身寬鬆的白色武士裝，飄逸的長髮束在頭後，這時正向我們看過來，露出少許驚訝道：「哦，原來是你，怪不得小丫頭這麼猖狂呢！」

那天，隨老爺子回到李家，曾和她見過一面，所以她也知道我是誰，那天不曾細看，此時再一看，覺得此女屬於那種冷豔型的女生，秋水爲神，芙蓉爲骨，有股發自骨子裏的冰寒。

清兒一邊往前走，一邊對她作了個鬼臉，笑嘻嘻地道：「怕了吧，怕了就認輸，我不會告訴別人的。」

李藍薇冷麗的俏臉顯出不屑的表情，輕描淡寫地道：「既然你還不死心，我就再證明一次給你看，不要認爲爺爺帶回來的人，就一定能打敗我，繡花枕頭我看得多了。」

說到後面兩句，竟然連我一塊罵進去了，沒想到這麼不給我面子，還說我是繡花枕頭。不錯，這兩天，在清兒強烈要求下，被她拖著買了幾件好看的衣服，穿在身上自己感覺是精神多了，到了李藍薇的嘴中，我倒成了繡花枕頭了。

瞪了一眼在前面轉頭來偷笑的清兒，輕聲問道：「我是不是穿得太花俏了？」

清兒道：「不會啊，這可是我幫你挑的耶，要相信我的品味，你要是穿了不好看，不也丟我的面子嗎，放心吧。」

我苦笑一聲就要向前走去，心中暗道：「李家的人果然都是不好惹的，下次要小心不要招惹到這樣的女孩。」

剛邁出一步，就感覺到和平常不大一樣，身體突然變得很重，沒想到走路也會出問題，一個不小心，向前跌倒，趴在地上。暗道，這次真是讓人說準了，繡花枕頭一個，連走路都會跌倒，還要跟人比武，真是丟臉丟到家了。

果然，就聽到一聲冷哼：「一倍的重力都受不了，清兒這次你輸定了。」

清兒氣急敗壞的向我奔過來，蹲在我身邊道：「你怎麼這麼不小心，還沒開始就跌倒，這下藍姐笑話死我了！」

我運動內息從地上趴起來，納悶地道：「什麼一倍重力？」

清兒埋怨道：「你怎麼這麼笨，這個練功房經過特殊改造，可以模擬戰鬥環境，創造出高於地球重力的重力，平常藍姐都是用一倍地球重力來練功的，這樣練起功來，就可以事半功倍，身輕如燕。」

我暗道：「原來如此，也不見你早說，誰知道還會有這麼奇怪的地方，我要是知道，這點重力還能難得倒我嗎？」

我站起身提氣輕身，卻納悶的看見清兒好像毫不費力的樣子，仔細一看，才發覺她身上纏著一條不一樣的絲帶，正是我欲借來一觀的「冷凝漂浮帶」。

我感嘆地道：「果然是好寶貝啊！」

這「冷凝漂浮帶」非絲非綢，但卻質地柔韌，不知爲何物打造，我要是能借來觀摩一下，一定會對我的「煉器術」有很大的幫助。

在「冷凝漂浮帶」的幫助下，自然克服重力，可任意馳騁，當然以她現下的修爲內息還不夠深厚，有些功能還無法輕鬆施展。

我嘿嘿一笑站起身來，心中暗道：「怎麼也不能讓她們兩個丫頭片子給看扁了。」內息在體內有條不紊的徐徐運轉著，我摸了摸自己的脖子，身上微一發力，骨骼有節奏的發出「爆豆聲」。

隨意的往四周瞟了一眼，道：「嗯，真是不錯的地方，用來練功確實很好。」說話期間，我施展出另一種輕功法門，是很久以前四叔傳給我的一門功法「縮地成寸」。

這種功法與「御風術」是截然不同的兩種功法，「縮地成寸」只能在陸地上施展，而「御風術」是在天空飛翔用的。

「縮地成寸」也不是四叔的獨門武學，而是在社會上流行的一門較爲高深的功法，但是等到人們有能力在天上飛行了，也就很少有人施展這種功法了，所以這種功法雖然不錯，但始終無法成爲主流。

我此時施展「縮地成寸」的功法，身形似緩實急的向前掠出，她們倆還以爲我沒能適應此地的重力環境，所以「舉步維艱」呢。

等到兩個人緩過神來，我已經出現在李藍薇的身前不到兩米處。如同冰山般的大眼睛，終也被我顯露出的「縮地成寸」的功法給鎮住，眼睛驚訝的望著我。但她很快便又恢復了本色，微微吐出幾個字：「哼，『縮地成寸』而已，有什麼好得意的，勝負不是看誰的輕功比較好，白癡。」

最後白癡那兩個字聲音壓得很低，但我仍聽得非常清楚，我心中一聲苦笑，暗道：「唉，這大家族的小姐就是難伺候。」

忽然清兒來到我身邊小聲道：「呵呵，看不出，你還蠻有一手的嘛，不過，你好像把藍姐給惹怒了，這下可有好瞧的了。」

看她事不關己一身輕的態度，頓時氣不打一處來，哎，你說這小妮子啊，是她把我拖來的，現在不但不爲我講話，還一副等著坐收漁翁之利的樣子。

清兒看我怒瞪著她，顯出一副無能爲力的樣子道：「誰叫你剛才那麼弱不禁風的樣子，現在又這麼強，我看，藍姐定是以爲你在戲弄她，呵呵，你要是打不過她，你就慘嘍！」

聽到她這番解釋，我算是明白過來了，這大小姐脾氣，不管怎麼優秀的人出生在這種環境，都是不可避免的，心中發誓，下次打死我也不摻和你們的事了。真是裏外不是人。

李藍薇冷冰冰的聲音又傳過來，道：「你有沒有兵器，如果沒有，你可以到那邊的小房間裏挑一把自己喜歡的。」

我正想說不用，清兒的驚嘆聲在旁邊響起：「大哥哥，藍姐真的很看重你呢，竟然把爺爺給她的神劍都拿出來了，你自求多福吧，我得離你們遠一點，神劍威力太大，會傷到我的。」

說完不顧我的死活，把我丟在一邊，自己卻利用「冷凝漂浮帶」的能力飛離到我們很遠的地方停了下來。

李藍薇淡淡地道：「不錯，小妹說得沒錯，這是爺爺送給我的神劍。李家有五大神劍，我用的這把叫作『霜之哀傷』，等會兒請小心了。」

我咽了口唾沫，望著被她掣在手中的那把神劍，隱約可看見散發出的森森寒意，窄長的劍身有一米，劍柄不知爲何物打造，成青白色，頂端扣著一粒青色寶石，想來不會是凡品。劍柄向下延伸出如同兩顆獠牙般的東西使劍更具美感，劍身沒有任何裝飾，只有正面刻著幾個字，我猜應該是劍的名字。

我二話不說，來到她指給我的那個藏兵器的房間，全部看了一遍，也發現幾把不錯的兵器，但是與她手中的神劍相比，就像豆腐與石塊，級別也相差太多了。

我只好又回來，她瞥了我一眼，見我手中沒任何兵器也不發問，我爲難地道：「大小姐，你不覺得，你手中拿著神兵利刃，而我卻拿些凡品和你比，是不是有點不公平啊！」

她淡淡地道：「我不覺得有什麼不公平，你要是怕我手中的神器，也不會跑到我這來爲我小妹出頭了，再說你剛才不是還很神氣的嗎，現在作縮頭烏龜不嫌遲了一點？」

我在心中暗罵：「瘋女人，這可是你們李家五大神劍啊，又是在你熟悉的重力屋中，你占盡了便宜還跟我說這種話！」

更氣人的是，清兒這丫頭完全沒有立場，站在場外歡聲叫道：「藍姐，使勁打，不要給我面子，嘻嘻。」

我沒好氣地道：「小丫頭，你給我記住，再也不會有下次了。」隨即轉過頭望著李藍薇道：「不就是一倍重力嗎？有神器就了不起了，勝負得看個人修爲，仗著外界因素不足成事。」

說完我展開「御風術」，身體彷彿沒有任何重量，一下子飄了起來，雙手微微抖動，護臂如同從巢穴中探出腦袋的凶獸，肆無忌憚的展露自己的力量。

兩人驚奇的看著我手中的護臂，大概她們不曾想過，世上還有這種精妙的武器，護臂把雙手完美的裹在裏面，卻絲毫不影響手的靈活度。

清兒那小丫頭嬌聲道：「大哥哥，你好狡猾啊，有了這麼好的東西，還覬覦清兒的『冷凝漂浮帶』，清兒就這一樣好東西，等會你也要把你手上的那個好玩東西借我玩玩。」

李藍薇冷冷的望著我，倏地也飛了上來，動作輕靈，姿態優美，讓人賞心悅目，只可惜是座冰山，不會笑。

冷麗的俏臉一整道：「既然你有兵器，藍薇就不客氣了。」

一緊手中的「霜之哀傷」，內息源源不斷的輸入，徹骨寒冷竟然向外溢散開，振腕一抖，劍光彷彿黑夜中盛開的萬點寒星，淡淡地道：「藍薇搶先一步了。」

剛才的萬點寒星竟擴散成羅網般將我罩在當中。

來勢之快，差點令我措手不及，還好我知道這丫頭很少是有正常舉動，所以她一開口說話，我已經戒備著了，此時見漫天遍野的寒星降臨在頭頂三寸，且不斷的收縮凝聚。

我瞬間迎上去，手腕甩動，同樣是無數的爪影遍佈半空，將所有的寒星都一一擊破。

我暗自得意，呵呵，小丫頭，想讓我出手，你的修爲還差了那麼一點點，先給你一個下馬威，是懲戒你目中無人。

還在我高興的當兒，被我擊破的寒星忽然發生了突變，所有的寒星迅速的向中間集中，瞬間化作一柄寬大的劍狀，閃爍著寒光氣勢如虹的向我電射而來。

我差點驚叫出來，這是什麼招式，竟然出現這種古怪的變化，我慌忙不迭的刹那向後退出了幾米遠，寒劍的速度也是極快，如附骨之蛆緊隨我而來，我只好雙手射出十根鱗刺。

這是我第一次一下就射出這麼多根鱗刺，沒想到鱗刺竟然不奏效，鱗刺碰撞在寒氣所化的劍氣上，發出「叮噹」的聲音，被劍給反彈開，落到地面上。

我情況緊急，沒有注意到李藍薇的表情，她也十分不好受，這是這柄「霜之哀傷」的三大殺招之一，第一招是剛才的那萬點寒星，第二招就是這寒星化作的寒劍，這三大殺招她也只是剛練成不久，還不是十分熟練，而且極耗內息，一般用這種精妙的招數再加上神劍之威，克敵只在瞬間，哪有像我這般撐了半天還沒敗。

清兒也眨巴著眼睛，檀口微張，這麼奇妙又美豔異常的大威力招式，她還是第一次看到。

我見擺不脫寒劍，一聲大喝：「哈！」雙手交叉在胸前，鎖定疾速飛來的寒劍，運足了八成內息，向外揮出，兩手正好架在寒劍上，僵持中，刺骨的寒氣向我侵透而來，身體中的內息應念而起，在我的手部展開了一場陣地爭奪戰。

還好我的內息比較雄渾，在我全力施爲下，迅速將侵入體內的寒氣給擊散，同時向外擴展，順著護臂向寒劍展開一撥又一撥的攻擊。

我的內息屬純陽，熱勁極猛，很快，寒劍不支越來越小，終於化作一灘水漬。

李藍薇嬌喘著望著我，我見她一時沒有動作，伸手擦了擦額頭冒出的汗，心裏暗地驚嘆剛才的驚險，這是什麼功法竟然這麼厲害，好不容易才瓦解了她的攻勢，不知道她還有什麼厲害的招數，只是兩招而已，就已經耗了我這麼多體力和內息。李家的武道確實不可小覷。

清兒如同穿花蝴蝶在我們眼前飛來飛去，還給我加油道：「大哥哥，我果然沒有看錯你，你真是太厲害了，再加一把勁，藍姐就輸了，剛才那是藍姐最厲害的功夫了，連她的看家本領都不能打過你，我這次大仇得報嘍，加油，加油。」

我苦嘆道：「我的小姑奶奶，你就別在這給我添亂了，你沒看我也累得不行嗎，哪還有餘力幫你報仇！」

李藍薇忽然道：「再接我一招，你要是接得住，我就認輸。」

我本不想再繼續下去，畢竟招式威力太大，到時候無法及時停手，不過聽她的語氣，好像最後一招才是最厲害的。我突然改變了主意，深吸了一口氣，道：「好！」

李藍薇在我說完之後，冰冷的俏臉突然泛出神聖的光芒，神色凝重，手中的「霜之哀傷」自動停在離面前半米遠的空中，劍芒跳動，光暈向外擴散，彷彿是劍本身漲大了好幾倍。

李藍薇因是太用力的結果，本來白嫩如玉的臉頰透出點點紅暈，煞是令人心動。

束在背後的烏黑秀髮，也無風自動的漂浮起來，好像要脫離束縛。忽然李藍薇眼中射出不一樣的神光。我暗道「來了！」果然她銀牙緊咬下唇，一聲嬌斥：「破！」嬌斥如晴天霹靂，而巨大的神劍就如同是從天而降的閃電向我激射而來，聲勢之大、速度之快都不是先前兩招可以媲美的，我也隨之暴出一聲大喝，雙手運足十成內息，在身前布下層層氣牆。

護臂在雄渾的內息催動下，足足長出有半米，散發著亮眼的金光。巨劍如春水破冰，不費吹灰之力的就破了我精心布下的一道道氣幕。我厲喝著左手向巨劍抓去。

抓到巨劍的同時，我本是側往一邊的身體，硬是被巨劍蘊藏的強大力量給帶著向身後退去，我怪叫一聲，想要縮回左手，卻吃驚的發現，巨劍蘊藏的極冷的氣息，瞬間把我的左手護臂給黏在上面，讓我動彈不得。

我哪還遲疑，內息如長江大河源源向左手的護臂輸送去，還好我是純陽的內息，眨眼間就已經解凍，擰腰一旋，身體旋轉著向另一邊迅速躲避。

李藍薇此時雙眸緊閉，髮絲飛揚，雙手抱在胸前，右手成劍指，朝天而立，白皙的臉龐此刻已經佈滿了細細的汗水。

李藍薇現在僅憑一絲精神與神劍相連，遙控神劍作出各種匪夷所思的攻擊，攻擊比起前兩招當然不啻是倍增，但是這種程度的攻擊比先前那兩招更耗心神，所以她現在也異常吃力。

在我躲開巨劍的攻擊時候，不斷利用餘光觀察巨劍的飛行軌跡，看它是否只能進行直線攻擊。

不看不要緊，一看嚇了我一跳，頓時將「御風術」施展到極限，試圖通過各種高難度的動作撇開它的襲擊，只是結果卻十分不如意，巨劍彷彿有靈性，緊跟在身後竟是一步不差。

這令我十分惱怒，從村中出來到現在，還沒有遇到過這麼窘迫的情況，遂把心一橫，翻身揮出漫天抓影，同時不斷催動全身內息，轟出我至今最強的一擊，「霜之哀傷」與我的護臂大力的撞在一起。

「轟」的一聲，我左手的護臂竟被它擊碎化爲無數碎片，一片片的從空中散落，「霜之哀傷」毫髮無傷，只是彷彿受了傷的小動物，發出陣陣「哀鳴」，被我磕飛出去，劍尖雖然仍指著我，卻已經沒有了剛才的威勢，劍身的光芒也縮回不到原來的三分之一。

清兒從震撼中醒了過來，歡呼道：「呵呵，勝了，大哥哥你破了藍姐最強的攻擊了，我果然沒有看錯，大哥哥就是厲害，這招可是神劍的三大殺招中最厲害的一招。」

我望著左手附著的護臂，已經支離破碎，整個手面暴露在空氣中，感受到空氣中寒徹骨髓的冰冷氣息，暗嘆這把「霜之哀傷」果然不愧李家五大神劍之名，不知道我那把「魚皮蛇紋刀」能否敵得過它。

我苦笑一聲，心疼自己的護臂可惜化作了塵煙，雖然勝了，卻也付出了很大代價啊，不知還能不能把它給還原了，估計就算能還原，也會威力遽減，「唉，可惜了。」

李藍薇彷彿也在剛才的撞擊中受創，身體搖晃不定，露出心力交瘁的表情，顫抖的嬌軀過了一會兒才慢慢恢復平靜，睜開秀氣的雙眸，望著我的目光透出複雜的神色。

我剛想說什麼，她嘴角忽然溢出鮮血，把握不住身軀，雙眼一閉，竟然一頭栽了下去，她暈過去不要緊，卻把我嚇得連三魂六魄都出來了，這種高度，加上一倍的超重力，她這麼毫無保護的摔下去，如果真要摔實了，不死也得半身不遂。

我從來沒這麼緊張過，速度瞬間推至平時的極限，仍不斷的催動「御風術」，空氣中傳出刺耳的尖銳聲，在緊張的壓力下，我再一次的突破速度極限，刺破空氣破空直掠過去。

數十米的距離，我彷彿一步就跨到了，剛好趕在她摔下去之前把她接住，沉甸甸的身軀抱在懷中，我才吐出一口氣，放下心來。

這要是把她給摔成重傷，李家的那位老爺爺非得找我拚命不可，徐徐的降落到地面，這時候清兒也飛到我身邊，睜大眼睛望著我道：「好險，好險，剛才把我嚇死了，大哥哥，藍姐怎麼會突然暈倒的？」

我白了她一眼，沒好氣地道：「我怎麼知道，你們李家的功夫這麼奇怪，我又沒見過，差點被你這個害人精給害死。」

一直拍著胸脯吁吁的道好險的清兒，見我怪她惹的禍，聳聳鼻子，無辜的道：「怎麼能怪我呢，誰知道藍姐會這麼拚命，連這種不要命的招數都使出來了，可能和你八字相沖吧。」

我沒好氣的把李藍薇往她懷中一放，邊向出口走去，邊道：「你看著辦吧，把你藍姐送回去養著，還有你答應的那條『冷凝漂浮帶』要記得給我送過去。」

事情過了有幾天，清兒這小妮子出奇的沒有來纏我，倒讓我空出許多時間來考慮煉器的問題，究竟能用什麼法子可以把左手那隻破碎不堪的護臂給重新修煉呢！

可惜三叔給我的煉器晶片中的內容浩瀚如海，一時半會兒無從下手，漫無目的的瞎碰了好幾天，也沒有找到。最後只好感嘆天意如此，只把那些碎片一片不落的給收好，也許有一天好有機會使其恢復如初。

「似鳳」這幾天把整個飛馬城逛了個遍，可能是發現無利可圖，所以這兩天竟然也不再外出，整天跟著我，想從我處多討幾粒靈藥。對付這個貪吃的傢伙當然是決不心軟，靈藥牠吃的不知凡幾，卻除了滿足牠的口舌之欲，其他一點用處也沒有，我也就儘量能不給就不給。

小龜和綠蛇都是早已晉級到五級的水準，只要有能量維持，不需要飲食也可以存活，所以我也就沒把牠們給放出來透氣。

大黑也封印在「魚皮蛇紋刀」中，雖然我想儘量早一些用得來的神鐵木煉出一個神器用來作爲大黑的居所，奈何能力不夠，這種事又不能假借他人之手，倒是我現下最苦惱的事。

不過三叔要是在的話，當然可以製作出一個神器供大黑居住，也好儘快壓制住大黑體內龍丹的力量，三叔在離開之前曾叫我到四叔那兒後去他那一趟，我正好可以趁這個機會讓三叔幫我煉製一個神器。

當時三叔用神鐵木幫我煉製了一個劍胚，我還滿口答應三叔，後面進一步煉製的事宜由自己來完成，直到現在才發現，煉器並非我想像中的那麼容易。

義父和三叔都要退隱了，不知道還能不能趕上，要是在我趕到三叔那兒，他和幾位叔叔一起歸隱了，我可就麻煩了。

想到這，頓時著急起來，我在李家待的時間實在是太長了，是時候動身了。

沒想到，下午李家的老爺爺竟然不請自來，李霸天臉上表情嚴肅，步入屋內一語不發，坐下來一直盯著我看，直到我頭皮發麻才道：「這兩天在李家住得還習慣嗎？」

我收回快要跳出嗓子眼的心臟，呼出一口氣，差點被他嚇死，還以爲他知道了我和李藍薇之間比武的事，雖然最後都沒有受什麼傷，可是畢竟在人家的地頭上，心裏怎麼都是有些發虛的。

他不待回答，又道：「清兒這小妮子，這幾天沒來找你吧？」

我搖搖頭道：「沒有。」

他又道：「前天李雄回來了，所以清兒就纏他去了。」

我「哦」了一聲，心道：「原來是李雄回來了，怪不得呢，這小妮子見到李雄還不把我拋在腦後。」腦中幻想著她「嘰嘰喳喳」圍繞在李雄身邊的情形，嘴角不禁露出一抹笑意，纏人的小丫頭。

李霸天出其不意地道：「我聽清兒丫頭跟我說了那天你和藍薇比武的事情了，聽她說藍薇把你的護身武器給永久破壞了，真是對不起，小丫頭下手不知輕重，李家雖然不是什麼大家族，但是好的兵器還是有一些的，你可以任意從我李家的兵器庫中任意挑選一件。」

見他突然提到此事，我嚇得汗都滲了出來，等到他說到後面，才知道他是代李藍薇向我道歉的，並要賠償我一把好兵器。我把人差點打成重傷，怎麼還好意思問人索要賠償，我推辭道：「不用了，不用了。」

他見我拒絕，眼中閃過一絲喜色，道：「小傢伙你可夠狠心的，我的藍丫頭，怎麼說嘛也是個美人，你竟然把她打到吐血，在床上躺了好幾天，才勉強可以下床，你也知道小三脾氣可是很暴的，聽到這個消息，」說到這頓了頓，偷瞥了一眼我發白的臉，心中暗暗偷笑，接著道：「要不是我老人家全力阻攔，恐怕你也不會這麼悠閒的在這睡大覺了，所以呢……」

他口中的小三是李藍薇的父親，因爲兄弟中排行第三，所以老爺子稱他小三，我看著老爺子的笑臉，卻突然有種受騙上當的感覺，我皺了皺眉頭，道：「那個，我不是聽說，李三爺去夢幻星了嗎，怎麼回來了嗎？」

老爺子愕然道：「這個，呃，我剛才說錯了，小二子聽說這件事要來找你討回公道的。」

我盯著他，問道：「真的嗎？」

老爺子迴避著我的視線道：「那是當然的，我有什麼理由要騙你的，對不對，對我也沒有什麼好處，再說，你那麼慷慨的送一葫蘆的『猴兒酒』，那種味道我現在還惦記著呢，」說著閒旁若無人的閉上眼睛舔了舔嘴唇，忽然又睜開眼道：「我幫你的這點小忙無足掛齒，你不用放在心上。」

我「哦」了一聲道：「那謝謝老爺子了。」接著便想著該怎麼跟他說告辭的話。

他見我說了一聲謝謝便沒了下文，忍不住的道：「小傢伙，我幫了你，你就只說一聲謝謝？」

我愣了一愣，忽然醒悟過來，什麼傷重到幾天下不了床，什麼小三子小二子要來找我麻煩，恐怕都是假，實際上，老爺子是看上了我的『猴兒酒』才是真。我暗暗好笑，此老真是小孩子脾氣，想要就直接跟我說好了，非要轉這麼大一個彎來向我討。

我瞅著他，面帶笑意的道：「老爺子，你要是需要就直接跟小子我說好了，是不是惦記著我剩下的那些『猴兒酒』，我記得上次給你可是滿滿一葫的酒啊，清兒恐怕需要不了那麼多吧！」

他見我直接說出他的心思，立即一改剛才嚴肅的面孔，陪笑道：「呵呵，清兒是用不了那麼多，只是我一不小心忍不住給喝完了，你也知道，那個酒蟲一引出來，就實在忍不住啊！」

我搖搖頭，心忖此老確實心似孩童，從戒指中又拿出半葫遞給他，道：「『猴兒酒』可不是您這般喝法，您要是再這麼喝，小子可真的沒有了，您可要珍惜嘍。」

老爺子沒想到我這麼好說話，趕緊伸手接過來揣在懷中，生怕我改變主意又要回去，嘿嘿乾笑道：「記得，記得，其實，我厚著臉皮來向一個晚輩要東西，實在情非得已，只是過兩天梅老頭那傢伙要從后羿星來看我，你也知道，那傢伙以煉製各種寶貴的丹藥出名，屢次譏笑我沒有好東西，這次我就要給他個驚喜，哈哈，有了這『猴兒酒』，我保證他無話可說。」

他說的意思我倒是明白，只是不清楚那個后羿星的梅老頭是誰，聽他的口氣，好像也非是凡人，我順著他的口氣問道：「那梅老頭是誰？」

老爺子吃驚的望著我，道：「你連他都不知道，那你之前也不知道我是什麼人了？」我點了點頭。得到肯定的答覆，老爺子搖搖頭道：「真不知道你的義父是誰，教你這麼高的功夫，爲什麼沒教你一點江湖經驗，就放心讓你出來闖蕩。」

順了口氣，老爺子續道：「這天下除了四大聖者這種神龍見首不見尾的仙人似的人物外，仍有很多厲害的高手，最爲有名有四個人，其中就有我和那個梅老頭，當然這是好事之人排的，做不得準，天下修爲如老夫般的人如天上繁星，不勝枚數，只是不好名利隱居世外，不與世人好勇鬥狠，所以世人多有不知。」

看他剛才的自豪語氣，想來其中說像他這般修爲的人多如繁星，恐怕是謙虛居多，我頓時來了興趣，也想知道除了義父他們四大聖者外，還有什麼厲害的人物，忙催促他繼續說下去。

老爺子捋了捋鬍子，微微一笑道：「要說這四人就是：霸天三日——李霸天，千里獨行——郝獨行，弱水三千——白弱水，欺天無影——梅無影，這四人，梅老頭以破蘗丸聞名於世，功夫在我們四人中是最弱的，老夫是其中最高的。」

我撓撓頭，道：「你們四人的名號倒是都很響亮，不知道有什麼來歷沒有？」

老爺子咳了一下清清喉嚨道：「老夫叫霸天三日，是因爲在老夫剛出道不久的時候，剛好趕上四大星球動亂，地球的一股起義力量被當時的聯邦政府困住，正巧老夫也在城中，於是在救兵來之前，憑藉無上的神功硬是擋住了聯邦政府的猛烈攻擊，連續三天，聯邦政府均是無功而返，三天後救兵趕到，聯邦政府最終被擊退。所以老夫就得了霸天三日的名號。」

我想像著當時慘烈的情形，老爺子能憑自己的力量擋得了三日的攻擊，確實神功無敵，不虛此名啊！

老爺子接著道：「至於其他三個傢伙也沒什麼好說的，一個輕身功夫比較好點，一個擅長至陰的功夫，剩下最沒出息的梅老頭只會些騙人的幻術，都不足掛齒。」

我心中驚嘆沒想到除了義父他們，世上竟還有如此厲害非凡的人物，我當真是眼界太狹窄了。

我嘆了嘆，向老爺子提出來要離開，老爺子自然不肯，再三挽留，終於勸得我再住幾天，等梅老頭來了以後再走，那梅家乃是后羿星的一大勢力，老爺子勸我到時候和他們一塊兒去后羿星，應該會省很多事。

我想想也對，反正都待了這麼多天，也不在乎這幾天了，留在這兒正好可以看到梅家的獨門功法，而且我也不知道該怎麼去后羿星，有人帶路，也方便很多。

老爺子見我答應，歡天喜地的帶著半葫「猴兒酒」走出去，我暗暗猜測，他現在恐怕正在想著怎麼給那個梅老頭一個驚喜呢！

我既然答應了他，也就安心的待下來，靜心的等著梅家的人快些到來，此後的幾天，清兒仍是沒有來找我，我暗暗爲那個未曾蒙面的李雄祈禱，希望他能夠脫身。

清兒的纏功我可是親身體會到的，堪稱李家的又一大驚天地泣鬼神的絕技。

奇怪的是，李藍薇這個冰山大美人出乎意料的來看了我一次，回想那天我呆頭鵝似的望著她走進屋內，一時間只是想著她會不會是來找我麻煩的，竟忘了招呼她。

就那麼呆了般盯著她看，沒有說一句話，李大小姐令我意外的竟然紅了臉，只輕輕的發出如同蚊蚋般的聲音：「謝謝你那天救我，藍薇是來向你道歉的，不小心毀了你的護身兵器，我會想辦法賠償給你的。」

我怔了怔，暗暗鬆了一口氣，原來是向我道歉的，卻突發奇想，這李大小姐不會是像她爺爺那樣趁機來要脅我什麼吧！

當然這個不良念頭只是一閃而過，因爲李大小姐沒說完，就急急的轉身跑出屋外。

瞧著她的倩影逐漸遠去，我暗道：「真是奇怪，李家的人難道就沒有一個正常點的嗎？還沒說完就跑得那麼快，還說是來向我道歉的，沒有誠意。」

逍遙自在的日子過得真是很快，說是一個星期後到的梅家人，竟提前兩天到了。看來這后羿星的梅家和地球的李家交情非同一般，梅家由李老爺子口中的梅老頭帶陣，二代子弟和三代子弟竟然來數十人之多，浩浩蕩蕩來到了李家。

這梅家在后羿星的地位勢力也是非等閒之輩，剛到不久，等到消息的飛馬城的城主立即趕來李家拜訪。

等到送走城主，已經銀月高掛，李家上上下下也立即忙活起來，來來往往準備給梅家的人準備吃住，我倒好像被人給忘了，這樣也好，我本來就不大喜歡太嘈雜，沒人記得我，倒令我鬆了口氣。

自答應李老爺子在這裏再住幾天等梅家人的到來，倒也安下心來好好研究三叔留給我的煉器之法，自從得到「煉器術」，我就不曾好好的看過，現在正好趁這個機會從「煉器術」最基本篇看起，這幾天也獲益匪淺，令我對「煉器術」有了新的認識。

華燈初上，我步出屋外，前院熱鬧的聲音不斷地傳過來，我搖搖頭，想像著李老爺子和梅家的那個梅老頭開玩笑的場景，不禁露出一絲笑意，順著小徑向偏院走去，那裏面有一片很大的竹林，是個靜謐的所在，我很喜歡，熱風徐徐的吹著，我也悠閒的向竹林走去。

今晚的月亮很明亮，月華如水銀瀉地，遍佈在空氣中，來到竹林前，忽然心中一動，「魚皮蛇紋刀」騰的出現在半空中，筆直的浮在眼前，感受到空氣中充足的月華，突的綻放出強烈的白光，我大吃一驚，立即伸手握住刀柄，壓住沖天而起的光柱。

光柱消失，刀光放出柔和的光暈包裹著刀身，我感應得到周圍的月華若有若無的向我這兒聚集過來，準確的說是向「魚皮蛇紋刀」聚過去，受到氣機的牽引，附近的竹群微微的向我這邊傾斜。

綠油油的光芒一閃，綠蛇被召喚出來，很久不見，綠蛇已由以前的尺長身體長爲現在三米多長的龐大身軀，綠蛇一出來，即「滋滋」的吐著蛇信向我遊過來。

順著我的身體，橢圓的腦袋爬了上來，我拍拍牠的腦袋道：「還是小孩子嗎？不要撒嬌，我受不了你這麼沉重的身軀。」幽綠的眼珠望著我，衝我吐了吐蛇信，又遊下我的身子。

落在地面，綠蛇將身體盤起來像一個小山丘，小腦袋對著高掛的月亮，突然身體出現了閃出陣陣的青光，漸漸的身體有些透明的感覺。我感到能量產生微小的波動，饒有興趣的盯著牠。

忽然，一個豔豆大小的如實質般的圓形青芒，出現在離綠蛇嘴邊半尺之遙，圓芒帶有陰冷的氣息，周圍的溫度迅速降低，連我也跟著受益，如果我猜得不錯的話，這應是原本在煉製這把刀的時候封在其中的一條等級不低的綠蛇凝聚的精魄，經過這麼長的時間，更吸收了千年冰魄的不少能量，又經過四叔這位絕頂高手的煉化，這個精魄已經是非比尋常的好東西了。

看小綠蛇的動作，應該是在試圖煉化它吧，圓芒出來不大會兒，已經吸收了很多月華，外表蒙上一層朦朧的白色的光暈。

月華不斷的聚攏過來，原來豔豆大小的精魄現在已是如拳頭般大，突然綠蛇發出「咻咻」的聲音，精魄一下子被牠吞到嘴中。

吞下精魄後，綠蛇慢慢的蠕動自己圓滾滾的身軀，長長的尾巴在身後不斷的甩動著，我仔細觀察才發現，牠的身軀就這一會兒就又漲大了一分。

吸收完能量，牠不再將精魄吐出來，想來應該是牠一次只能吸收那麼多能量，多了便承受不起。

看牠繞著我遊來遊去的，我驀地萌生鎧化的念頭，我已經和大龜和體過，不知道和綠蛇合體是個什麼樣子，心中默默的召喚綠蛇，突然綠蛇身上的毫光倏地完全滅去，再升出，來回兩次，我感到陰冷的氣息撲面而來。

睜開雙眼，低頭看去，一身明亮的綠色鎧甲緊緊的裹住身體，細密的鱗甲彷彿絲絨般柔軟，和龜鎧甲相比，這更像是貼身衣物，而不像一件鎧甲。

想伸手拍拍身上的蛇鎧甲是不是耐打，卻突然發現雙手各握一件兵器，兩手兵器長不及半米，底寬頭尖細，圓柱般的形狀更像是蛇的兩枚巨大的獠牙。

心念一動，將體內的內息輸入進去，我想看看是否這兩顆獠牙也會自由大小，獠牙沒有任何變化，我騰身躍起耍了兩招，卻意外的看見，獠牙的頂端釋放出不知爲何物的氣煙，被波及到的花草竹子迅速萎靡歪倒。

我立即醒悟過來，這是毒煙，還好我的純陽內息是毒煙的剋星，我迅速將在空氣中來不及釋放的毒煙用三昧真火化爲虛無。

在心中默念一聲，解除了和綠蛇的合體，再次將綠蛇給封到「魚皮蛇紋刀」中。

手握神刀，心神不由得回到那天和李藍薇比試的場景，回想她最後那招確實有驚天地泣鬼神的氣勢，只是我搞不明白的是，她那把「霜之哀傷」雖然也是神兵利刃，但是也不至於那麼神奇吧，釋放出去後，還能被主人自由控制，反應也極爲靈敏，能夠從任何角度以任何方式攻擊我。

我還隱約記得，當時一手成劍指向天，每當我迅速的更換飛行方向的時候，她的劍指也跟著我的身行微微轉動，幾乎是同一時間，那把劍也跟著轉換飛行角度。

我前些天，也偷偷的試了試，總是不得其法，我想要是李老爺子也施展這一招，我多半不能以身倖免，思來想去，自己只有「幻靈」一招可以有一拚之力。

想著想著，我乾脆收了「魚皮蛇紋刀」，在林邊盤腿坐下，將心神沉到內心深處仔細思考應變之道，難保哪天還會遇到會使用這一招的高手，到時，我全無還手之力，不是只有挨打的份了！

不知想了多久，忽然覺察到身邊有人靠近，而且離我很近了，我突然睜開眼，瞬間從地上彈起，同時揮出幾道氣幕保護自己，幾個動作一氣呵成，等到看清來人的時候，我已經停在空中了。

第二章　九尾冰狐

李大小姐美目眨了眨，驚訝的看著我彷彿被蛇咬到般，反應過激的從安詳的坐著到如臨大敵，咬了咬嘴唇輕聲道：「原來你也在這兒。」

我尷尬的笑了笑，飄落下來，道：「今天梅家的人剛到，你怎麼沒去陪客人？」

她嫣然淺笑道：「爺爺的確有叫我去，但是藍薇向來不喜歡喧鬧的地方，所以一個人出來走走，沒想到在這裏遇到公子。」

我從剛才的尷尬中逐漸回復過來，悠然道：「呵呵，原來李大小姐和我一個脾性，都不大喜歡喧囂的地方，我也是不大喜歡那種場合，所以出來走走，正好看到這片竹林，索性坐在這兒想些事。」

李藍薇經受不了我灼灼目光，微微轉過頭，看著另一邊道：「叫人家藍薇吧，那天真是對不起。」

我呵呵一笑打斷她道：「比武總有失手的時候，藍薇不要放在心上，要怪就怪清兒那小丫頭，唯恐天下不亂，咱倆的賬啊都得記在她身上。」

藍薇也淡淡地笑道：「那個小丫頭可是爺爺的寶貝呢，誰敢惹哩，既然公子不記恨藍薇，不如讓我們重新認識一下吧，我的名字叫藍薇，藍天的藍，薔薇的薇。」

提到清兒那小妮子，我倆之間的尷尬氣氛頓時融洽起來，少了幾分拘謹和陌生，多了一分共識。只是我沒想到，她會這麼大方，放得很開，到底是大家閨秀，不一樣就是不一樣，我伸手握住她柔弱無骨的小手，道：「叫我依天吧，依天的依，依天的天。」

她見我說出這麼蹩腳的笑話，反倒笑了出來道：「好蹩腳哦。」

我自然要的就是這種效果，鬆開她的小手道：「你應該多笑笑的，成天冷冰冰的多難看，你的笑容彷彿在萬丈懸崖百丈冰，突然一陣春風，山花爛漫，你便是其中最燦爛的。」

她瞟了我一眼，莞爾道：「沒想到你長相老實，竟然也會拍馬屁，哄人開心的。」

她開玩笑的口吻，倒讓我顯得有些不自然了，第一次哄女孩子就以失敗告終，心中暗道：「老實和哄女孩開心有什麼關聯嗎？」

她好像沒有覺察到我的窘狀，邊走著邊道：「依天大哥，你是從哪學來的功夫，年紀這麼輕就這麼厲害，真想看看教你武道的人是誰，在我們李家估計只有李雄可以和你修為差不多。」

被她這麼一說，倒讓我憶起心中的困惑，正好趁這個機會道出。

藍薇低吟了一會，才徐徐地道：「你是爺爺的朋友，又幫了清兒的大忙，讓她提前兩年的功夫從『清心訣』升到『焚心訣』，我就告訴你我用的功法，但是，我只能說個大概。」

我點點頭道：「你不用擔心，只要牽扯到你們李家秘密的部分，你可以不用說，我不會怪你的。」

她又道：「你知道我們李家大抵有三套總的功法，就是『清心訣』、『焚心訣』和最高級的『無心訣』，但是除了這三訣，我們還有從很久遠的時代就遺留下來的五把神劍，分別是『霜之哀傷』、『火之熱情』、『水之飄靈』、『土之厚實』、『風之無形』，而每一柄神劍都有一套與之相配套的功訣，土之厚實又被人稱為『大地之劍』，據爺爺告訴我，只要將配套劍訣練到極至，威力決不低於『無心訣』。」

「哦。」我漫不經心的應了一聲，心中想著其他四套劍訣又都是什麼樣的功法呢，只是從藍薇擁有的這一套劍訣就可以略窺端倪，李老爺子絕沒有誇大。

她接著道：「我這套叫作『御劍訣』，最後一招尚沒有完全練成，那天我也只是勉強施出來，結果差點連命都丟了，還好依天大哥你及時收手。」

我吃驚的望著她：「還沒有練成？沒練成就這麼大威力，練成後還了得！你知不知道其他四把劍的劍訣分別是什麼？」

藍薇輕搖螓首，道：「這個連爺爺都不知道，只有劍的擁有者才知道自己的劍訣。」

我疑惑地道：「這又是爲何？那既然連你爺爺都不知道，他又怎麼把劍訣傳給你們？」

長長的睫毛眨動了一下，臉上現出調皮的笑容，道：「我有說過是爺爺傳我們劍訣嗎？」

我剛想反駁，卻憶起她剛才確實一直沒有提到說是她爺爺傳的劍訣，是我自己一廂情願的以爲所有的劍訣都是老爺子傳授的。

藍薇見我愕然的樣子，抿嘴微笑道：「這劍在李家傳了好多代了，劍訣就在劍中，只有神劍承認你是它主人的資格，劍訣就會自動出現在擁有者的腦海中，所以別人都看不到。」

說話間，那把「霜之哀傷」出現在她纖纖玉手中，在這麼近距離的感受下，發覺不愧是「霜之哀傷」，冷意冰肌刺骨，如果不運功護身，我懷疑自己會否抵得住，很有可能一時三刻就成了冰棍。

相比之下，四叔贈我的「魚皮蛇紋刀」竟是比它遜了一籌，我咋咋舌頭，暗呼厲害。

藍薇忽然將手中的劍伸到我面前，我一頭霧水的望著她，不知她想幹什麼。

藍薇嬌笑了一聲道：「你不是想知道劍訣嗎？我是不能告訴你的，不過你要是自己能從劍中得到，我也不能算是違反家規了。」

我傻愣愣的接過來道：「真的嗎？」劍一到手中，馬上我就感覺出它的掙扎，不屈服的將冷入骨髓的極冷之氣向我傳來。我暗讚果然不愧是神劍。

手中卻毫不放鬆，一股至陽內息應念而起，源源不絕的攔在冷氣的面前，兩股絕然相反的至陰至陽能量把我的身體當作了戰場，開始了拉鋸般的熱身賽。

藍薇只說劍訣在劍中，卻沒說怎麼才能獲得劍訣。不過我要想知道劍訣，恐怕得先把它給制服才行。很快全身的內息都加入到戰爭中，本土作戰，占盡了地利的優勢，在我強力的打壓下，從劍身中傳來的至陰能量不一會兒就只能屈居下風，苦苦支撐著。

我漸漸的將至陽內息向劍內壓進去，「霜之哀傷」雖然貴爲神劍，可畢竟是沒有智慧的，不及我的氣息深厚，而且我最初的內息也是陰屬性，雖然現在轉化爲陽屬性，但卻對陰屬性的氣息十分熟悉。

勝利的天平已經傾斜向我，屬於劍的那部分陰冷氣息已經完全被我壓制住，縮成一團，再無抵抗之力。

我分出一部分心神，向正緊張地望著我的藍薇微微一笑道：「我現在已經把它控制了，怎麼才能得到劍訣？」

藍薇愕然道：「你既然控制了神劍，怎麼會沒得到劍訣，只要它承認了你的主人身分，劍訣就會自動出現在你的腦海裏。」

我訝道：「是這樣嗎，看來它還沒有完全屈服我，好，我再加一把勁，一定要把它給制服了。」

我沉哼一聲，一股腦的將熾熱的內息都灌向劍身，在我刻意爲之下，熾熱的內息彷彿沸騰的岩漿，滾動著一波一波的對最後的那團陰冷氣息發動了最後的侵襲。

它果然不支，越來越小，我剛要得意，驚駭的發現，本來笨笨的那團氣息，突然聰明起來，四下躥動著不與我正面交鋒。

忽然間，我覺察到一股更爲陰冷的氣息憑空出現加入了戰鬥，後來出現這股氣息不知比剛才的那股要冷上多少倍，我被打了個措手不及，頓時丟盔棄甲的節節敗退，一直退回到自己的身體中，那股後來出現的陰冷能量猶不滿意，仍是咬著尾巴跟了過來。

我驚慌失措，心道：「怎麼會這麼強？完全沒有一點跡象，就這麼一下子出現在我面前，力量懸殊這麼大，我一點還手之力都沒有，簡直是一觸即潰。」

那股突然出現的能量一進入到我體內，立即兵分好幾路，企圖控制我各條主經脈，我只得集中全身能量攻擊其中一股，卻發現與之半斤八兩，而其他的能量已經攻到了我的心房。

我當機立斷，立即撤去所有內息，全部回到心房的位置防範著。

藍薇也在一旁看得心驚膽寒，暗道：「自己當初按照爺爺的吩咐去收神劍，根本沒有遇到這種危險的情況。」這個時候，我已經差不多就是冰棍了。

全身被一層濃濃的寒霧籠罩，身上早已結了一層薄薄的冰，而且還在不斷的加厚，眉毛頭髮全白了，再這麼持續下去，很快就成爲一座冰雕，性命堪憂。

千鈞一髮之際，突然體內深處懶洋洋的探出一股雄渾的能量，我大喜，這股能量我很熟悉，就是半枚龍丹的力量，在我快沒命的時候終於甦醒了。

龍丹的力量雄渾、深沉、氣勢磅礡帶有股天生的王者氣息，所過之處，侵入我體內的那股異能量立即敗退，幾乎沒有任何抵抗的，所有的異能量如潮水般紛紛的退去，瞬間全都從我體內消失。

我暗呼了一口冷氣，才發覺全身已經被凍住了，沒有了那股異能量的侵襲，體內的至陽能量迅速啓動，如化凍般，身上的冰化爲水，來不及滴下去就被蒸發。

有了龍丹的力量作後盾，我豪氣大發，小心翼翼的駕馭著龍丹的力量，進入神劍。龍丹的力量太強大了，雖然已是我身體的一部分，但是我修爲尚淺，還無法自由的駕馭它。

平常它都潛伏在體內，我甚至無法感應到它的存在，只有在它自動醒來時，我才能感應到。

我嘿嘿大笑的一路橫衝直撞的衝了進去，正所謂是擋者披靡，出了一口剛剛的惡氣，竟然跟我玩陰的偷襲我。龍丹的力量以摧枯拉朽之勢直搗那股異能量的老巢，令它無處藏身。

見它在我面前瑟瑟發抖，不住哀鳴，我興起憐憫之心，一邊觀察著它，一邊撤去龍丹的力量，龍丹一潛回體內便又消失不見了。這一邊，失去龍丹力量的威脅，那股絕強的力量也如一夜春風，杳無蹤跡，同一時間，腦中出現了幾句口訣。

我哈哈一笑，收了全部的心神回歸本體，幾乎在我睜眼的同一時刻，劍芒大盛，寒氣凜冽，彷彿置身冰天雪地的極冷世界之中。

一隻半透明的狐狸出現在我面前，坐在空中，身上毛髮雪白，圓而小巧的耳朵，令人一看就生喜愛之心，滴溜溜的眼珠正射出天真的眼神，望著我，寬鬆的大尾在身後搖來擺去。

耳邊響起藍薇異常吃驚的聲音：「冰狐！」

藍薇一雙美目異彩連閃，驚喜地道：「爺爺果然說得沒錯。」

冰狐自然浮在空中，身體彷彿透明，我卻清楚的感覺到眼前的冰狐是有生命的活物。聽見藍薇沒頭沒腦的說出這麼一句話，於是問道：「你爺爺說什麼了？」

藍薇頗為興奮地道：「爺爺當時把『霜之哀傷』傳給我的時候，曾經告訴我說神劍中有守護靈，不過守護靈已經沉睡很長很長時間了，我們李家有很多代都無法讓守護靈現身，如果能讓守護靈從沉睡中醒來，將會極大的增加神劍的威力。」

我暗自忖度：「怪不得，後來神劍中突然出現的力量這麼強，還以為自己被劍給陰了，原來是劍中的守護靈從睡夢中被我給驚醒了。」

望著眼前的冰狐既沒有翅膀又沒有感覺到牠使用能量就那麼很自然的漂浮著，我心中有些懷疑，問藍薇道：「劍中的守護靈是以什麼形式存在的？」

藍薇道：「聽爺爺說，守護靈是以靈體的形式存在，牠們是沒有肉體的，但也和一般的純能量體有區別，是介於兩者之間的一種形式。」

我有些明白過來，好奇的打量著牠，突然發覺牠的尾巴有些不大一樣，仔細一看才發覺，原來我還以為是不斷搖動的尾巴，其實是九條尾巴並排的插在尾部給我的錯覺。

我納悶地道：「牠怎麼有九條尾巴？」

藍薇一愣道：「真的嗎？」說完仔細望去，驚道：「真的，是九尾哩，這冰狐最強的狀態就是九條尾巴，平常都只會顯露出一條的。」

說話間，冰狐的另外八條尾巴一點點的開始縮短，在我們的注視下逐漸全部不見了，真是讓人嘆為觀止。

心中一動，明白過來，冰狐是因爲受到龍丹力量的刺激，所以顯示出極強的狀態，但是可能因爲長時間的沉睡，力量不足以支持牠保持這種狀態太久，所以就恢復了最初的一條尾巴。

忽然產生一個疑問，既然我從劍中獲得了「劍訣」，那麼也就是說神劍承認我的主人身分了，那麼牠還會否承認藍薇這個主人呢。我將心中的疑問說出來，本來雀躍的藍薇眸中頓時顯示擔心的神色。

我將「霜之哀傷」小心的交給藍薇，神劍落在手中，沒有顯示出反噬的現象，說明神劍還承認她的主人資格，不過倒是停在空中的冰狐白光一閃瞬間消失了。

我和藍薇驚訝的看著這一幕，幸好我眼尖，見到一縷白光鑽進劍中，可見是冰狐又回到了劍中，我將心中的猜測說出來，同時道：「你感應劍中的冰狐，應該還可以將其召喚出來。」

藍薇按照我的話作了幾次，劍的威力倒是大大增強，只是卻不見冰狐出來，藍薇著急的道：「依天大哥，牠怎麼會不出來呢，我感應不到牠的存在，這可怎麼辦，不會又沉睡了吧！」

我安慰她道：「不要著急，讓我再來試試。」將劍拿在手中，閉上眼睛把意識探進神劍中，一下子就觸到了那股熟悉的能量，我睜開眼，微微一笑，喝道：「出來吧，九尾冰狐！」

隨著我的聲音，空中白光乍現，一閃一滅，冰狐已經出現在我們面前，四肢踏著虛空，體態嬌小可愛，對我搖了搖頭。

藍薇皺著黛眉道：「為什麼我就無法召喚牠出來呢？」

這時候我差不多已經曉得其中的秘密，最大的可能是藍薇的修為不夠高，所以無法召喚冰狐，使其在現實中現身，而我是因為修為本身就比她高了不止一籌，而且具有龍丹的力量，龍在所有寵獸中是力量最強大的，是寵獸之王，任何寵獸在牠面前都只能是俯首貼耳，所以我可以輕鬆的將九尾冰狐召喚出來。

告訴她我的猜測，她盯著冰狐看了好一會兒道：「我一定會好好努力的，終有一天，你會乖乖的聽我的召喚。」

我剛把手中的劍交給藍薇，突然感覺到一絲難以覺察到的危險，是一股極強的力量，正以相當快的速度向我這飛過來，緊跟在其後的還有一股更強的力量，速度也非常快，飛馳電掣，不到兩秒的時間就會飛到我和藍薇這兒。

我警告了藍薇一聲，神態凝重的望著兩股強大力量的方向，眨眼間「咻咻」兩聲，正上方已經出現了兩個人，其中一個赫然是李霸天，看到他，另一個人也就呼之欲出了，能和李霸天一較高下的當然是梅家的老爺子——梅無影。

頭上傳來陌生的蒼老聲，語氣有些戲謔的道：「我說，老傢伙，幾年不見，你還是一點長進沒有，論輕功你還只配給我提鞋。你先前說的那個神秘的小傢伙在哪，怎麼眨眼間不見人影了？」

受到諷刺的李霸天出奇的沒生氣，道：「老傢伙，我知道你輕功比我好，不過我賭你三十招內無法打敗他。」

梅無影兩眼一翻道：「我憑什麼要聽你指揮，我只是來看看你口中的那個小傢伙，竟能和你對一掌還能安然無恙。地球上何時出現了這麼優秀的年輕人，我老人家是不能錯過的。」

李霸天嘿嘿一笑道：「老傢伙，你還記不記得『猴兒酒』的味道……」

李霸天剛說出「猴兒酒」幾個字，梅無影已經回想起來，嘴巴還咋了幾下，彷彿在懷念那個滋味，剛咋了幾下，突然想起了什麼，睜大眼睛遲疑的道：「老傢伙，你不會是說你有『猴兒酒』吧。」

李霸天嘿笑道：「呵呵，剛巧我這正剩下半葫蘆的『猴兒酒』，我就把這當作賭注，賭你三十招內無法降服他。」

梅無影冷哼道：「老傢伙，你也太小看我了吧，三十招？我只要十招就夠了，你肯把『猴兒酒』這麼好的東西拿出來作賭注，肯定是相中了我什麼寶物吧，只管說出來。」

李霸天呵呵笑道：「老傢伙倒也聰明，知道老夫的想法，你只要拿出十粒『天機丸』，我勉強吃點虧，就用這『猴兒酒』和你賭了。」

梅無影怒瞪雙眼，幾乎要跳起來道：「十粒『天機丸』，你當『天機丸』是什麼東西，甜豆嗎？老夫收集了二十多年才將材料找齊，又用了五年時間才煉製出八粒，前前後後又用了四粒，你竟然一開口就要我十粒，我不賭了。」

李霸天見他翻臉，馬上陪笑道：「那就四粒好了，」說完看看仍是陰沉著臉的梅無影，又改口道：「那就三粒好了，兩粒也行，一粒！這是最底線了，不行拉倒，『猴兒酒』我自己留著喝了。」

梅無影見已經壓到最底線，道：「一粒還算公平，我這『天機丸』不但可助長二十年的功力，而且藥性極強，傷得再重的人，只要還有一口氣在，都可以救活，煉來著實不易，一粒和你成交了。」

我和藍薇在下面把兩人的談話一絲不漏的聽到耳朵中，聽見兩人把我當作賭注，討價還價的，弄得我哭笑不得，這兩個前輩年齡這麼大，仍是童趣猶在，藍薇見我苦著臉，掩嘴竊笑，卻不敢笑出聲來。

我嘆了一口氣，從暗處走出來，我怕自己再不出來，還指不定兩人下面還會說出什麼來呢！

我淡淡一笑對天上兩人道：「兩位老爺子是在說小子嗎？」

兩人沒想到我就在他們腳下，此時突然走出來倒讓他們吃了一驚，梅無影點點頭道：「我現在有點相信他可以安然接你四成功力的一掌了，我竟然一直沒有覺察到他就在附近，小子，我剛才和老傢伙說的話，你都聽到了吧。」

見我點頭，又道：「那你有什麼意見嗎？敢和老夫對上幾招？」

有這種高手餵招，我自然是求之不得，心中千肯萬肯，不過氣不過兩老不通知我這個當事人，一聲就私自定下來，埋怨道：「這有什麼區別嗎？你們都已商量好，小子哪還能說不。」

梅無影毫無自覺地道：「每天到我梅家想請我指點幾招的人恍若繁星多不勝數，老夫主動給你餵招，是你的榮幸才是，把你的寵獸召喚出來，老夫既然和那個老傢伙打賭說十招勝你，等會兒是不會留手的。」

我油然道：「小子自信還可以勉強接住老人家幾招的，等到真要合體的時候，我一定把寵獸召喚出來的。」雖然知道他的修爲比我不知高了多少，但是我堅信自己十招還可以支持過來的。

梅無影呵呵笑道：「小傢伙還挺牛氣，老夫等一下定要讓你後悔不聽老夫之言。」說完從空中飄落下來，隨意站在我面前。

我抱神守一，氣勢凝沉，擺好姿勢，向他道：「老人家小心，小子佔先了。」

梅無影不在意的笑道：「小傢伙，老夫就讓你占著先機，也能在十招內勝你，來吧！」

見他這麼說，我也不再客氣，腳尖點地，身體如同標槍傾斜著飛快的向他投去，同時催動八成的內息雙手一掄搶先攻過去。眨眼間打出了十拳踢出八腳。

梅無影不愧是早已成名的有數高手，我凌厲的攻擊被他輕鬆的一一接下，我不太清楚他使出幾成功力，只是感覺到每一拳每一腳都彷彿是打在鐵板上，反震得我手腳酸麻。

我一口氣勢剛停，他突然暴起發難，時機掌握得恰如其分，毫釐不差，銜著我後退的身形，迅速的掠過來，狀甚歡欣，哈哈大笑道：「小傢伙基本功不錯，有沒有膽子和老夫對一掌啊？」

我用勁踩在地面，猛一發力，身體不退反進，好似炮彈，在空氣中劈開一條隧道，雙掌一錯向老者迎去，心中道：「誰怕誰啊，拚就拚。」我的功力不夠，不能像他那般輕鬆，可以在全力進攻中仍留有餘力開口說話，這些話只好留在肚中，憋了一口氣準備給他一個驚喜。

由於他進攻的時機正好是我換力的時候，我實在沒辦法集中全力，倉促間只使出八成的內息，雖然是八成內息亦是夠瞧的了，雙掌燦出爍爍金光，夾雜著無匹的氣勢打了過去。

梅無影身在空中，見我發威，微微一愣，頗為讚揚的道：「小傢伙，我小看你了，你竟然已經達到這種程度實在不容易，接我五成功力的一掌。」說話間，身體好似陀螺一樣旋轉起來，四周的空氣彷彿被抽空般，本來還是微微流動的微風，突然間狂風大作，更添他的氣勢。

我冷哼一聲，不為他駭人的氣勢所動。

四掌如約而至，轟然交擊，劇烈的氣流瞬間產生，我無力的被湧動的氣流給推出去，梅無影在狂風中背手而立，氣勢無匹，鬚髮迎風飄動，不怒自威的眼神射出湛湛神光，恍如高山巨石，無人能動其分毫。

我被推出大概七八米的距離，才在地面站穩，看著他仿若神人一般，不禁也為之動容，剛才的一擊，我五臟六腑都彷彿受到了巨大的震動，心臟怦怦跳動，讓我緩不過氣。

那天在那個高級飯館中，我也是用八成功力與李霸天四成功力對了一掌，也沒有今天這般難受，難道他比李霸天的修為還要高嗎？

在半空中觀戰的李霸天忽然開口道：「小子，你該自豪了，能讓那個老傢伙耍賴的，天下間你可是第一人！」

身在劇烈氣流中的梅無影聞言怒道：「老傢伙，你說什麼，老夫何時耍賴了！」看他怒氣沖沖的樣兒，李霸天反而哈哈笑起來道：「還敢跟我狡辯，幸好老夫法眼無邊，窺破了你的詭計，不然傻小子還真讓你騙了。」

梅無影怒道：「老傢伙，今天你要是不給我說清楚，老子一定叫你後悔。」

李霸天促狹的對我眨眨眼，然後道：「你當我沒看出來嗎，你本來是要以五成功力和小子以硬碰硬的，後來見傻小子修爲比你預想的要高，竟然不要臉的使出自己的成名絕技——飀風轉，使自己的功力瞬間暴長，大概有你六成功力還要多一些。我沒說錯吧，你這不是不要臉是什麼，連小孩子也要騙，唉，老梅啊，你真是越老越沒出息了。」說完露出不甚唏噓的模樣。

梅無影被他說得臉一陣白一陣紅，想辯解卻又半天想不到該說些什麼，最後囁嚅道：「這個，這個一時情急。」

李霸天得意的道：「老東西，這下你還有什麼可說的！」

梅無影雖然氣憤，偏偏又說不出辯解的話，沉著臉道：「哼，就算老夫只用五成的內息，照樣可以十招取勝。」說完又對我道：「臭小子，你要注意，下面我不會讓你了。」

李霸天故意譏諷道：「就怕某人等會兒又會『一時情急』！」

梅無影沒有答腔，悶哼了一聲，從地面彈起向我疾掠過來，十米左右的距離在他眼中彷彿只有一步般，我剛見他彈起，下一刻就出現在我眼前。

速度這麼快，我還是首次得見，完全忽視了距離感，我條件反射的立即側身同時舉起左手格住他的攻擊。

幸好我反應得快，剛好搶先一步躲過含怒的一擊，看來他是把我當作出氣的對象了，我剛想慶幸，他下一波攻擊業已又來到面前，雙手或掌或指或拳，或劈或砸或點，所有的攻擊一瞬間形成。

我驚訝的望著眼前簡直可稱作藝術的攻擊，差點忘了躲避。

接下來的戰事，我幾乎只有勉強防守的能力，勝利天平離我越來越遠，我怕再過兩招就得敗得一塌糊塗。

李霸天忽然高聲道：「老東西，只剩下兩招就滿十招之數了。」

剎那間所有的攻擊突然都從眼前消失，剛好看到梅無影朝我露出一個詭異的笑臉，道：「你撐不到十招之數了，這一招我就讓你看看真正我梅家的獨門功法。」

我還沒反應過來，梅無影雙手已經動了起來，手成啄狀，彷彿小雞吃米在我面前不斷的點動，所有的軌跡連接在一起成爲一個輪盤形狀，輪盤一分二，再分爲四、再化爲八，接著最終形成十六瓣梅花，淒美的花瓣旋轉著分開擴大。

李霸天高聲道：「傻小子，注意了，這是老東西的獨家功法，乃是一種幻術，其中只有一隻花瓣才是真正的實體，其他都是幻影，千萬不要被他給迷惑。」

我迅速在腦中尋找破解之法，卻發現腦中沒有一點關於幻術的資料，更不要談什麼破解的方法了。

聚精會神的盯著十六朵花瓣，每一朵都似真如假，眼見花瓣離我越來越近，把心一橫，催動內息於剩下的那隻護臂中，受到巨大能量的激發，護臂瞬間暴出戰鬥形態。

五根鱗刺伸出一米之長，剛好夠我攻擊到梅無影，我不再理那些即將臨體的梅花花瓣，五根鱗刺放出如火焰般的光華火熾，光芒驀地爆開，化作一片熾熱迫體的光雨，向梅無影招呼過去。

梅無影沒料到我竟然用這種兩敗俱傷的打法，而且有奇怪的武器作配合，眼中露出讚嘆的神色。

李霸天也叫好道：「傻小子也有聰明的時候！」

梅無影被逼無奈收回十六朵花瓣，雖然功虧一簣倒也不氣餒，十六朵花瓣驀地縮下範圍，緊緊咬住我五根鱗刺不放，轉動著，瞬間五根鱗刺齊齊被折斷。

我頓時怔在當場，碎金斷銀的鱗刺還是第一次被人給強行折斷，這是什麼功法如此霸道！

梅無影喝道：「小傢伙注意了，這是最後一擊，你要是撐得下去，就是你勝！」梅無影也被奇兵突出的一招給嚇到，起了惜才之心，才高聲提醒我。

十六朵花瓣，突然向中間聚攏，十六瓣化爲八瓣……最後化成一朵完整的豔麗的梅花，其上彷彿滴露滾動，花瓣嬌豔欲滴，層層花瓣層次分明，籠蓋在紅暈中，詭異十分。

就在我驚慌失措的時候，藍薇彷彿乾旱突降甘露，嬌嫩的聲音忽然響起道：「依天大哥，接劍。」

我情不自禁的反手將劍抄在手中，劍一到手，一股森冷之極的冰寒之氣就蠢蠢欲動的瀰漫出來，籠罩著劍身。

被寒氣一激，腦子頓時變得清晰靈動，身體中的能量又活躍起來，我淡淡一笑，腦中又浮現出三招護劍殺招的口訣——御劍訣！

縱身躍到空中，大聲喝道：「接我一招！」依法施展出第三招的口訣，神劍倏地離手而去，如電光閃電，直欲劈裂天空，雷霆萬鈞，攻擊方向瞬息萬變。

李霸天動容道：「御劍訣！」

梅無影也首次露出凝重的神色。

第三章　神劍立威

梅無影此時也注意到我手中拿著的正是，李家看似寶貝的五大神劍之一的「霜之哀傷」，雖然他和李霸天一樣非常奇怪我一個外人怎麼可能使用得了神劍，但是這個時候卻無暇去想了。

硬著頭皮全力運起五成內力，隨機應變。

我按照「御劍訣」，施展出最後也是威力最強的一招，雖然我是第一次施展，但卻出奇的順利，意識與神劍保留著一絲若有若無的聯繫，神劍呼嘯著若出山猛虎欲擇人而噬。

這時候，梅無影也拿出一件奇怪的兵器，兩個圓環帶著一溜青芒，屢次將我的攻擊格守在外，我再一用力，十成的內息駕馭著飛行的神劍，九尾冰狐也被我召喚出來，只可惜是一尾。

嬌憨可愛的冰狐騎在劍上，模樣奇怪，威力卻絕對不容小覷，見到首次露出身形的冰狐，兩個老爺子都極爲震驚，我卻管不了那麼多，神劍彷彿是帶著尾巴的流星，迅速的在梅無影身周轉動。

流星的尾巴其實是無數的閃爍著深藍色光點的寒星聚集在一起形成的，神劍在我十成內息催動下，寒芒劇盛，森冷之氣，連遠在幾米開外的藍薇也不得不催動體內的真氣來禦寒。

而早已立下諾言只用五成內力與我相鬥的梅無影，早就叫苦不迭，卻礙於身分，不肯多使一分內息來抵禦寒冷之氣的侵襲。

溫度直線下降，幾息的功夫，再也無法抵擋的梅無影被冰狐給凍成了天然冰雕。

我見勝利在望，想要停下手來，駭然發覺竟然無法停下來，神劍勢若驚鴻重重的朝無法動彈的梅無影劈下去，生死一刻，李霸天眼見形勢無法掌握，運足了內息，轟地朝神劍砸下去。

神劍受到重力，無奈的朝下墜去，而李霸天也絕不好受，剛接觸到神劍的瞬間，坐在上面的冰狐朝他噴出了一口冷氣，本來以爲區區一口冷氣能奈我何，等到冷氣接觸到裸露在外的皮膚，才感覺，這口冷氣絕不似表面那麼簡單。

所過之處，血脈迅速凍結，幾乎不可抵禦，冷氣凍徹心扉冷入骨髓，疼癢難忍，和平常的陰寒之氣有著天壤之別，大駭之下，馬上立在一邊驅寒毒，無法顧及梅無影。

神劍受到重創，我也如同身受，「噗」的吐出鮮血，卻正好濺在落下來的神劍上，本已萎靡的劍芒受到鮮血的感染，突然暴戾的發出「嗡嗡」的超低頻聲音，劍芒迅速跳動起來。

被困住的梅無影也終於瞧出不對勁來，顧不得先前的諾言，迅速調動十成的內息繞周身旋轉，立即恢復剛才受的輕傷，破冰而出，剛好趕上神劍迎頭劈下。

老爺子狂吼一聲，手中的兩枚圓環散發出濃烈的青氣，硬碰硬的接住神劍狀若瘋狂的一擊，神劍受阻，劍身顫動，彷彿蛇在蛻皮，竟然開始分身，一分二，二分四……

無數隻神劍圍成一圈，梅無影孤苦無依的再次被困住，森寒之氣厚達數尺，宛如滔天巨浪，在場之人誰也不知道，爲什麼神劍會激發出如此凜冽至極點的森寒。

即便是強如李霸天這種當世有數的強者，仍然是難以抵禦，一個大意，便吃了不小的虧。

生命攸關，梅無影不再有所保留，狂吼一聲，能量激蕩，驀地向四周撞出去，髮鬚怒張，附在兩臂上的衣袖盡皆碎裂成片，顯出梅老爺子強健鼓脹的肌肉。

手中的兩枚圓環也爆發出刺眼的青芒，脫手而去，兩圓環在空中交纏旋轉，忽大忽小，速度越來越快，逐漸不見兩圓環的實體，取而代之的是六道起點相交的圓弧。

六道圓弧飛快的旋轉，突地消失，忽然再現出形來，紅色柔和光量從中心不斷向外推進，越往外顏色越深，逐漸又變回到原來的青色，鋪天蓋地的青色光芒連成一片，形成一個巨大的圓形。

這種神乎其技令我看得目瞪口呆、嘆爲觀止，這才是梅家的獨門功法，瞞天過海，欺天無影。

彷彿感受到了敵人招數太強，神劍瞬間迸發出更加冰冷的藍芒，兩強相擊，眼前的世界突然靜止，沒有聲音沒有動態，驀地一個巨大的能量漩渦從兩種兵器相撞處產生。

倏地，神劍和圓環同時被捲飛出來，我如遭重擊，胸口彷彿被雷擊中，四肢抽搐，眼前一黑，差點暈過去，口液鮮血混合在一起，不可自抑的流了一攤。

強烈的打擊實在太痛苦，我連勉強抬頭看一眼的力氣也無。梅無影也絕對不好受，接過光芒黯淡的「乾坤環」，踉蹌邊退邊吐出幾口淤血，神色也頗爲狼狽。

在空中的李霸天剛剛驅逐出體內的寒毒，頭臉滿是汗水，露出疲憊的神色，看情形也不比我們好多少。

藍薇帶著哭腔，搶到我身邊，扶著我緊張地道：「依天大哥，你不要嚇我，我該怎麼辦。爺爺，依天大哥傷得很厲害！」

我剛想說話，又吐出一口鮮血，咳了兩聲，艱難地道：「沒事，死不了，傳點內息給我。」我現在是賊去樓空，體中內息丁點不剩，也不怕她輸入的內息會反噬。

藍薇噙著淚水，趕快將內息注往我體內，感受到體內涼涼的內息，我立即出言阻止她繼續往我體內輸真氣，聚集了些氣力，伸手在烏金戒指中找東西。

我默念真言，靈龜鼎突然出現，我勉力而為的從中掬了些「混沌汁」，再將靈龜鼎收回，「混沌汁」一進入體內立即發揮了作用，一股涼量的能量如溪流般在體內出現。

這股能量細流就是由「混沌汁」變幻出來的。受到藥力的刺激，那股自動在體內運轉療傷的能量流再次發揮其作用，快速撫平體內逆亂的經脈，打通受到淤塞的地方。

我「哇哇」又吐了幾口鮮血，頓時感到好受多了，內息開始在丹田內一點點衍生出來，我重重的呼出一口氣，感激地道：「藍薇，謝謝你，我現在沒事了。」

藍薇見我又吐出幾口鮮血，還以為我傷勢更重了，現在見我雖然虛弱，但說出話來卻有了中氣，也替我鬆了一口氣。

「混沌汁」形成的能量流不用我的指揮，不知疲倦的在我體內周而復始，幫我治療受傷的地方。我「呼呼」的喘著粗氣，望著飄在面前的那把神劍，心中暗嘆真是邪門了，自己只不過把一絲的意識與它相連，為何它受到的創傷，全部轉嫁到我身上來了。

九尾冰狐已經不見了，可能是又回到劍裏去了。劍身不復先前奪目耀眼的光澤，只能瞧見一團淡淡的白色光暈如同水銀般在劍中流動。

見它終於安靜了，我這才放下心來，不知道怎麼回事會突然失去控制的，難道我「劍訣」使用錯誤，又把「劍訣」在心中默背一遍，發現絲毫不差，肯定不是「劍訣」的問題，大概是最後一招威力太大，已經超出了我的修為，所以變得不受控制。

此時梅無影也回過神來，與李霸天一起向我走過來。

李霸天皺著眉頭道：「小子，你是怎麼讓神劍聽你使喚的？而且還能施展其中的三大殺招，不經過認主儀式，任何人都沒法使用它的！」

梅無影哈哈笑道：「過癮！沒想到現在的年輕人這麼厲害，差點我這把老骨頭就給拆了，剛才那招叫什麼名堂，端的厲害。」

我苦笑一聲望著他們，梅老爺子精神抖擻，神采奕奕，除了衣服破了幾處，根本看不出有受過傷，李老爺子更是一點事沒有，三人中屬我最無辜，也只有我最倒楣，差點把命都丟在這，現在想想還有些害怕，剛才那一招威力委實太大了些。

李老爺子瞧著飄在我面前的神劍，突然伸手去拿，手剛握住劍柄，神劍不安分的振動起來，我看到劍的反應，立即被嚇得臉色慘白，我可不想再來這麼一招，我身體經受不起再一次的打擊了。

神劍掙扎得太厲害，李老爺子臉上也不大自然起來，梅無影和藍薇都在一邊心驚膽戰的看著李霸天的動作。

我硬著頭皮道：「老爺子，還是讓我來吧。」

李霸天倒也聽話，聞言馬上放手，看來他也被剛才石破天驚的一擊給嚇住了，現在還心有餘悸。

我快捷的在他脫手的瞬間抓上劍柄，手剛接觸到劍柄，神劍馬上安靜下來，我們四人都鬆了口氣，李霸天剛想說什麼，突然劍上的寒芒又漲動起來。

我彷佛感受到冥冥的召喚，心中頓時不安起來，這種召喚對我來說太熟悉不過了，那是只有在我度劫的時候才感應到的，我剛從第一曲進入到第二曲的境界，按道理來說，沒有個五六年，我完全沒有任何可能再度劫的。

在我體內爲我療傷的「混沌汁」能量流，逐漸過度到神劍體中，從外面可以看到一道細長的金線從我手掰兒進入到劍中，金線一到神劍中就開始流動起來。

我們四人面面相覷，除了我還明白一些，其他人根本不知道是怎麼回事，我暗自忖度，難道能量流也在爲神劍療傷？從來沒聽說過連兵器也需要療傷的。

白芒與較弱一些的金芒，以毫釐之差相繼閃爍著，光芒大盛，逐漸擴大，漸漸的把我也包圍在其中，我心中怕得要死，但仍不得不強自鎮定，小心的觀察著體內的變化。

倏地，一股極陰冷的氣息快速的湧到我的體內，丹田中剛貯存了很少一部分的至陽內息瞬間被吞噬掉，我現在才明白剛才李霸天被冰毒侵體的痛苦。

冷到極點的寒冷氣息一進入我的體內，速度馬上慢下來，如同八爪魚般往我經脈其他地方擴展過去，即便是很細小的經脈也不放過。

外面三人一點也沒有看出我的變化，只覺得我神態凝重，除此之外便沒有什麼異於常人的地方。

我幾乎沒有任何反抗的能力，眼巴巴的看著劍內的冰冷氣息鳩占鵲巢般逐漸將我全身給佔領了。

身體漸漸的麻木，再也感受不到任何疼痛，我宛如一個無關緊要的旁觀者聽之任之。直到全身的經脈都被佔領，冰冷的氣息，有規律的一點點從經脈中退出來，慢慢的往丹田湧進。

彷佛退潮般，寒冷的內息從經脈中退得一乾二淨，我慢慢睜開雙眼，感覺不到什麼異樣，我試著站起身來，揮舞了一下手臂，感覺不到什麼力氣，伸了個懶腰，忽然籠罩著我的寒霧彷佛受到什麼吸引一樣，往我體內擠進來。

全身上下數不清的毛孔，如同針扎般刺癢難忍，丹田中的內息忽地湧出，在體內與外面的寒霧遙相呼應，我再也忍受不了，大叫一聲，暈了過去。

等到我醒來時，已經是日上三更，環顧左右，卻看到藍薇趴在床頭，此時正在酣睡，盯著她露出的半邊俏臉，心中不由得湧起疼惜的感覺，平日裏冷麗的嬌靨，此刻卻露出如小女孩子般可愛的淡笑。

不知道她在夢中見到了什麼，笑得這麼可人，我輕輕的挺身坐起來，心中一動，將意識沉到體內，血脈有條不紊的運行著，再將意識探進丹田中，看見一團如有實質的寒能霸佔著全部丹田。

心念一動，寒能立即隨著我的意識從丹田中探出頭來，我舒了一口氣，放下心來。看來我這次是因禍得福，有驚無險的一次度過了兩劫，直接從第二曲進入第三曲，這可真要感謝那把「霜之哀傷」，沒有它的幫助，我也不可能這麼快將體內至陽的能量轉化為至陰的能量，修為更加精進。

感嘆世事變幻無常，我掀開薄被，飄落到地面，點了藍薇的睡穴，把她抱到床上，她看了我一夜，應該也很疲憊了，就讓她多休息一會吧。

「霜之哀傷」靜靜的躺在桌子上，我伸手一招，神劍飛到我的手中，多了條金線的神劍顯得更為突出。

隨意走出屋外，感應劍靈冰狐，幾乎是同一時間，冰狐出現在我面前，我望著長出三條尾巴的冰狐，心中大喜，這樣看來我的功力最起碼增長了三倍以上，到此時我才真正的相信自己安然度過兩劫。

清風徐徐吹過，神情氣爽，我抓著手中的神劍在薄曦下，展開身形大開大闔的舞了起來，這套劍法很一般，是里威爺爺傳授的，據他說，這套劍法是北斗武道的初級劍法。幾位叔叔和義父沒有傳授過我任何劍法，所以我現在只會一些低級劍法，當然除了從「霜之哀傷」得到的「劍訣」。

「小傢伙，這麼努力，傷剛好，應該多休息！」

爽朗豪氣的聲音除了李老爺子還有誰，我停下手中的神劍，笑著迎了上去。

從他口中得知，原來昨天我突然暈過去後，三人都急得不得了，後來還是對精通醫學的梅無影檢查過後發現我只是暫時昏迷，沒有什麼大礙，身體健康得很，這才放下心來，將我送了回去，只留下藍薇一人照顧我。

見他盯著我手中抓著的「霜之哀傷」，我立即曉得他心中有疑惑，於是把昨天的事講了一遍，爲他解惑。只是我隱瞞了「龍丹」一事沒有說，龍丹牽扯太大，還是不說出來比較好。

李霸天想了半天，仍是想不通爲什麼自家的神劍會這麼輕易就被我收服，而且守護劍的精靈竟然也被我召喚出來，這是從來不曾出現過的事。他當然知道自己家從上古流傳下來的五把神劍，分別有五個守護精靈隱身在劍中。

但是這一直是個傳說，僅存在於典籍的記載，誰也沒有真正的召喚出守護精靈。幾百年來整個家族不論是多麼優秀的人，從來未曾將守護精靈給召喚出來過，所以漸漸的大家都以爲這只是一個傳說，是祖先捏造出來的，直到昨天，才真正的知道這並非是傳說，而是確實存在的一個事實，而且威力之大，自己也親身體會。

想到這，李霸天忽然突起一個念頭，斜睨了我一眼，暗道：「這個小傢伙會不會也能將其他幾柄劍中的守護精靈給召喚出來呢，如果真的是這樣的話，我們李家仗著五柄神劍之威，地位將會再升一位。」

我瞧見老人家突然從嘴角流出口水，突然有了不好的預感，就好像那天被他套走半葫蘆的「猴兒酒」的感覺。

李霸天呵呵的笑著，向我這走了兩步來到我身邊，道：「賢侄啊，這兩天在我這住得還舒服嗎？」

我點點頭道：「不錯。」

「那就好，那就好。」他呵呵笑著道，「你有沒有感覺到藍薇那丫頭，對你比別人也特別一些？」

我有些摸不著頭腦，一頭霧水地道：「有嗎？」撓著頭在想藍薇究竟以前是不是真的對我和別人不一樣，印象中好像沒有，我和她接觸本就少，認識也就這兩天的事，哪能知道她對我和別人有什麼不同。

李霸天失聲道：「你沒有注意到嗎？」

被他突然出現的表情嚇了一跳，我有些心驚肉跳的感覺，遲疑了一下道：「注意到什麼？」

李霸天叫了一聲娘，拍著自己的腦袋道：「你沒有看出來嗎，藍丫頭已經喜歡上你了，傻小子，你太不關注你身邊人的感情了。」

「啊！」我驚訝地道，「什麼，你說藍薇喜歡我，你，你確信你沒有看錯嗎，呵，我真的沒有注意過。」

李霸天走上前，拍著我肩頭道：「賢侄，這是你的福分啊，你瞧我們家的藍丫頭，要容貌是沉魚落雁，要氣質是百中挑一，秀外慧中，追我們藍丫頭的世家子弟，當世豪傑，多的數都數不過來，能讓我家藍丫頭看中，嘖嘖！」

我莫名其妙的望著他老人家說了一大堆誇獎藍薇的話，不過我也承認，藍薇確實是難得一見的美麗女孩，就連愛娃與之相比都差了好大一截，不過他說藍薇喜歡我，這卻從何說起啊，我們見面不過是幾天的工夫，根本不可能啊！

見我一直搞不清狀況，李老爺子乾脆直話直說。我這才知道原來他是想讓我幫他把其他四把神劍中的守護精靈都給喚醒，又怕我不答應，於是就想用藍薇對我的感情，迫我就範。繞了半天彎子，結果我比他想像中的笨多了，愣是沒有明白他的意圖，逼得他只好實話實說。

我剛從偏僻的小村子出來，完全不知道如果這五把神劍中的守護精靈被我從沉睡中喚醒，這將意味著什麼！

不論在任何時候，實力都決定一切，有了五把威力無窮的神劍再加上五個上古守護精靈，李家年輕一代的實力將是四大星系各個家族中最強的，平衡打破，利益將要重新分配。

我本來就想看看其他四把神劍，到底和「霜之哀傷」齊名的那四把神劍究竟有什麼奧妙的地方，自從想用神鐵木給大黑煉製一個宿身之所，我就對三叔傳我的煉器術興起了極大的興趣，這次有機會看到上古流傳的神劍，我自是不可能輕易放過的。

見我這麼爽快的答應，李霸天先是錯愕，接著便一臉狂喜，他實在想不到，這麼容易我就答應了他的要求，原來以爲要花費大量口舌的……

遲則有變，他馬上帶著我去李家最隱秘的地方，一路走來不知經過多少門戶，而且機關無數，再加上數量眾多的守護者，要想偷偷摸摸的進入這裏，簡直是難比登天。

經過最後一道身分認證，我隨著李霸天進入了李家不爲外人所知的隱秘所在。

原以爲李霸天是李家最長的家長，來這裏應該是通行無阻，誰知道，即便身爲大家長的他要進這裏，也得經過層層關卡的審查和驗證。

我暗暗驚嘆，不愧是屹立十數代仍然不倒的大家族，果然有其存在的理由，只從族規的森嚴便可見一斑。

我驚奇的瞪著眼前的一切，要不是親眼所見，我決不相信這裏的裝飾會如此古樸。這些天我待在李家也參觀了不少地方，處處可見高科技的影子，好像這是個新興家族，而絕非是一個血脈相承古老家族。

從通往這裏的第一個通道，無論是人還是物，抑或是機關和守護者的裝備，全都是高科技的產物。

天差地遠的差別，頓時讓我一時無法接受。

李老爺子笑呵呵的看了我一眼，不無得意地道：「小傢伙，這裏怎麼樣？你算是非常幸運的，這裏除了大家長和幾個大長老，很少有人能允許進來這裏，更不要說是個外人了。」

我點點頭，好奇的打量著四周的環境，這裏雖然沒有稍許的聲音，我卻意外的無法平靜心情，血脈跳動，彷佛受到了什麼召喚，受到了影響的大腦也躁動著嗡嗡響。

我輕輕甩甩頭，希望可以借著這個動作令心情平靜。

這裏彷佛是一個巨大的寶藏，金銀珠寶自不待說，即便連稀罕的夜明珠也擺滿了幾大箱，離我不遠的一個奇怪的桌子上，擺放著很多水晶盒，在我經過的時候才發現裏面滿裝著各種各樣的寵獸精魄。

我大吃一驚，這李家當真是大手筆，這麼多精魄，看其形狀和釋放出的光芒，我可以判斷出這些精魄級別都不低，一般來說，寵獸要三級以上經過長久修煉才能擁有自己的精魄。

本來精魄就很難尋找，誰願意把自己的寵獸殺死來獲得精魄呢，這不啻是殺雞取卵，得不償失。再加上幾百年前的大戰後，寵獸的技術就一落千丈，到了現在幾乎只有四級以上的寵獸才能擁有以前三級寵獸就能擁有的精魄，實在是稀罕之物。

而這李家光擺在台面上的就有不下數十枚，大部分是三級中品與上品的精魄，少量的四級下品精魄，還有兩三個四級上品的。

經過最前的屋子，進入到靠裏面的一間，還沒走進去就嗅到一股濃重的書卷氣，步入才發現四壁貼滿了各式書畫，我對這個沒有研究，看不出其價值，但料想能存放到這裏，應該是價值不菲才對。

一連穿過五間房子，一間比一間小一些，存放的無一不是價值連城之物。李霸天在前面帶路，每經過一間屋子，都會停下來給我介紹一下存放之物的價值和珍貴之處，倒讓我長了不少見識。

走到最後一道門前，經過虹膜比對，門發出「嘟」的一聲，緩緩打開，李霸天面色肅穆，一馬當先走進裏面。

我奇怪的望著步入裏面，奇怪他突然神情變得古怪起來，前面幾道門都直接用推的就進來了，怎麼到了這裏還要進去身分驗證。

奇怪歸奇怪，我跟在他身後跨過門檻也往裏走去。

剛一進到裏面，一股肅殺之氣呼的迎面撲過來，我應變不及，被嗆得向後退了一步，運氣全身一周，才猛的突破那種奇怪殺氣的圍繞走了進去。

我隨意的向裏面瞟了一眼，驀地愣住了，這裏簡直可以說是一個兵器寶藏，相對較小的屋子中堆滿了各種武器。

李老爺子瞥了一眼呆若木雞的我，捋著鬍子不無得意的傲然道：「這裏就是我李家千年以來收藏的兵器，任何一把拿出去都是稀罕的寶貝，就算是仗之橫行天下也大有可能。」

深研過煉器術的我，眼力當然非常人可比，一眼掃過，瞧出這些武器盡皆是神兵利器，不怪乎老爺子很臭屁。

突然心中轉過一個念頭，要是李家的人充分利用這些神器，不敢說其他三大星球，但地球肯定是李家的囊中之物，在李家住了這麼久，爲什麼沒見過李家有誰用的兵器是神器呢？

他好像看出了我的疑惑，嘆了一聲，沉默了一會兒始道：「雖然這裏有百多把一等的神器，每一把兵器中都有封印一隻級別不低的寵獸，但是每一把兵器都會在主人死去的時候進入沉睡，除非遇到牠們認可的主人才會甦醒，否則無人可用。」

我明白的嗯了一聲。

老爺子接著道：「每一代大家長都會從家族中找十位到二十位潛力較大的新生代，領他們來認劍，只要他們使其中任何一把神劍認他們為主，就可以擁有它。」

我暗自忖度，李家擁有這樣一個大寶藏卻沒法很好的應用，難怪老爺子唉聲嘆氣的，愁眉不展，看到吃不到的感覺確實不好！

老爺子又道：「雖然每一代都會有神劍從沉睡中甦醒認主，奈何每一代都不會超過五人。到了藍薇這一代，有八把神器認主，這已經大大出乎我們的意料，更令我們吃驚的是，竟然三把幾百年都未曾甦醒過的頂尖神劍同時認主！」

我插嘴道：「就是藍薇、清兒、還有李雄吧。」

老爺子略顯激動地道：「不錯，就是他們三人，但是更令我們吃驚的是，傳說中的劍靈竟被你召喚出來，威力之大聞所未聞。」

說到這，我對他李家的神劍史也有了一個大概認識，感受到百把神劍傳來的肅殺之氣，鮮血也為之沸騰起來，好奇置身殺聲震天的戰場，情不自禁的興奮起來。

老爺子小心翼翼的一一拿出四個長短不一的水晶盒子，裏面分別是「火之熱情」，

「水之飄靈」，「土之厚實」，「風之無形」四把當今最強之劍。

我收拾興奮的心情，輕輕撫過四把神劍，「火之熱情」劍身最大通體呈紅色，給我烈炎的熾熱感；「水之飄靈」劍身扁平呈碧綠色，給我一種寧和、靜謐的感覺；「土之厚實」劍身寬厚呈赭色，給我一種沉凝厚實的感覺；最後這把「風之無形」最是狹長，水晶色近乎透明，給我一種靈動飄逸的感覺。

我睜開雙眼徐徐的吐出一口氣，這四把神劍真是太玄妙了，彷彿這已經不單單是一把劍了，而是同大自然交流的一種工具，通過它們，你完全可以感應到大自然博大神奇的力量。

感嘆良久，體會到自己煉器術還任重道遠，暗暗揣摩究竟是誰有這麼大本領製造出這幾把神器的。

第四章　第二劍靈

老爺子見我忽然睜開眼，剛想問我又見我再次閉上眼，乾著急硬是沒有出聲。

我幾乎將他交代的事給忘了，再次睜開眼發現老爺子望來的詢問目光，這才醒悟過來，趕緊又閉上眼睛，將意識探到「火之熱情」中。

心神一進入到「火之熱情」中，立即彷彿置身汪洋火海，四周熾熱的火焰將我的身子給掩埋，向前眺望，一望無際的旺盛火舌不斷的躥動，雖然在劍中的我只是用意識幻化出的一個虛擬人影，但仍令我感到其中熾熱的溫度。

遊蕩在火海中，飛行過很遠的距離，終於在火海深處發現了一個身形龐大的火蛇，火蛇縮成一團沒有一點動靜。

我按下雲頭，降落到它面前，火蛇在沉睡中，鱗片散發著陣陣藍瑩瑩的柔和光芒，我向前邁出去，想走近些看看，剛邁出一步即被一個東西給擋住，仔細查看，發覺有一個近似透明的火色光圈將火蛇整個圈在裏面，因爲顏色與周圍的火焰相似，我一時沒有注意到撞了上去。

看來，想要將劍靈喚醒，只要把它喚醒就可以了。

我探手撫在光圈上，看上去薄薄的一層竟然極爲堅韌，心念一動，剩下的那隻護臂頓時進化成攻擊形態，鋒利的刺芒在熊熊火光的掩映下更顯鋒銳，我大喝一聲揮出，光圈竟然隨著鱗刺深深的凹陷下去，卻沒有被穿透。

我大感訝異，不信邪的用出全身功力，連續的打在光圈上。結果令我十分沮喪，竟然連劃痕都沒有留下一處。

想來要想突破這個光圈只有引導出龍丹的力量才行，否則憑我現在的本事真的莫奈它何。

而龍丹的力量也是神出鬼沒，不聽我指揮，無奈之下，我只好將意識退出「火之熱情」，剛睜開眼就見到老爺子一臉期盼的望著我，我尷尬的笑了笑，道：「這把劍的劍靈是一個級別很高的火蛇，我沒有能力把它喚醒。」

本來老爺子見我說出劍靈，還以爲我有辦法，等到我說出無能爲力時，雖然安慰我說「不礙事的」，卻難以掩飾心中失望之色。

我放下神劍，再拿起「水之飄靈」，二話不說即把意識探入劍中，這次倒真的是汪洋大海。水天一色，碧波蕩漾，我漂浮在空中俯視平靜的海面，感嘆好久沒有在水中戲耍了，念頭剛起，一個猛子即扎了進去。

浸人的涼爽連虛擬的意識都可以感覺出來，我默念召喚口訣，身爲鼎靈的小黑出現在視野中。

昔日的小龜現在比磨盤還要大上許多，恐怕比起牠的父親還要大上少許，牠是真正的長大了。不過童趣不減，剛一出來，見到這無邊無際的水世界，馬上興奮的四肢划動，讓身體在水中打起滾來。

我哈哈大笑，猛的躥過去，趴在大大的龜殼上，在心中叫到「黑子，咱們向下潛」。收到我的訊號，小黑，一個翻身呈六十度的身軀隨即向下飛快的潛了下去。

和真實的世界不同，水底一直保持著朦朧的光亮，讓我可以看清四周的一切，奇形怪狀的水生物不斷從身邊經過，五顏六色的珊瑚礁在水底連綿數里，壯觀無比。

小黑忽然感覺到什麼，突然停了下來，接著改變方向飛快的游過去，我暗暗驚訝，腦中靈光一閃，猜道：「難道牠發現了劍靈？」一路游了數百里地，見到了不少生物，兇狠的、體形龐大的都遇到不少，不過感覺上都是一些普通生物。

又游了很遠的距離，生物越來越少，突然，我感到小黑頓了一下，立即以更快的速度向前掠去。

我暗道：「好像要到了。」話音剛來，我便看到了一個龐然大物，彷彿一座高山，怕有百米之巨。張口結舌的呆望著牠，心中震撼非言語所能表達。

小黑卻表現出和我截然相反的神情，歡快的叫著，向龐然大物飛快的游過去。我剛想制止牠，牠已經被保護著劍靈的水藍色光圈給震得倒飛回來。

我肯定這就是神劍的劍靈，眼前的劍靈是一隻無比龐大的海龜，此時正在沉睡，閉上的大眼睛顯得安詳無比。

上古傳說，地球乃是漂浮在海面的方型陸地，陸地下面有巨大烏龜將大陸撐起使之不會沉入水中。

我想這便該是那隻神話中的主角吧，我咽了口吐沫，心中那個想要把牠叫醒的念頭剛冒出一點頭，即被我扼殺在搖籃之中。難怪小黑這麼興奮，大概這隻沉睡中的海龜就是龜類家族中的祖先吧。

拍了拍依依不捨的小黑，將牠封回鼎中，立即從劍中收回神識，沒有多說話，我又拿起了「土之厚實」，將心神沉了進去，出現在眼前的是一座又一座的山峰，峰峰相連到天邊，本來應該枝繁葉茂、綠色無邊的山脈群，此刻身著銀裝一派安詳靜謐。

我頓時爲眼前銀妝素裹中的山脈所感動，天空乾淨異常連一塊雲彩也沒有，厚厚的積雪上，佈滿了小動物的腳印。

我望著這無有窮盡的雪世界，一時間不知該如何下手去尋找劍中的劍靈。

就在皺眉思索的當兒，忽然覺察到空氣有規律的輕輕振動，聲音的頻率似曾相識，卻想不出是在哪裡聽過。

尋覓著聲音的發源處，我漸漸走到一個巨大山洞之前，走進山洞，約有一里地，遠處興起的微微黃色光暈吸引了我的注意力，我暗道自己真是幸運，看來真是誤打誤撞的讓我找到了劍靈的隱身之地。

循著光暈，我又走進一個相連的山洞，一隻巨大的狗熊匍匐在地面，正酣睡著，我恍然大悟，自己聽到的聲音正是這隻狗熊發出的鼾聲，我不禁失笑的向前走了兩步觀察牠。

以牠躺下來的身體看，應該有三四個成年人那麼大，全身被柔和的黃色光芒所掩蓋，嘴角的嫩肉跟著鼾聲微微的顫動著。顯露在身外的兩隻前爪，粗大有力，我此時考慮的並不是將這兩隻熊掌燉來吃，味道會不會特別香，而是這兩隻有力的大掌，究竟能發出多大的力量。

我望著那個黃色光圈微微發呆，牠要是和那火蛇的光圈一樣的話，我想我是無能爲力的。

試著打出一拳，感覺到其中的彈力尤勝火蛇的那個，反震之力令我的手腕隱隱作疼。

沒好氣的瞥了一眼在裏面睡得正香的那個胖傢伙，心中發狠道：「我就不信砸不開你。」

心中一動，「魚皮蛇紋刀」已經落在手中，嘴中不停歇的念動召喚口訣，綠蛇從中躥了出來，繞著我飛快的上下飛動，快得只能看到青綠光芒，彷彿我身上套了一個青綠色的光環。

一片青綠光芒中，我的聲音從中傳出：「鎧化！」

片刻間，青綠芒停止閃動，一身鱗甲的我威風凜凜的出現在空地上，手中兩把由綠蛇獠牙幻化的武器，我陡地飛撲過去，手中的獠牙由上向下的狠狠扎在光圈上。

倏地，光圈的力量層層爆發將我向外推，無法匹敵的力量，陡然迸射，我無可抵禦的被撞得倒飛撞在岩石的牆壁上，四周也跟著顫動起來，彷彿要塌陷般，不斷有碎石粉末落下。

我忍著背部的疼痛使勁從凹陷中掙脫出來，呼呼的大口喘氣，不可置信的望著那個光圈，反擊的力量竟然這麼大，看來這些神獸根本非人力所能抵禦，只有體內的龍丹的力量才是牠們的剋星。

搖了搖頭，放棄將牠從睡夢中驚醒的可怕想法，苦笑著喃喃自語道：「老爺子的忙，我是幫不了了，這些劍靈實在太可怕，只不過護身的光圈威力就這麼大，要是真的醒過來那還了得，我又無法使用體內龍丹的力量。」

正想退出劍中的世界，突然我聽到一個若有若無的急促腳步聲，卻不像是人類的，應該是動物的，我靈機一動飛到天空中，片刻後，一個黃不溜秋的肉滾滾的身子出現在我視野中。

我驚喜的發現竟然是一隻小熊，肉肉的身體，圓圓的腦袋，此時正趴在光圈上往裏看，憨厚的樣子再加上吐出來的小舌頭真是可愛極了。

我不聲不響的落在牠後面，牠卻出乎我意料的機警，突然轉過身來，小心的望著我手中兩顆獠牙，眼中顯示出害怕的樣子。

我這才醒悟過來，自己還在鎧化中，念頭一動，解除身上的鎧甲，露出本來面目。

我感覺得到，這隻突然出現的小熊和神劍中虛擬的其他動物不同，牠的身上有力量在波動，我忽然大膽的猜測，這隻小熊會不會也是這支神劍的劍靈呢？

一般來說與普通利器不同，神劍可以封印數隻寵獸在內，這劍靈雖與寵獸不大一樣，但想來道理應該相同。我笑呵呵的往前邁了一步，小熊本來是站立而起，兩隻前爪放在肋下，此時我突然的向前走了一步，牠彷彿受到驚嚇就要向後退去，結果忘了自己是站著的，一個屁蹲坐到了地上。

看來劍靈不是那麼好親近的，小熊烏溜溜的眼珠怔怔的望著我，應該是在想我這個不速之客究竟是從哪裡來的吧！

見牠盯著我的目光中並沒有敵視的情緒，我暗自猜測牠並沒有敵視我這個貿然闖入的人類。望著牠憨厚的臉盤真是越看越愛，暗地裏絞盡腦汁的想怎麼才能消除牠對我的戒心呢。

倏地靈機一動，倒真的讓我想到了一個點子，熊不是最愛蜂蜜的嗎？蜂蜜我雖然沒有，不過我有一種勝過蜂蜜千百倍的東西。我呵呵一笑，從靈龜鼎中舀了些許「混沌汁」，頓時石窟中瀰漫起奇異的香氣。

很快，牠就聞到了，努力的聳動著鼻子，「呼哧呼哧」的發出很大聲音，我心中暗暗偷笑，不怕你不上當，連「似鳳」那麼嘴刁的傢伙都難以忍受這種美味，你這隻小笨熊又怎麼能耐得住。

小笨熊不斷的咽著口水，可惜口水流得太快，已經滴了一地。顯然牠已經發現這種類似「龍涎」的香味正是從我這裏傳去的。

見牠努力的仰頭望著我，顯然已經坐立不安。我看引誘得差不多了，便不再難爲牠，將手中的一半「混沌汁」放在岩石上，然後退往一邊，看著牠。

牠看了看我，又看了看岩石上冒著誘人香氣的東西，四肢並用的跑過去，伸出長長的紅舌頭，一下子就全舔到嘴中。

我也找了一塊岩石坐下來，看著牠的貪吃樣，禁不住笑出來。陶醉在享受中的小笨熊，忽地被我驚醒，發現了我手中的另外一部分，眨巴著眼睛，又想過來，又怕我，不敢過來。

我勝券在握，好笑的盯著小笨熊，我才不信牠可以忍受這種美味，甘願放棄呢。過了一會兒，牠見我沒有把剩下那部分「混沌汁」放到地上讓牠享用的意思，一步步的向我挪過來。

結果自不待說，有了美味，小笨熊恐怕連自己是熊都忘記了，跟我一好兩好。

我收回意識，笑著對老爺子道：「這把神劍的劍靈是一個巨大的棕熊。」

他脫口驚道：「大地之熊！」

我道：「我在一個巨大的石窟中發現了你說的那個什麼大地之熊，不過牠在沉睡中，這些沉睡的劍靈都有一個古怪的能量光圈護著，以我現在的修爲還不夠打破光圈喚醒牠們。」

老爺子嘆了口氣道：「我也知道這是強人所難，我以前也曾探索過神劍中的世界，裏面無限大，別說喚醒牠們，就是找到牠們都幾乎是不可能的。」

我忽然想到什麼，忙道：「老爺子，我還記得剛才那些劍靈沉睡之所，不如我帶你去，我想以你的修爲，絕對可以打破這些能量圈。」

老爺子嘆道：「你不知道，這些虛擬世界不是固定不變的，當你抽回自己的意識冉進入到裏面，裏面的世界就是完全陌生的另一番景象。」

放下手中的神器，拿起最後一個水晶盒中的「風之無形」，心中念頭一轉，別轉頭對他道：「老爺子，這次咱倆一塊進入神劍，萬一找到那劍靈，合我們倆人之力一定可以將劍靈喚醒。」

老爺子思索了一下，點頭道：「這個主意好。」

意識進入劍中，竟然發現眼前是一望無際的虛空，空無一物，與先前的幾次經歷完全不一樣，老爺子站在我身邊，也是奇怪的看著周圍。

這次情形完全出乎我的意料，感受到老爺子望來的疑惑目光，只能報之苦笑。畢竟薑還是老的辣，迅速的冷靜下來，道：「這種奇怪的情景，我以前也不曾遇到過，咱們先往前飛著，看有什麼發現。」

我應了一聲，跟在他身後，選準了一個方向快速的向前掠去。

經過了很長時間，周圍仍然是一望無際的空白，如果不是感受到身體疲乏，我真的懷疑自己是不是還在原地。

這個念頭剛起，周圍頓時發生了變化，四周相繼出現了無數面高大寬闊的鏡子，一條通道在前，我和老爺子面面相覷，老爺子望著前面的那條隧道，沉聲道：「隨機應變！」

我跟在後面在通道中走著，四周的鏡子古怪非常，因爲裏面並沒有映照出我的影像，空白一片。

再經過幾個小時，通道彷彿沒有任何盡頭，我們一直走著，老爺子突然停下來道：「恐怕這個通道怎麼走也走不到盡頭。」

我點了點頭，與他對視一眼，望著周圍的古怪鏡面，道：「打碎它，看看它後面是什麼東西。」

不約而同的揮拳打向四周數也數不清的鏡面，鏡面並不如我想像中那般「嘩啦」一聲化爲碎片，卻是突然的旋轉起來，跟著幾乎所有的鏡面都跟著轉動起來，老爺子大聲道：「小心，有古怪！」

幾乎是話音剛落，不可抗拒的狂風便向我們兩人吹來，我立即施展開「御風術」，老爺子也同一時間飛到半空，在我想來，我的「御風術」正是御風而行的功法，無論風怎麼樣個狂法都不能傷我分毫。

可惜馬上我就吃到了苦頭，由於前後左右上下，全是鏡面，此時一同轉動起來，力向極爲狂亂，瞬間會改變上萬個方向。

我根本沒有能力穩住身形，勉力向老爺子那邊看了一眼，他情形也不是太好，只能勉強憑藉自身的強大修爲穩住身形。

風速越來越強，吹在身上，竟讓我感到好像被刀割一樣疼痛。驀地，四周無數鏡面化爲漫天的碎片，碎片接著破碎，彷佛滿天的粉末，在空中組合在一起，放出陣陣刺眼的銀光。

我恍然大悟，這奇怪的鏡子就是劍靈的能量光圈了，想大聲告訴離我很遠的老爺子，奈何風速不但不減，還有愈來愈大的徵兆，身體在空中任狂風蹂躪肆虐。

再這麼下去，自己的意識肯定會被吹散。

耳邊傳來老爺子的大喊聲：「咱們出去吧！風太大，意識會被吹散。」

收到他的資訊，我呼了一口氣，當即把自己的意識抽離回本體，當我睜開眼的時候，老爺子正苦笑的望著我，見我醒來問道：「沒事吧，剛才那陣風實在太邪門了。」

我把剛才沒來得及告訴他的話，說給他聽，聽完我的話，老爺子一臉錯愕，旋即顯得有些垂頭喪氣，嘆了一口氣便不再說話。

我知道他爲自己半途而廢沮喪，知趣的沒有說話，將手中的「風之無形」放回水晶盒中，望著四把巧奪天工的神劍，心中依依不捨的逐個撫摩了一遍。

正想反身走開，跟著老爺子出去，突然眼角的餘光瞥到其中一把神劍忽然放出微微的黃色光暈，我驚奇的立即站在那裏仔細的看去，放射光芒的正是那把「土之厚實」，心中一動，腦中浮現那隻可愛小笨熊的饞樣。

老爺子馬上發現了我的異樣，詫異的走過來，剛想說話，卻看到正放出柔和光芒的「土之厚實」，激動的愣在那裏。情不自禁的伸手摸過去，刹那間柔和的光暈變得激烈起來。

劍身不安分的顫動著，發出「嗡嗡」的聲音，老爺子嚇得立即又把手縮了回去。聽到劍的鳴叫，我彷彿看到了那隻小笨熊在嗷嗷的聲。輕輕一笑，探手握住劍柄。

老爺子見我伸手抓劍，大吃一驚，想制止我已經來不及。

劍落在我手中，光芒頓時大盛，土黃色光暈映射整間秘室，不過卻是柔和的，給人安詳的感覺。這個時候忽然腦袋中出現了三句口訣，我一愣馬上醒悟，這三句劍訣是神劍認主的時候自主出現的。

老爺子在一旁愕然的望著我，劍上的黃暈將我籠罩在內，相映生輝。臉上忽然現出憂喜參半的神情。

我一心只關注神劍傳來的那種奇特的彷彿有一種血脈相承的感覺，卻沒有看到老爺子的臉色變化。

這神劍乃是充滿靈性之物，一旦認主就不會再認第二個主人。所以當他發現神劍明顯顯示出認主的特徵，不禁有些惴惴不安，喜的是總算沒有白費心機，有一個劍靈甦醒，憂的是神劍突然認主，恐怕自家其他子弟無法得到這把神劍的認可。

這五柄神劍，其中「霜之哀傷」被藍薇得到，「風之無形」認了清兒為主，李雄也得到「火之熱情」認可。但是三把神劍中，只有「霜之哀傷」在我的誤打誤撞下使劍靈從沉睡中醒來。

老爺子思念電轉，心中已有計較，大聲謝我道：「賢侄辛苦了，終於沒有白費氣力，喚醒了『土之厚實』的劍靈，老頭子也不能讓賢侄入寶山卻空手歸，這樣好了，這裏只要賢侄看中的，就送給賢侄了。」

聽到他客氣的要贈我一把上等兵器，戀戀不捨的放下手中的「土之厚實」，心中知道，老爺子是不會把這把劍送給我的，畢竟這可是他們李家流傳了很多代的上古神兵，哪會這麼輕易的就送給我一個外人。

瞟了一眼四周的神兵利器，頓時意興闌珊，又回頭望了一眼躺在水晶盒中的「土之厚實」，心道：「自己已經有了四叔送我的那把『魚皮蛇紋刀』，秘室中其他兵器雖然也是難得一見，與四叔的那把劍卻是多有不如，有幾把差不多的，我也提不起興致去看。」

漫不經心的在兵器架周圍逛來逛去。

不一會兒，我聽到不遠處有眾多腳步聲傳來，竟然是來了近三四十李家的子弟。

想必是老爺子在我看周圍兵器的時候召來的李家的精英子弟，這些年輕的面孔大多充溢著興奮的神情，在兩位家族長老的帶領下快速有序的魚貫而入，顯得訓練有素。

我望著這群人快速的在狹小的秘室中排出一個整齊的隊伍，沒有爭吵沒有推擠。向後面望去，忽然看到藍薇也在隊伍中，在藍薇的身後還有七八個女孩子。藍薇也注意到我的存在，見我向她看去，對我一笑。

我向她點了點頭，心頭暗自忖度，藍薇已經有神器了，老爺子還讓她做什麼，不知他葫蘆裏賣的什麼藥。

其實，老爺子心裏自然有自己的打算，他很清楚神劍一旦認主，要想再另外認主幾乎是不可能的，所以在他想來，雖然叫來這麼多李家的精英，但是能夠成功令神劍認主的恐怕是微乎其微。

如此神劍自然是不可以白白送給外人的，那天他親眼目睹藍薇的那柄「霜之哀傷」我和藍薇兩人都可以使用，所以他打算萬一沒有人可令神劍臣服，只好讓藍薇試試，這實在是一個沒有辦法的賭局。

打頭的青年，虎背熊腰，兩眼炯炯有神，四肢強健有力，臉盤堅毅一看便知道是文武全才。只看他能在幾十人排在最前面，便知是李家新生代的風雲人物。

此人名叫李獵，在李家年輕一代中威望很高，文才武略僅次於李雄。這次招來這麼多人，老爺子實是把寶都壓在此子身上，如果他還沒辦法收服神劍，那麼老爺子的幻想基本上就破滅了。

老爺子看著這群子弟兵，臉容一整，肅容道：「此次神劍你們要全力以赴，否則家法伺候。」說著間，眼神有意無意的瞟了一眼李獵。

李獵也注意到老爺子特別關注的眼神，向老爺子微微點頭，從容大步向前，站在水晶盒前，望著靜靜躺在裏面的神劍，一向平靜似水的心臟不爭氣的仿若小鹿「砰砰」亂撞。眼眸射出憧憬的目光，遙想當日李家新生代公認的幾位最優秀的子弟，一同前去收復神劍，當時的心情也似現在般喜憂不定。最令人沮喪的是，只有自己一人沒有得到五大神劍，沒想到今天老天又賜給我一次機會，這次我一定要成功。

我望著李獵停在神劍前沒有任何動作，就那麼怔怔的盯著神劍，望著他虛無的眼神，我知道他現在是神遊物外，這種情景是我以前經常出現的。

心中猜測著他在這種緊要時刻究竟在想些什麼，嘴角不自覺的露出一抹笑意。

老爺子也發現了他的狀況，沉聲道：「還不開始！」

李獵陡然醒過來，兩頰露出一抹酡紅，雙手忽然握向劍柄，快要接近的時候，雙手微微的顫抖了一下，然後重重的握了上去。

手與劍柄接觸的剎那間，本來安靜的神劍倏地放出刺眼的光芒，整間秘室的空間都被黃色光暈所籠罩，即便鎮定的兩位長老，此時也顯示詫異的神色。其餘的年輕人們則更大爲訝異，緊張的盯著李獵。

所有人中只有我、老爺子和藍薇沒有任何表情，仍是默默注視李獵的動作，我和老爺子是剛剛才看到過這種景象所以不爲所動，而藍薇在上次我召喚出劍靈時受到的震撼比這次要大多了，所以也不緊張。

李獵如果獲得這柄劍，在李家來說，不論是老一輩還是年輕一輩都是名至實歸，任何人都不會有意見，畢竟他的才幹都是有目共睹的。

可惜，偏偏事實就是那麼不如人願。光暈越來越強，濃烈的光暈幾乎將他給包裹在其中，堅持了片刻，李獵的身體便開始顫動，在場所有人都可以看得出，是李獵使出全部內息抵禦神劍的侵襲。

如果他成功的撐過去，那麼顯而易見神劍就必定歸順了他，要是撐不過去，那他只好退位讓賢，把機會讓給其他人了。

片刻過後，李獵已經是滿頭大汗，汗濕了一身黑色禮裝。

神劍驀地激烈顫抖起來，李獵猛的大喝一聲，沉腰紮馬雙手握劍強行想將劍給壓住，李獵原本俊秀的面孔也因過分用力變得走形。

倏地，神劍閃出強烈的刺眼黃光，李獵一聲悲憤的大叫被震得脫手倒飛出去。兩位長老一左一右迅速搶上一步，雙掌頂在李獵背後，將他受到的暗勁給消去。

由於兩位長老動作及時，李獵才沒受傷，此刻落在地上，緊緊的盯著依舊靜靜躺在那兒的神劍，神情說不出的落寞與悲傷，癡癡的望著，眼角竟滾落兩滴熱淚。

再一次的失敗，對他的打擊非常大。

老爺子見到李獵失敗，心中也涼了半截。在李獵後面的幾十人也紛紛在與神劍的對抗中敗下陣來。

老爺子眼看著一個個的都興高采烈的上來，頹喪的下去，只有把最後的希望寄託在藍薇身上。

很快，除了藍薇，所有人都已經失敗了，萬眾矚目下，藍薇仍是一副冰冷的俏樣，亭亭的站在神劍前，望了老爺子一眼，隨即緩緩探手扶在劍柄處。

每個人眼睛都一眨不眨的盯著她，畢竟藍薇已經獲得了一柄神劍，現在來看，只有她最有可能再收復這把神劍。

「土之厚實」顯得很安靜，被藍薇握在手中散發著柔和的黃色光暈，沒有一絲反抗的跡象，所有人都舒了一口氣。

所有人中，就屬老爺子最開心了，心中的一塊大石頭落了地，總算是有人把神劍給收服。否則如果每個人都無法收服，難道真的讓自己把神劍拱手送人嗎？

就在老爺子要宣布這柄神劍歸藍薇所有時，忽然神劍陡然放出強烈的光芒，激烈的在藍薇手中掙扎起來。

眾人放鬆下來的心情突的再次緊張起來，惴惴不安的盯著藍薇，兩位長老和老爺子更是小心翼翼的，生怕一個不小心出了事。

反是當事人，不慌不忙，神情雖然也嚴肅起來，但仍然顯得很自然。一片冰藍色光芒從藍薇體內徐徐升起，緩緩的將激烈的黃芒給推離。

在場之人都目瞪口呆的望著這個奇景，不知道爲何藍薇身上怎麼會出現這種光芒，看情形，冰藍色光芒尙要比神劍散發出來的黃色光芒還要強上幾分。

黃色光芒被逼得一直退回到神劍處，光芒不及半尺，反觀藍薇身上的光芒愈盛，將藍薇襯托的仿若天人，美得不可方物。

忽然我感覺有些不妥，神劍光暈逐漸變濃，隱隱傳來巨大的壓力。

第五章　鎧甲王

神劍毫無跡象的，陡然從藍薇手中脫離出來，在沒有人控制的情況下，倏地飛到空中，以眼睛捕捉不到的快速在屋內飛了兩圈，然後停靠在離我不遠的地方。

所有人等到劍停下時，才恍然反應過來，臉色煞白的望著停在空中，被黃色光暈包圍的神劍，剛才只要那麼稍稍偏差一點，在場之人十有八九都得傷在劍下。

一團劍形藍色光華，徐徐從藍薇頂部升起，現出原形赫然是屬於藍薇的那柄「霜之哀傷」，現出實體後，兩柄劍同時光芒大盛。巨大的能量蠢蠢欲動，神劍之爭一觸即發。

藍薇因能量波動的關係衣服「獵獵」而動，三千煩惱絲也起伏不定的飄動起來，在藍色瑩潤的光華映襯下，形成一副絕美的畫面，一群年輕男性看得如癡如醉。

老爺子可不想看到在兩股強大能量的衝擊下，自家的秘室被毀於一旦，再說這裏還有這麼些子弟，不論是誰受了傷都是李家的損失。關鍵時刻老爺子大喝道：「收劍！」

藍薇還是那個冷俏的樣子，聽到老爺子的話，抱在胸前的劍指，輕輕的一點，「霜之哀傷」聽話的收回自己的光芒，只是護著藍薇，不再有所行動。

我的身子同一時刻飄飛到空中，伸手抓著劍柄，仿如脫韁野馬的「土之厚實」，硬生生被我制住欲要電射出去的趨勢，不服氣的在我手中「嗷嗷」的叫著。

望著藍薇氣定神閑的樣子，我笑呵呵的對著手中的神劍打趣道：「小傢伙也太衝動了，人家九尾冰狐可是比你要高上很多級呢，想跟牠打，你還得再修煉個幾百年才夠資格。」

這時候那些李家的年輕俊顏好像才發現我這個人的存在，驚訝的望著我，心中不斷的猜測我是何人，爲什麼會被允許進入李家最秘密的地方。李獵本來頹喪的表情，在神劍乖乖被我抓在手中後，陡然射出兩道神光，緊緊的盯著我，絲毫不掩飾對我能夠輕易收服神劍的憤怒。

雖然我在李家已經待了一段時日，因爲平時很少出去，造成很少幾個李家的人能認識我，兩位長老突然見一個陌生人收服了神劍，詫異的瞥了我一眼，隨即望向老爺子，看大家長怎麼說。

老爺子望著自家人露出的驚異與不滿的表情，又看了我一眼，無奈的嘆了一口氣，揮了揮手道：「下去吧。」

我鬼使神差的突然脫口道：「老爺子，我用另一柄劍來換你這把神劍。」

剛要轉身離去的頹喪人群，聽到我的話，都轉過身來望著我，大部分人神情不善的盯著我，那個表情好像是在說：「不知天高地厚的小子，竟然想要我們李家的神劍，下輩子吧！」

兩個長老也怒氣沖沖的盯著我，要不是還有大家長在場，怕是早就要上來教訓我了，在他們看來，這是對李家的極端不尊重。

老爺子也是聞之愕然，他看得出我很喜歡這把劍，卻料不到我會突然提出要求用東西來換這柄神劍，在他心中雖然對我很有好感，也很想拉攏我爲李家效力，但是要用一把無價之寶的神劍來交換，心中卻遲疑不定，老大不願意。

李獵突然越眾而出冷冷地道：「你憑什麼，想要神劍，你還不夠資格。」

聽出他語氣中的敵意，我正要答話，藍薇卻替我答道：「他是爺爺請回來的朋友。」眾人大吃一驚，在他們心中，老爺子彷彿是神一般的人，還有什麼人值得老爺子用請的呢，更爲吃驚的是，家族中以冰冷出名的大美人，怎麼會突然替這個其貌不揚的陌生人說話。

李獵怒望著她，藍薇絲毫不退讓的與他對視。

老爺子顯得有些猶豫，拿不定主意是要拒絕我的提議，還是要答應我，見所有人都等著他說話，硬著頭皮道：「小傢伙，這是我們李家流傳了十幾輩的神劍……」

聽他的語氣，我曉得他是不準備答應我的提議的，心中暗自猜測，恐怕他不見到我的「魚皮蛇紋刀」是不會考慮交換的事的。於是不等他說完，突然從烏金戒指中將「魚皮蛇紋刀」掣在手中，在我刻意爲之下，刀光大盛，綠色的光暈隱射在每個人臉上，使人不由自主的泛起一陣冷意。

受到感染，藍薇那把同屬性的神劍也不甘寂寞的開始輕輕戰慄，散發著陣陣寒氣。

我一抖手腕，「魚皮蛇紋刀」甩出幾朵大朵的刀花，並同一時間刀身向外漲大。見到每個人露出驚訝的神色，我滿意的停止了刀身的繼續膨脹。

老爺子本想制止我的，待見到我拿出的刀時，先是驚異，然後又生起一絲疑竇，與兩位長老交換了個眼神，道：「你們先出去，我有幾句話要和他說。」

既然大家長下了命令，即便這些年輕人又滿腹疑惑，很想知道大家長會不會同意換劍，但仍不得不服從命令乖乖的出去。

這些人中唯有李獵不服氣，大聲道：「族長，我要求試試他是否有資格擁有神劍。」

老爺子眉頭一皺就要訓斥他，自己下的命令何到一個小輩來質疑，剛要說，嘴角張了張，彷彿又想到了什麼，改口道：「你想怎麼試？」

李獵盯著我傲然道：「他要是勝過我，才算能擁有這柄神劍，否則，哼……」

這是一個巨大的比武場，類似上次見到的藍薇那個修煉用的重力屋，我站在李獵的對面，手中拿著「魚皮蛇紋刀」，李獵手中持著一柄長劍，長而寬大。

一位李家的長老充當裁判，站在我倆之間，望著我倆簡短地道：「不要傷著。」

李獵雙手抱劍向我一禮，道：「等會要小心了，我會全力以赴。」

聽他的口氣，完全不把我放在心裏，彷彿自己勝定了，可見他對自己的實力有相當的自信。我還禮道：「我會的。」

李獵擺出一個起手勢，用劍遙遙的指著我，我也不客氣，持劍當胸而立，目光在空中相碰，李獵搶先一步，長劍以最簡單的重劈勢從頭落下來，招式雖簡單，劍勢卻力愈千斤。

我不敢小覷，反手向上，衝著他的長劍迎過去。

眼看就要撞在一起的當兒，李獵的長劍陡然以極為玄妙的角度錯開我的刀，速度極快的斜劈下來，我招式用老無力及時變招。

還好空著的那隻手上還有一隻剩下的蛇皮護臂，無奈之下，將其催化到戰鬥狀態，這才堪堪抵住李獵的長劍。

李獵眼看到手的一招，被對方突然出現的奇怪兵器給擋住，心中暗罵一聲，劍勢一變，長劍一橫，貼著鱗刺反朔割向我的喉嚨。

此時我的刀已經收回，眼看這次比剛才更兇險，把心一橫，急快的向他的脖子削去，我的劍法雖是三流的，但是要比起速度，我還沒遇到幾個能超過我的，同歸於盡的一招眨眼間已經電射而至。

李獵見我要賴似的使出這種同歸於盡的招數，眼中閃過輕蔑的神色，身體微微轉動，踩著奇怪的步伐，毫釐間閃過我的刀刃，同時反手拍在我的刀上。

我受力不由自主的向前傾過去，李獵卻突然的旋轉身體，竟來到我的背後，用劍脊向我背上拍去。

此時我根本沒有辦法躲閃，情急之下也顧不得什麼，大聲喊道：「鎧化！」小龜化作一團烏溜溜的黑光，纏繞著我，迅速一副烏黑發亮的威武盔甲將我護住。

雖然有鎧甲護著我，仍然感到巨大的力量衝擊著背部。李獵見我鎧化也不再顧及，展開劍勢，連續四劍劈在我的背部，這幾劍倒真的沒有留一點情面，打得我差點吐血。

圍在四周的李家子弟，見我挨了李獵這麼多下，以爲我不重傷也得吐血，卻看我只是踉蹌的往前衝了幾步即轉過身來，除了面色蒼白一些，卻一點事都沒有，個個心中納罕。

我轉過身，望著他苦笑一聲道：「李兄好劍法，下面請李兄注意了。」後半句本是他剛才送給我的話，現在我卻被送回去，李獵哼了一聲，冷冷的盯著我道：「你的寵獸不錯，可惜主人的功夫太差勁。」

李獵的劍法詭異莫測，要和他比劍法，我給人提鞋都不配，想想也是，人家是數百年的大家族又藏了那麼多神劍，劍法又怎麼會差，反倒是我傻傻的和人比劍法，真是太蠢了。

想到這，心中已有打算，忽然浮到空中，手中「魚皮蛇紋刀」一緊，望著李獵道：「李兄要是拚得過我這招，小弟就棄刀認輸。」

李獵不接話，也飛身上來，我大喝一聲，用八成的內息催動「魚皮蛇紋刀」。我打算是用幻靈這一招來打敗他，如果不施展出刀的威力，恐怕老爺子會不大願意用它來換那柄神劍。

李獵面對我發青的刀光，也收起小視之心，大喝著召喚出他的寵獸，一頭力牛「哞哞」叫兩聲，出現在我的視野中，力牛高大威猛，兩隻犄角伸出近一米長。

我眯起雙眼盯著李獵駕馭著力牛向我衝來，刀身在我的催動下，陡然流轉出五彩光華，一條巨蟒在五彩光華中形成，張開血盤大口，作勢向力牛吞去。

傳說中巨蟒可一口吞下一隻象，況體形相對更小的牛，力牛倒也機靈，知道對手太強，馬上停下向後退去。

李獵見形勢不對，立即鎧化，可惜時間已晚，小綠蛇幻化的巨蟒將他圈圈纏繞住，只要我一句話，李獵立即人頭落地。李獵由優勢一下子落敗只是呼吸間的事，眾人呆呆的望著我們，心情複雜得不知該如何面對自己人的失敗。

那位充當裁判的長老，當機立斷的宣布道：「這位小兄弟勝，李獵敗。」

老爺子眼中藏著一抹笑意，權不把李獵的失敗當一回事兒，道：「你們都散去吧。」不大會兒，場中只剩下我、李獵還有老爺子三個人，老爺子將手中的水晶盒打開送到我面前，道：「屬於你的了。」

我開心不已的拿出盒中的神劍，然後將手中的「魚皮蛇紋刀」放在裏面，仔細的又看了幾眼，再將水晶盒遞還給他。心中暗嘆，希望四叔不要怪我把「魚皮蛇紋刀」送給別人。

老爺子笑呵呵的看著我的動作，收回水晶盒子，忽然又遲疑的道：「你的寵獸……」

「哦，」我趕忙又接過盒子將劍中的大黑給召喚出來，懶洋洋的大黑出來後，往我身上蹭了幾下便又躺了下來。

老爺子道：「你那條蛇寵？」

我道：「蛇寵已與神刀結合爲一體，請務必照顧好牠，善加利用。」

老爺子倒也不推辭這樣貴重的禮物，轉手又送給李獵道：「你的了！」接著不容他拒絕又道：「『焚心訣』練到第幾層了？」

提到「焚心訣」，李獵蒼白的臉頰恢復了幾分血氣，意氣低沉地道：「已經修煉到第二層。」

老爺子不動神色地道：「在李家，你的修爲僅比李雄差一些，好好努力，李家的未來要看你們這些小輩的。」

李獵的面部抽搐了幾下，有些激動起來。我對他們說的什麼不感興趣，蹲下來逗弄大黑，我很長時間沒見大黑了，從出村子的那天，我就把大黑給封印到「魚皮蛇紋刀」中，幾乎都將牠給忘了。

現在充滿了重逢的喜悅，抱著大黑的腦袋搖來搖去，不論我怎麼折騰牠，大黑都懶懶的沒有回應。

過了一會，老爺子忽然道：「小傢伙，你的刀從哪裡得來的？」

我站起身來，道：「這是我四叔送我的成人禮物。」眼角瞥見剛剛像一條死蟲的李獵突然又精神起來了，心中不禁納悶老爺子剛才都跟他說了什麼東西，讓他一掃頹廢的情緒。

李獵突然插嘴道：「那，那身爲四大聖者之一的力王是不是你那位叔叔？」聲音顫抖，顯得異常激動。

轉頭正好看見老爺子也正等著我回答這個問題，心中暗道：「廢話，我當然知道四叔是四大聖者之一，問題是，義父不讓我把這件事說出去。」我故意裝作什麼都不知道的樣子道：「不知道！」

老頭子不死心地道：「昔年我有幸見過力王一面，確如傳言，武功蓋世，學究天人，脾性稍顯暴躁，卻是急公好義之人，當年力王的兵器就是這把『魚皮蛇紋刀』。」

見他連刀的名字都說了出來，自然是相信他見過四叔，但仍不能把這個事實告訴他們，卻又不知拿什麼話來搪塞他，支吾了兩聲，道：「不知道。」

老頭子自是年老成精，將我的表情一絲不落的收到眼裏，神秘一笑道：「不論是誰，既然答應交換兵器，那就不會改變了。」

接下來，我就喚出小綠蛇，舉行了易主儀式，從此小綠蛇就是李獵的了，寶刀也歸他所有。

老爺子見寶刀中封印的寵獸竟然是野寵，頓時喜出望外，心中暗道賺了，老爺子見多識廣，當然曉得野寵最大的特點就是可以伴隨著主人一起成長，最有機會成為七級的寵獸。

李獵得到了寶刀，仍是不放過我，窮追不捨的問我關於四大聖者的事，在他心中早就認定了我是力王的傳人，我想他把我想成是四大聖者之一的力王的子嗣，這樣一來更容易接受他自己的失敗吧！

躲回到自己的屋中，總算是鬆了一口氣，回想今天一天的事，當真是夠傳奇的。吃完下人送來的晚飯，沉沉的睡了過去，心中不禁有點想家了，只是一個人的家能算是個家嗎？

翌日醒來，時候尙早，邁出屋外又來到竹林邊，望著綠油油的竹子，心中忽然浮現藍薇的嬌嫩容顏，搖頭一嘆，冷冰冰的大美人笑起來也是很好看的。

抬頭不經意的望向前方，剛好看到一個俏麗的身影，不是藍薇又是誰，真是非常巧，我緊走幾步，招呼她。她本來是低頭慢慢的向前走著，回頭見是我招呼她，粉嫩的嬌靨沒來由的紅了一下，低聲道：「依天大哥。」

我呵呵一笑道：「沒想到又在此遇到藍薇。」

藍薇忽地望著我道：「依天大哥不想再見到藍薇嘍。」

我本意是想說自己沒有料到會在同一個地方又見到她，真是有緣分，沒想到她會錯了意，尷尬的道：「沒有，我當然是想見到藍薇。」

藍薇見我窘迫的樣子，莞爾一笑，僵硬的氣氛頓時被打破，我鬆了一口氣，心中暗罵自己爲什麼在漂亮女孩面前總是說不好話。

我和藍薇邊聊著邊向前走去，轉過一道彎，迎頭碰上兩個人，其中一個正是清兒，另外一個是男的，斯文俊秀，透出幾分儒雅氣，我卻感覺到此人並非如表面那般簡單，至少他武功修為應該很高。

那人見到藍薇，臉上露出一絲驚喜，道：「薇妹妹，為兄昨晚才回來的，今天本想去看你，今早卻被清兒纏來，要我為她解釋『焚心訣』的疑惑，沒想到清兒進境飛快，幾個星期不見就修煉到『焚心訣』的境界。」

清兒見那人表揚她，臉上頓現出得意的神色。

藍薇顯得很平靜，道：「原來如此。」便不再說話，那人原本就知道藍薇的脾性知她不願多說話，可是今天卻感覺到和平常頗有不同，突然看到我，旋即有些明白過來。

清兒興致高昂的道：「依天大哥，你怎麼和藍薇姐姐一塊出來散步，也不叫上清兒，清兒最喜歡熱鬧了。」

我見她說到「藍薇」兩字故意多使了兩分力氣，馬上明白過來，那男子就是李家第一號人物李雄，清兒崇拜李雄，可惜李雄卻喜歡藍薇，現在抓到機會，自然是要栽贓藍薇，好讓李雄以為藍薇和我有些什麼關係。

出乎意料，李雄並沒有表現出嫉妒的神情，原本平淡無奇的雙眸陡然暴出神光，盯著我脫口道：「你就是鎧甲王，四大聖者之一力王的徒弟，聞名不如見面，確實風流人物。」

我訝道：「鎧甲王？四大聖者之一的徒弟？怎麼傳得這麼快！」

李雄上下仔細打量的目光，令我感到很不自在，強裝鎮定的道：「李兄這樣看我，難道我身上長了花不成？」

李雄失笑道：「不好意思，小弟唐突了，只是四大聖者個個都是如同神一樣的人物，對我們來說僅限於傳說，現在有幸見到力王的高徒，自然是要看個清清楚楚的。」

清兒也噘起小嘴，不樂意的道：「依天大哥，你實在不夠意思，清兒這麼多天陪你解悶，你竟然不跟清兒說，還要清兒從別人那裏得知。」

我暗道：「早知道一柄刀就洩露了我的身分，打死我也不會說的，可是爲什麼就傳得這麼快，一晚上的工夫，好像全世界的人都知道了似的。」我強辯道：「只不過一柄刀吧，怎麼就認定了我是四大聖者之一的徒弟呢，我連四大聖者是誰都不知道，又怎麼會是他徒弟呢，可能他曾經用過的兵器和我的很像，那不代表我和他就有什麼關係。」

藍薇沒有說話，微微的笑著，彷彿只要是我講的話她都相信。李雄和清兒兩人都一臉不信的樣子。

清兒撇嘴道：「四大聖者的徒弟！多威風啊，沒想到還會有笨蛋否認。」

李雄嘴角露出神秘的笑容，笑瞇瞇的道：「呵呵，依天兄又何必否認呢，想四大聖者是何等樣人物，他們使用的兵器絕對是萬中選一，舉世無雙的，不是小弟輕看你，雖然小弟看出依天兄的修爲不錯，但是想要煉製一柄四大聖者使用的兵器，就算再給你二十年恐怕都不行，就算是找別人煉製，據我所知，只有夢幻星的煉器坊有這個能力，且不說你能否出得起價錢，或者你有能耐讓煉器坊爲你煉製，只是你不是剛從村子裏出來嗎，又怎麼去得了夢幻星呢？」

看著他得意的笑容，我被他說得啞口無言，暗忖他心思縝密，推測得很嚴密，頓時有些底氣不足，囁嚅道：「天下這麼大，你又怎麼會知道沒有別人會煉製的。」

李雄見我被說得尷尬，於是不再答話，插開話題，提起昨日我與李獵的那場比武，大加讚嘆我的修爲，接著又提起了梅家的幻術，說梅家的幻術別具一格，自成一派，雖然每個人都知道梅家的幻術是惑人耳目，可偏偏只有很少人能夠分辨得清。

對他的評價，我倒是很贊同的，那天與梅老爺子的那場驚心動魄的十招賭約還歷歷在目，此時回想起來梅老爺子施展的幻術，千變萬化，根本分不清何者爲真，何者爲假。

李雄又告訴我，說是兩天後，梅李兩家將在昨天的那個大修煉場舉行一場比武，參加的人當然是兩家的年輕人，目的嘛，自然是培養兩家新一代的接班人。

我問李雄，難道他們不怕對方把自己的絕技給偷學了去嗎。意外的李雄收起嬉皮的神情，頗有感觸的道：「再怎麼強的家族，敝帚自珍總有一天會滅亡的，只有不斷的加入新的血液，才能跟上時代的步伐，充滿新的活力。」

末了，李雄還邀請我兩天後也參加。

大好的觀摩機會，我又怎麼能錯過，滿口答應，心中頗有些盼望，兩大世家的功夫，應該能令我大開眼界，擴展在武道上的視野，有可能的話還可以偷學兩招，呵呵。

與此同時，在某一個地方，一個尖嘴猴腮的中年人，諂媚的對著一個全身裹在黑衣裏的人道：「恭喜主人，今天的這隻試驗寵獸終於成功了。」

黑袍中傳出一把蒼老的聲音，顯得張狂而得意，道：「哼，老子費了二十年的功夫，就是爲了這一天，終於讓我成功了，哇哈哈，不久的天下將會是我的，什麼四大聖者、五大強者，全是狗屁，所有的人都得看我的臉色！」

黑袍人邊說邊往前走，中年人緊跟在後面，虛僞的媚笑道：「哈哈，當然了，主人的智慧天下僅有，四大聖者算什麼東西，早都該滾到一邊了，現在宣布歸隱算他們識相，不然等到主人神功大成之日，就是身敗之時。」

黑袍人顯然被拍得很高興，哈哈狂笑兩聲。

委瑣的中年人又道：「四大星球在主人的領導下，將會更加繁榮。到時候希望主人也能賞小人一塊大陸……」

黑袍人心情很好，回過頭瞥了一眼面帶貪色的中年人，淡淡地道：「那是自然，你跟了我這麼多年，到時老子吃肉，一定不會少了你的湯。」

中年人大喜，點頭哈腰的道：「謝謝主人，主人天縱英才。小人祝主人早日神功大成。」

兩人來到一個主控室，透過一面巨大的玻璃，可以看見在一間封閉的秘室，一隻普通大小的兔子安靜的蹲在中央，看不出有什麼異樣。

黑袍人低沉的道：「開始吧。」

中年人在面前的一排按鈕上按下其中一個綠鍵，下面的秘室「咔啦」一聲，天花板突然出現一個缺口，一隻活雞掉了下去。

本來悄無聲息的兔子，紅色的眼珠突然探出油綠的森光，嬌小的身體，倏地毫無徵兆的膨脹起來，瞬間化成一個近一米的怪物，可愛的臉孔猙獰可怕，長出鋒利牙齒，一個縱身撲到那隻可憐的雞身上，狠狠的吞噬下去，剎那間鮮血和羽毛將怪物的臉上塗滿。

黑袍人顯得很滿意，緩緩地道：「好！不過這還只是初級階段，想要憑這個東西稱霸四大星球還遠遠不夠。」

中年人驚訝的道：「主人，難道這麼驚人的程度還只能算初級階段，那麼高級階段又是什麼呢。」

黑袍人冷冰冰的道：「寵獸畢竟是獸類，再怎麼強也不過徒長幾斤蠻力罷了，始終強不過如鳳凰和龍這種天生智慧寵獸，靠著吞噬別的個體來增強和完美自己，這種程度的力量還不能令我滿意，何況這種變異後的寵獸已經失去了和人類合體的能力，我要之何用。」

中年人垂著的眼睛中露出不易觀察的貪婪，一閃便又變回到以前的委瑣。

黑袍人忽然哈哈狂笑道：「看在你跟我這麼久的份上，我就告訴你，只要通過一種特殊的儀式，就可以和這種變異後的寵獸合體，這樣就可以擁有了那種自我進化的特能！想想不斷吸收別的強者來使自己更強，這是劃時代的進步。」

中年人露出不經意的得意神情，一隻手悄悄的接近黑袍人的背，異芒突然暴漲，等到黑袍人反應過來已經遲了，黑袍人的大袍陡然鼓脹起來，強行受了一擊，反過身來惡狠狠的望著中年人道：「你是誰？」

中年人這時的神態顯得無比輕鬆，挺直彎了二十年的腰，帶著無匹的氣勢，狂笑道：「老匹夫，老子像狗一樣服伺了你二十年，今天終於熬到頭了，我等的就是這一天，你的秘密我已經知道了，你活在世上已經沒有了意義，看在你告訴我最後秘密的份上，老子給你一個全屍。」

黑袍人不爲所動，冷冷的道：「你知道怎麼合體嗎？」

中年人諷刺的瞥了他一眼道：「這個你就不用管了，你秘密收藏的晶片，我會代爲你保管的，你稱霸的遺願，就讓我來替你完成吧！」

黑袍人恨道：「你偷襲我一掌，就以為老夫就全無還手之力嗎！」

中年人調侃道：「老匹夫，你知道五大強者是哪幾個人嗎？」

黑袍人瞪大了眼睛望著他，驚駭的道：「難道你就是那個最隱秘的鬼王嗎？」

中年人奚落的道：「你身為五大強者之一，二十年竟然沒有發現我就是五大強者中的鬼王，你太大意了。」

黑袍人一臉死寂，當他知道伺候了自己二十年的狗竟然同為五大強者，便打消了逃生的僥倖心理，仰天長嘆：「賊老天，我好恨！」

中年人手中突然出現兩柄短叉，幻出千般光彩，萬般形狀，鋪天蓋地的擊向黑袍人，黑袍人最後的慘嚎從陸離的光華中傳出：「梅家的幻天一劍！」

中年人上前踢了一腳五腔流血的屍體，冷冷的道：「現在才知道我是梅家的人，已經太遲了，你就安心去吧，你的秘密我會替你保守的，哈哈哈。」

中年人笑聲停歇，瞧著地上的屍體，冷哼一聲道：「老匹夫，要不是你太大意告訴我這種寵獸的真正用途，我又怎麼捨得殺你呢，要怪就怪你自己太笨了！」說完話從容的轉過身消失在走廊的盡頭。

過了很長一段時間，本該斷了氣的屍體，突然動了起來，黑袍人慢慢的爬起身來，望著中年人消失的地方，嘿嘿的低笑幾聲，自言自語道：「你覺得別人笨，其實笨的是你自己，你以爲四大聖者這麼好相與嗎，那些走失在人間的失敗品早就引起了四大聖者的注意，老夫要不是讓你當替死鬼，會這麼大意說出一切秘密嗎？何況真正的秘密，又豈是這個低級的兔寵所能比的！不過老夫真沒想到你會是五強者之一，我還是小看了你，還好你比較笨！」

說完，好像害怕有人發現他，拖著受傷的身軀很快消失在一個秘道中，看來這雖是他蓄意安排的陰謀，但是亦受了很重的傷。

兩天後，打著切磋旗號的比武較技盛會，也在李家中秘密舉行，在李家的封鎖下，沒有人知道，今天是兩大星球代表性的家族交流武技的好日子。

習慣性的起得很早，今天李家的人也同樣起得很早，剛起床就聽到很多腳步聲。來到庭院中，擺開「九曲十八彎」功法的坐姿，盤膝而坐運氣周身，這些天接觸到太多精妙的招式，反而怠慢了功法的修煉。

心神一沉下去，冷森森的氣息就從丹田而起運遍全身，自上次幸運的從純陽轉換爲至陰，到今天，掰著指頭也可以數得過來我運氣的次數。一下子接受不了陰冷的內息，幾乎叫出聲來。

等到轉了兩圈過後，這才漸漸適應，如冰般的氣息早就將周圍熱浪般的空氣給推開到幾丈開外，使我享受到炎炎夏季少有的涼爽。

轉足十八圈，我漸漸收功將內息歸引到丹田中。

內息很強大，已經出乎我的預料，可能是我進步得太快，俗話說過猶不及，我的精神還不能駕馭這種級數的內息，如果我不小心使用體內的內息的話，可能會反而對自己造成不可估量的傷害。

收功後，仍坐著想一些平時較爲疑惑的問題，這是我平時養成的習慣，因爲每次收功後，頭腦都較平時要清楚很多，用來思考一些平常想不通的問題再合適也不過了。

剛想不久，該死的「似鳳」就在耳邊聒噪起來，這些日子，牠可風光了，李家上上下下都知道有一隻貪吃的賊鳥，加上李老爺子得了我的好處「猴兒酒」，也就睜一隻眼閉一隻眼，任牠鬧，清兒要不是因爲李雄回來了，恐怕這一人一獸的恐怖二人組還要繼續折騰下去。

剛睜開眼想罵牠，便意外的一個亭亭玉立的身體就立在身前不遠處。

柔美的聲音道：「依天大哥。」

不用看，我也知道是藍薇，在李家只有清兒和她會稱我大哥，清兒那丫頭像是黃鶯般

「唧唧喳喳」，哪有這麼溫柔的聲音。

知道佳人來訪，自然不能唐突，忙長身站起道：「藍薇啊，你今天不用參加李梅兩家的比賽嗎？」

冷冰冰的俏臉顯出兩團笑顏，道：「當然是要參加的，只是現在還早，我特意來看看依天大哥的。」

「來看我？」我受寵若驚卻仍不相信的問了一聲。

「對啊，那天李雄大哥不是邀請依天大哥了，我是怕依天大哥會忘記，所以提前來陪依天大哥一塊的。」

我笑笑道：「怎麼會呢，我可是早就想觀摩一下你們兩大世家的絕學了。」

「似鳳」不合時宜的在我肩膀上又跳又叫，藍薇笑道：「依天大哥，你也被這隻賊鳥給纏住了嗎？」

我瞥了一眼在肩膀上不安分的「似鳳」隨口問道：「你也知道牠？」

她好像想起了什麼好笑的事，掩嘴輕笑道：「那天，我做好了一份『果肉酥』，本來是要孝敬爺爺的，結果牠突然飛出來了，就那麼硬是從爺爺嘴中搶了下來，爺爺氣得鬍子都翹了起來，奇怪的是，竟然沒拿牠怎麼樣。」

我尷尬的道：「這是我養的啦，都怪我平時沒有教育好牠，才讓牠變得這麼貪吃。」

藍薇睜大了美眸，不可思議的望著我肩上的「似鳳」又望向我道：「依天大哥養的嗎，看牠的樣子也不像是寵獸，依天大哥養牠有什麼用嗎？」

見藍薇質疑牠的身分，「似鳳」突然飛起來，衝到藍薇臉前，唧唧的叫著，藍薇微微一笑，迅雷不及掩耳之勢的突然伸出玉手想抓住牠，卻不料，自信滿滿的一抓，竟撲了個空。

望著藍薇驚異的神情，「似鳳」得意的「呱呱」叫著，我輕輕拍了牠一下，從烏金戒指中取出兩枚「百獸丸」，想封住牠的嘴，最好的方法就是丹藥。

「似鳳」猴急的一口一個吞了下去，狀甚開心的拍打著翅膀飛了起來。

藍薇吃驚的道：「這是什麼鳥，速度這麼快？」

「你別看牠貪吃，可是標準的三級寵獸，而且是野生的，據我二叔說，這種寵獸十分稀少。雖然飛得很快，但是有致命缺陷，只要有好吃的，就算知道是陷阱，牠都會跳進去的，說到底就是一隻貪吃的笨鳥，能夠活到現在實在是牠的運氣。」

藍薇好奇的盯著牠，道：「怎麼看不出三級寵獸的標誌？」

我道：「所以說這個品種稀少，牠頭上沒有三級寵獸特有的那三道橫啦。」心中忖度：「開玩笑，牠可是和上古神獸鳳凰同宗，又怎麼可能有奴隸獸的標誌。」

藍薇點頭「哦」了一聲，仔細的打量著這隻罕見的寵獸，而「似鳳」見我幫牠吹噓，驕傲的別著頭故意不看藍薇，彷彿是不屑一顧的樣子，忽然又想起什麼，「唧喳」的衝我叫了起來。

跟我這麼久，多少也能明白牠的意思，罵道：「我可沒欠你的，你整天不回來，我自然是過期不候，還想問我討回前些天的『百獸丸』，門兒都沒有。」

「似鳳」見我神態堅決，不甘的用翅膀拍了我兩下。

藍薇驚訝的道：「難怪依天大哥說牠很罕見，能夠具有和主人交流的充滿靈性的寵獸確實很難見到，這隻奇怪的小鳥真的蠻特別的。」

我剛要說話，就看到「似鳳」指手畫腳的向我叫著，失笑道：「你天天吃我的喝我的，現在竟然要用東西交換我的『百獸丸』，我倒要看看你能拿出什麼東西來交換。」

「似鳳」見我答應，小小的眼睛突然閃出亮光，一陣風似的消失了。

我真切的感受到牠小眼睛中露出的欣喜若狂的味道，藍薇也愣了一下問我道：「牠幹什麼去了？」

「牠說要用東西來交換我剛剛餵牠吃的東西，不知道這隻神經鳥搞什麼鬼。」

突然我捕捉到牠急速飛回的身影，只是牠真的叼著一個什麼東西飛回來，怎麼看起來像是一個人的內衣物呢，而且還是女孩子的內衣物。

我納悶的看著牠越飛越近，心中懷疑是不是自己看錯了，藍薇看著我疑惑的看著她身後，意識到是「似鳳」飛回來了，也轉過頭朝牠看去，突然發出一聲輕叫，臉頰頓時平添兩抹酡紅。

我瞪大了眼睛望著那隻邀功似的看著我的「似鳳」，罵道：「白癡，你從哪找來的別人衣物，還不還回去，你這隻賊鳥就會給我找麻煩！」

「似鳳」眼見「百獸丸」就要到手，卻發現我不但不給牠，還罵牠一頓，以爲我是故意反悔，頓時將叼回來的內衣物扔到我身上，尖聲的叫著，爲自己的利益爭辯。

我眼疾手快在內衣物落在我頭上之前，將其抄在手裏，見牠還不服氣的爭辯，氣血上湧的罵道：「混蛋！你說什麼香，哦，內衣香。什麼，還是你從未見過的極品香味，你這個笨鳥知道個屁啊，這是女孩子的處女幽香，我看你不但是賊鳥，現在更是一隻淫鳥，這是誰的衣物，還不給送回去！」我有些失控的罵著牠。

突然藍薇遲疑的聲音響起來，好像非常害羞，「依天大哥，那好像是我的衣物。」猶如晴天霹靂，我驚駭的道：「什麼？」

第六章　花笑美人

我想再確認一次的結巴著道：「什麼，藍薇，你說這個，牠，淫鳥找回來的這個，是，是你的？」

藍薇羞赧的點了點頭，沒有說話，此時我在心中已經把淫鳥給咒罵了千萬遍，如果現在沒人的話，我會毫不猶豫的把牠掐死，再熬成一碗鳥粥，讓牠再也不能禍害我。

淫鳥彷彿也覺察到瀰漫在空氣中的尷尬，見機的早就飛得無影無蹤了。看著手上的衣物，實在是拿在手裏也不好，還給藍薇也不合適，我們兩人無所適從的呆在這兒，誰也不說一句話。

奇異的氣氛悄無聲息的滋生蔓延，藍薇的臉頰彷彿是兩大塊的火燒雲，一直燒到耳朵根，反襯著頸後的天鵝絨般的嬌嫩皮膚格外的白，看著那紅白之處，心中竟然開始了遐想。

藍薇彷彿感到我灼灼的目光，就那麼一直低垂著頭。

突然一個聲音從庭外傳來，是清兒的聲音：「依天大哥，我和李雄哥哥來看你了。」接著李雄訓斥的聲音便傳來，「清兒不要這麼大聲，也許依天兄還在睡覺，我們不要打擾了他的清夢。」

清兒可不管那麼多，蹦跳著向我們這邊走來，我突然記起手上還有藍薇的衣物，心急之下，立即收到烏金戒指中，可不要讓李雄他們看見，因此壞了藍薇的名聲，我罪過就大了。

「咦，藍姐，你怎麼也在？」清兒見到藍薇詫異的道。

藍薇全無平時的自若，不敢抬起頭來，強裝鎮定的道：「我是怕依天大哥忘記了，所以……」

李雄疑惑的望著藍薇，表情十分懷疑她說的話的可信度，藍薇燒紅的面頰，只要不是瞎子，都可以看出一些端倪。

藍薇也意識到自己的處境，急匆匆的邊走邊道：「既然李雄大哥和清兒都來了，那就用不著藍薇了，藍薇先走一步。」說話間，飛也似的迅速消失我們三人面前。

清兒納悶的道：「藍薇姐今天好怪哦！」

李雄出乎我意料的沒有興師問罪，只是淡淡的道：「依天兄準備好了嗎，準備好咱們這就過去吧，比武大會已經開始了一會兒了。」

我疑惑的道：「開始得這麼早，現在還早得很吧？」

清兒咭的一笑道：「依天大哥，現在已經日上三更，我和李雄哥哥見你這麼許久不來，還以爲你忘了。」

我驚訝的抬頭望天，卻尷尬的發現，時間正如清兒所說，已經是日上三更了，不好意思的望著兩人道：「那我們趕快走吧，不要耽誤了你們兩人上場的時間。」心中卻暗道：「沒想到，時間過得這麼快，肯定是和藍薇發呆的時候沒感覺到時間飛逝。」頓時有些汗顏。

我們三人都施展出各自的飛天功法，從空中迅速的向比武場地飛去。我跟在兩人後面，仔細的觀察兩人的飛行功法，僅從外面來看，一點也看不出其中的奧妙，不過速度倒也是不慢，而且以功力最低的清兒來看也不見絲毫費力。心中不禁更加欽佩李家的功法，更迫切的想一睹兩大世家的比武盛況。

經過三道身分驗證，我們三人進入了比武場地。

只從森嚴的戒備，就可以看出李家對這次比武切磋是非常看重的。

基本上，兩大世家分別佔據在比武場地的兩邊，不過也有少數人不在自己這一邊，而跑到另一邊去待著。

此時，場地上正有兩人在進行著，兩個都是女孩，劍影飄飛，人影躍動，一招一式都煞是好看。李家這面的女孩我認識，那天老爺子招來收服神劍的人群中就有她，可見這個女孩修爲一定不錯，否則李老爺子也不會讓她去秘室了。

仔細觀看其劍勢，迅捷、飄逸和清兒一樣走的是靈動路線，劍花上下飛舞，不禁令我讚嘆不已，真是又好看威力又大。本以爲憑她對劍法的造詣，她的對手十有八九不會是她的對手。

待到我認真觀看另一個女孩時，才真正的大吃一驚，這個女孩用的是很少見的武器，兩條絲帶，時剛時柔，陰柔處彷彿靈蛇吐信，陽剛處好像鐵棍橫掃。看不出年輕竟然已能輕鬆的陰陽轉換，雖然只是招式的變換，但已十分驚人了。

兩個女孩子都是難得一見的美女，尤其是梅家那邊的女孩，長相嬌媚，竟不比藍薇稍差，只是比藍薇少了三分冰冷，卻多了三分媚相。此時進入決一勝負的關鍵時刻，年輕氣盛的年輕小夥子哪還能忍的住，都高聲大叫起來。

看的出來，梅家的那個女孩在修爲上要比李家的女孩要高上一兩籌，此刻使出全力，李家的女孩已經缺乏招架之力。

藍薇在老爺子身旁待了一會兒，見我們三人進來，朝我走過來。李雄望著藍薇本想打招呼的，卻發現藍薇的眼神一直都看著我，於是附耳道：「依天兄，你手腳蠻快的嘛！」

我正專心看著台上比武，聞言一愣，隨即明白過來他指的是什麼，突然想到清兒曾經說過，李雄是喜歡藍薇的，心中一動，暗自猜測他忽然提出這件事會不會是想找我麻煩。其實我是很想和他交個朋友的。

李雄道：「臭小子，還跟我裝傻，不過歡迎競爭，我對自己很有自信。」

沒料到他態度突然來一個大轉變，疑惑的望著他。

他自得的笑道：「沒有其他的競爭者，她又怎麼知道我是最好的呢。」

由於我們倆聲音都蓄意壓低，站在我們身邊的清兒和已經來到我面前的藍薇都沒有聽到我們倆在說什麼。

藍薇向我淺淺一笑，冷麗的俏臉頓時綻放逼人的光彩，讓我們兩人頓時看呆了眼。憑藍薇的絕世容貌，這種情形想必經常遇到，不管我倆的呆相，乖巧的在我身邊站好，目光投射到比武場上。

李雄大為嫉妒，立即把剛才說的話拋到太平洋中，低聲在耳邊道：「臭小子，你是怎麼做到的，你是不是對藍薇下了什麼咒，混蛋！嫉妒死我了。」說到最後，幾乎要怒吼出來，接著彷彿受傷的小孩子唏噓的在我耳邊接著說道：「為了這個笑容，我等了十幾年了，現在竟然被你得到，我不甘心啊！」

藍薇是出了名的冰山美女，不論是在李家還是其他世家追她的人都是大把，此時見她竟主動走向一個陌生的男子，而且還露出百年難得一見的笑容，頓時議論紛紛，目光在我身上逡巡不定，不認識我的人開始在心中暗暗猜測我是何方神聖，可以讓冰山美女燦顏一笑。

突然，兩邊響起如雷掌聲。

我望向台上，果然李家的那個女孩已經敗了下來，勝了的那個女孩向四周歡舞的男孩子們毫不吝嗇的送了幾個飛吻，充滿媚力的大眼睛突然看到我們幾人，立即向我們奔了過來。

我正在詫異不知道她爲何向我們這邊而來的時候，就聽到清兒不滿的低罵了聲：「狐狸精，沒有胸部的女人。」

再看那個女孩離我們還遠就大聲喊道：「李雄哥哥！」

我立即醒悟，呵呵，這應是清兒的另一個情敵吧，看到李雄見那女孩朝他奔來，眉頭皺了皺，心中不由得大樂，促狹的推推李雄，低聲道：「找你的，李兄，看不出啊，蠻不錯的。」

李雄狠狠的瞪了我一眼，還沒來得及威脅我，女孩已經來到李雄面前，絲毫不顧忌，伸手抓住他的一隻手，嗲聲道：「李雄哥哥，你們才到嘛，你有沒有看到人家的『彩綢飛』又有精進哩。」

清兒不樂意的一直盯著她，故意低聲罵道：「不要臉，狐狸精。」

女孩自然是聽到了，瞥了清兒一眼便不再理她，抓著李雄的手纏著問東問西，只怕女孩和清兒早就相識，聽清兒罵多了，便也不放在心上。

我下意識朝她的胸部看了一眼，也不覺得怎麼小，頂多是不大而已，和清兒差不多，不過清兒還小，應該還有發展的空間，難怪清兒惡毒的罵她沒胸部。

藍薇在耳邊輕聲道：「她是梅家的寶貝，梅妙兒，上次比武會上認識李雄大哥的。」

「哦。」我明白的點點頭。李雄見我倆的親密樣，頓時心中湧起一股酸水，配合的和梅妙兒有說有笑起來，只是這樣一來倒苦了清兒，明亮的大眼睛已經有了霧水。

我身為當事人之一，自然是不便說什麼的，又不忍心看清兒氣苦的樣子，故意放大聲音道：「你們不是切磋嗎，應該點到為止，怎麼我看起來好像每一個人都似要拚命的樣？」

藍薇冰雪聰明，我一說話，便馬上明白我的意思，配合的為我解釋道：「每次比武會兩家都會拿出若干樣獎品，勝利的人都有望得到獎品。」

聽到獎品，我頓時來了興趣，接著問道：「什麼樣的獎品？又怎麼樣才能得到獎品呢？沒看到你們一套比武得分的機制啊？」

藍薇見我饒有興趣的樣兒，於是仔細爲我娓娓道來：「一般來說，誰舉辦比武會，誰就出獎品，當然獎品不會太差，就好比今次，我們李家出獎品有三種：一爲暈眩鈴，二爲兩級中品的豬豬寵一隻，三爲一枚空間戒指。」

我大爲稀罕，追問道：「聽來都是非常有趣的東西，那暈眩鈴是種什麼東西？」

藍薇頓了一下，突然五指射出如煙寒氣，越聚越多，逐漸凝聚成一隻毛球似的小玩意，頭臉五官和四肢都在一個小球上，然後道：「這隻小寵獸，是一隻奴隸獸，名字叫『咕嚕』，這種『咕嚕』寵有一個特別之處，平常愛發出『咕嚕』的聲音。」

我接道：「所以把牠們取名叫『咕嚕』寵，倒也是貼近。」

藍薇接著道：「這『暈眩鈴』就是用特殊材料煉製的一種小玩意，裏面封印了一隻『咕嚕』寵，只要內息催動暈眩鈴，就會發出一種特殊的聲音，會對人的神經造成一定的衝擊。」

「哦」，我點點頭，心道：「這個小東西真是有趣，至於那個『咕嚕』寵也還是第一次聽說到，樣子奇怪無比，用處也很奇怪。」想到這，不禁對後面的那隻豬豬寵起了更大的興趣。

藍薇輕輕一彈，手上的「咕嚕」寵化作一團冷氣融入空氣中，接著手掌上又出現一隻可愛的小豬，成睡覺狀，粉紅色的皮膚，嬌小精緻的身體，讓人一眼看去，頓生喜愛之心。

「這豬豬寵有什麼奇怪的作用嗎?」

藍薇白了我一眼，道：「什麼叫奇怪的作用，難道寵獸都是用來打打殺殺的才叫正常嗎?這豬豬寵非常神奇，可以幫助主人進行空間跳躍。」

我大訝，道：「空間跳躍?就是說可以一瞬間從一個地方移動到另一個地方嗎?如果真的是這樣，可真的是非常珍貴。」

突然清兒插嘴道：「哪有那麼神奇，豬豬寵雖然能幫助主人在短時間從一個地方移動到另一個地方，但是每次都會用盡全身的能量，要等到牠恢復，才能進行另一次跳躍，而跳躍的距離又得視豬豬寵的級別而定，像從地球跳躍到別的星球就不行。」

梅妙兒也忍不住開口道：「你懂什麼，我聽爺爺說，在幾百年前，還存在時空跳躍的豬豬寵，可以回到古代。」

清兒見她說得這麼神奇，本來輕視豬豬寵，現在也不禁想要一隻養來玩玩，何況那麼小隻的豬豬寵看起來非常可愛。

藍薇顯然不滿梅妙兒高人一等的語氣，冷冷的道：「還想回到古代，恐怕沒回到古代，你身上的能量就被豬豬寵用光了。」

說完看也不看她氣白的小臉蛋，又向我介紹道：「剩下的那枚空間戒指，你自己就擁有一枚，其中就不用藍薇給你介紹了，只是這枚空間戒指比起你這枚烏金打造就要差了很多。」

我暗暗點頭，心道這三件獎品雖然不是什麼神兵利器之類的東西，卻也都是稀罕的玩意，即便不能增強攻擊力，卻仍很吸引人。

那「咕嚕」寵，和「似鳳」的本領相似，不過級別太低，應該和「似鳳」差很大一截，不知這傢伙又跑到哪裡去了。那隻豬豬寵就更加神奇了，竟然可以進行空間的跳躍。這一次真是令自己眼界大開，知道這世界還有很多自己不曾見過的寵獸，也知道加強本身攻擊力並不是寵獸的唯一用途。

藍薇輕輕翻手，那隻可愛的小豬頓時也化爲一團冷氣，旁邊幾人看得目瞪口呆，雖然藍薇是出了名的修爲高強的大美人，只是他們仍不曾想到藍薇可以凝氣成型，即便號稱李家第一高手的李雄也不能做到。

我自然知道這是藍薇靠著神劍的強大威能才做到的，這也是劍靈甦醒與不甦醒的差別，同樣擁有神劍的李雄和清兒就無法做到。

接下來，雙方又打了七八場之多，差不多是兩家春色平分，只是上一場突然上場的一個梅家的壯漢兩勝兩場，手段霹靂，招式狠辣，往往是幾個回合，對手就被打得一敗塗地。

梅家的老爺子，嘴角樂得都快扯到耳朵了，此時見家中子弟打得李家年輕一輩全無還手之力，心中正爽，想起上次被對面的糟老頭以十招賭約找來的一個怪胎合夥騙去了自己不少好丹藥，更可惡的是，竟然故意在自己面前飲「猴兒酒」，饞的自己偷偷吞了不少口水，著實可惡，這次打賭，誰輸了就要給對方自己珍藏的一件好東西。

只要自己勝了，就要他那剩下的半葫蘆「猴兒酒」，疼死這個老匹夫，想到得意處，示威似的向李霸天看去。

李家的老爺子，自然知道對方此時兩勝兩局，心中在想些什麼。要是再輸兩局，自己的「猴兒酒」恐怕就不一定保得住了。

回頭看向自家的子弟，每看一個就搖一次頭，看來看去，想勝場上之人只有藍薇那丫頭和李雄，只是事先已經約定，不讓此二人上場，因爲已經獲得神劍的認可，功力暴長，梅老頭硬說是占了便宜，現在不禁後悔當時答應得太乾脆。

場上的年輕小夥子叫梅魁，看似成熟，實際年齡只和清兒差不多上下，梅魁天生神力，悟性也百中挑一，不但將梅老頭的無影功法學得純熟無比，自己更教過他劍法。

所以他可以說是身兼兩家之長，進境之快，直迫李雄。是以，李老爺子雖然心裏急得像熱鍋上的螞蟻，就是找不到合適的人選上去對付他。

李家的子弟兵也被對手的威猛給嚇住，一時間竟然沒人敢上去應戰。

此時見梅老頭向自己挑釁的擠眉弄眼，心中不禁暴跳如雷。

「我來！」聲音如同炸雷，在場地上方出現。

隨著聲音，一個矯健的身影從空中落下，我定睛一看卻是老熟人──李獵，此時一身白色勁裝，威風凜凜，雙眼如電，隨便一站，氣度不凡，和兩天前相比竟是判若兩人。

虛空一握，手中頓時出現一柄神刀，正是我的那柄「魚皮蛇紋刀」，運勁甩腕，一道刀罡直沖雲霄而去。

神態勁酷，頓時引的兩面的女孩子一片歡呼尖叫，我心中莞爾，想那李獵也如此受女孩子歡迎。

本來梅家老爺子見是李獵，雖然知道他修爲不錯，但卻知他不是梅魁的對手，忽然見李獵發出刀罡，顯然修爲精進，神色頓時凝重起來。

李家的老爺子見李獵一上去就獲得一片熱烈的反應，神色也逐漸開朗起來，心中暗道：「我怎麼把他給忘了，看來這兩天，他下了不少苦功，勝利有望，哈哈。」

藍薇淡淡的道：「沒想到李獵精進如此之快，看來他對上梅魁應該有幾分勝算。」

梅妙兒本就不高興藍薇，此時見藍薇說這些話，突然大聲對著場上的梅魁喊道：「魁弟，加油，把對面的那個傢伙打成豬頭！」

聲音之大，大部分人都聽到了，齊齊看向她，梅魁苦著臉道：「姐，李大哥很厲害的，我怕我打不過他。」

李獵眼光怒射而來，忽然看到我立在旁邊，神態轉爲友善，對我一笑，便收回目光，全身凝氣，謹慎的打量著梅魁，刀上綠光跳動。

梅魁在他強大的氣勢影響下，也放出同樣霸氣十足的氣場與之相抗衡，我心中猜測兩人一出手必定是石破天驚。

突然一道柔和的白光形成的能量罩將兩人罩在當中，這是防止出現意外傷了旁觀之人而採取的保護措施。

梅魁不敢托大，取出兩枚圓環，與梅老爺子的那兩個乾坤環驚人的相似，想來應該是以之爲模型，量身打造。

話說當日黑袍人九死一生逃出秘室後，馬不停蹄來到一個秘密的山谷中，此處，一山立中，群山環繞，其中數座矮峰並列，周圍山勢起伏不平，山腳則是枝繁葉茂古木參天的滔滔林海，各類毒蟲隱匿其間，山上雲霧在陽光的照射下飄渺如海，翻滾不停。

他左突右轉，在一塊巨岩下停了下來，探手在旁邊不遠處的草叢中摸索著什麼，只聽「嘎呀」一聲，完好無損的巨岩居然從中分開，黑袍人一頭栽了進去。

剛才逃命太急，沒來得及治療傷勢，急奔至此，更是加重了傷勢，再也支持不住，一進入山洞中，隨手關了洞門，只見一條狹長的通道指向前方，兩旁石壁多有照明設施。

黑袍人眼見自己已經安全，遂坐下身開始給自己療傷，過了盞茶時間，黑袍人起身一言不發的向內裏走去。

一路又有好幾個岔口，想必其他通道是通向鬼門關的，其中惡毒的機關不知凡幾。

黑袍人神情逐漸興奮起來，可能是傷勢只是暫時被抑制的關係，走了許久，身形跌跌撞撞，打開一道合金門，眼前豁然開朗，各種玻璃器皿支放在整間大石室中。

其中一個圓柱形器皿最爲巨大，其中裝滿了藍色液體，一團黃色的東西處在藍色液體中央，因爲被藍色液體包圍，看不出是什麼東西。

黃色的東西周圍插滿了各種通電流的介體。

黑袍人立在一個大型控制器前，驗證身分後，手腳麻利的輸入一長串命令，石室的光線突然一暗，巨大的一整套儀器在電能的催動下開始工作起來，中間的大器皿中的藍色液體「咕嘟，咕嘟」的開始冒泡，而那團黃色的東西被電流衝擊的開始努力掙扎起來。

黑袍人站在藍色液體前，臉上滿是激動的神色，嘴中喃喃自語：「乖寶貝，快孵化吧，睜開眼看看爸爸。」

如果那個中年人能看到這一幕，該會活活氣死，這才是黑袍人的成品，而黑袍人吩咐他實驗的那些只不過是試驗品，黑袍人只想從中得到成功的經驗，然後再謹慎的用在眼前的那個珍貴東西上。

這個黃色團狀東西是黑袍人在一處萬年冰川下發現的寵獸卵，經過仔細小心的驗證，終於確認是不知從哪個年代留傳下來的神寵的卵，至於是哪種神獸的卵，便無法考證了。

於是便如獲至寶，二十年前開始了瘋狂的計畫，準備把這隻寵獸培養成一隻全新的寵獸，可以自我進化，進化的手段卻非常霸道，吸收擁有強大能量的別的寵獸，最終進化爲完美階段，按照他的計畫，完美階段的寵獸絕對可以媲美寵獸之王——神龍！

在經過十年的研究後，突起異想，想要把這種異能進化到自己身上，只要自己擁有這種異能，就等於擁有了不死之身，力量達到巔峰後，全人類再沒有人是自己敵手……

爲了這個計畫不被打斷，只有找個替罪羔羊，誰叫四大聖者插手此事呢。想起偷襲自己一掌的中年人，黑袍人嘴角出現一抹獰笑，心中暗道，要怪就怪四大聖者吧。

四大聖者有多厲害，他心裏非常清楚，因爲身爲五大強者之一的他，竟是昔日四大聖者之一「化天王」的棄徒。

自己對力量的執著，竟被師尊說是邪念的起源，從被放棄的那天起，自己就以更強烈的執念追求無人可敵的力量。

玻璃器皿中，突然興起強烈的黃光，黑袍人來不及追憶往事，定神向那團黃色的光芒望去，心中突起強烈的激動，成功近在咫尺，嘴巴哆嗦的道：「乖乖，出來吧，到爸爸這來吧，把你的力量貢獻給我！」

倏地，一陣極爲強烈的黃光閃過，一隻寵獸終於破殼而出，一條肉肉的形似毛毛蟲的寵獸飄在藍色液體中。

黑袍人欣喜若狂，只要再經過一道認主的程序，就可以擁有這條神寵級的寵獸，等到長大可以合體的時候，用特殊手法扼殺牠的意識，就可以將其所有異能占爲己有。

就在如意算盤算盡的時候，突然毛毛蟲寵獸身上湧現大批能量，首當其衝的玻璃器皿被撞得粉碎，藍色液體狂湧而出，彷彿受到駕馭，藍色液體將黑袍人緊緊裹住，而毛毛蟲寵獸站在液體的最頂端。

那對綠豆大小的眼睛，突然爆發出邪惡的眼光，直勾勾的盯著黑袍人，那神情就像一隻捕食的蜘蛛盯著已經筋疲力盡困在蛛網不能逃脫的昆蟲。

即便以黑袍人的老練、狡詐，此時也身不由己的渾身打冷顫，顫抖的望著離自己越來越近的毛毛蟲寵獸，再也沉不住氣，崩潰似的大叫起來：「不要不要，我是你爸爸，是我把你創造出來的，你不能殺我，我是你爸爸。」

毛毛蟲寵獸身體忽然膨脹起來，將黑袍人包裹在其中，彷彿在消化食物般蠕動起來。

一代凶人就這樣莫名其妙的死在自己創造出來的寵獸中，當真是天意難測……

在李家的比武場地上，此時的打鬥已經接近白熱化狀態，兩人的武功都屬陽剛，大開大闔，刀光環影，連身在能量罩外的我們都能感覺出來，能量的巨大波動。

想那李獵可能還無法和綠蛇完全的融合，此時雖然合體能量大增，卻仍不能施展幻靈一招，合體的寵獸還是那天我見到那隻力牛，頭盔上的兩隻犄角向外斜伸，襯得李獵更加威武不凡。

不知和梅魁合體的寵獸是什麼類型的，只是覺得很特殊，可能是爬蟲類，因爲身上的盔甲給人很薄的感覺，與我那天和綠蛇合體後的情景差不多。

兩隻圓環不知爲何物何人打造，充滿靈性，雖然比起神器是差很多，但是比起贈予李獵的「魚皮蛇紋刀」只是稍遜。此時梅魁將兩環釋放出去，只用自己的意識和靈力來控制。

環影在李獵身周圍飄飛，再加上梅家最爲擅長的就是幻影，環的速度又是非常的快，李獵一下子就陷入苦戰，在環影中疲憊不堪。

眼看用不了多久就要落敗，梅妙兒在一邊得意洋洋，清兒氣得小嘴一直嘟著。

我和藍薇都心知肚明，李獵落敗是一定的，現在只看他還能撐多久而已，自然不能幫著清兒說什麼話。突然漫天環影驟然消失，兩枚圓環簡簡單單的停在那兒，忽然無限的放大，兩環疊加，強大的威勢令人大吃一驚。

在場之中能看出其高明之處的，除了老一輩的幾人，也就只有少數的人能看透，梅魁確實不愧是梅家百年一出的奇才，在強勁的對手幫助下又有了精進，參悟了大道至簡的道理。

這才化漫天幻影為樸實一擊，不過太過生硬，斧鑿之痕明顯不能盡全功。

我幾乎不忍目睹李獵的慘敗了，心中暗暗為他祈禱，這傢伙實在太倒楣了，自信心連續遭到重創。

突然間，李獵大喝一聲，怒如金剛，手中之刀瞬間漲大，重若泰山力劈而下，無堅不摧的刀罡倏地消失，代之而起的是一道劇烈跳動的綠芒，彷彿要脫刀而起。

我大訝，這個情形不正是我第一次放出幻靈的徵兆嗎，難道說李獵也有突破，我瞪大了眼睛，綠蛇幻靈幾番掙扎終於闖了出來，扭動著龐大的身軀，張牙舞爪，儼然睥睨天下的蛟龍猛的向巨環撲去。

大家一時間心中如打翻了五味瓶，什麼樣的感覺都有，最強烈的都是驚嘆與自愧不如。

雖然攻擊凌厲，但是李獵悟透這招太遲，已然沒有足夠的能量駕馭綠蛇擊敗對方，糾纏片刻，綠蛇終於不敵，「哀鳴」一聲消失無影無蹤，而李獵在氣機的牽引下也重重倒飛撞在能量罩上，要不是對方留手留得早，恐怕得躺在床上休息幾個月。

從此看，梅魁比起李獵確是要技高一籌。在一片驚嘆感慨聲中，驚心動魄的一戰拉下了帷幕，眾人意猶未絕，回想到剛剛精彩之處，仍是再三感嘆，恨不得兩人再來一場才過癮。

兩人一戰可謂是波瀾起伏，一波三折，連兩個老爺子也是看得直咂嘴，雖然李獵輸了，拜最後精彩一擊的份，可謂雖敗猶榮，而李老爺子雖然又輸了一局，卻是無話好說，更何況看到李獵重新振作起來，心裏也是替他高興。

不過對面的老爺子沒忘記再刺激他一下，大聲道：「糟老頭，我說，你連輸三場，還有最後一場，我看也不用比了，你認輸吧，你要是認輸，我就當你輸一半，哈哈。」說到最後禁不住得意的哈哈大笑。

李家同時出了幾個武道奇才，自己已經連續幾界比武會上敗給李老頭，輸了面子不說，更是賠了不少精丹妙藥，此番終於翻身，要不趁此機會討點本回來，那可太虧了，想到開心處，眉開眼笑，眼睛高興得眯成一條縫。

李老爺子雖然氣憤對方得理不饒人，卻又拿不出更好的人來對付梅魁，臉色陰晴不定，惹人發噱。

清兒突然鷂子翻身仿若出塵的小仙女，飄飛到台上，掐著腰望著梅魁道：「大個子，看我來打敗你。」

我們幾人一愣，都沒想到她會這麼大膽子衝上台去，連李獵都不是對手，她又怎麼能打敗梅魁呢，梅妙兒低罵一聲：「不知死活。」

我們三人神態凝重的望著台上，慢慢的運氣，準備萬一台上梅魁收手不住，就上去幫忙，畢竟梅魁雖然厲害，連戰李家幾大高手，尤其是與李獵一戰，就算是鐵打的金剛也該累了。

想到這，突然心中一動，沒錯，清兒敢上去，定是看出梅魁已經累得不行了，想到自己還沒有一個小丫頭的眼力好，不禁有些汗顏了。

過了片刻，事實確像我們想的那樣，梅魁累得不行，步伐逐漸不穩，只守不攻。反倒是清兒那丫頭合體後，精神抖擻，越戰越勇。配合著手中的五大神劍之一的「風之無形」，將李家的劍法精髓發揮到極至。

再戰片刻，梅魁終於疲憊得不行，連合體都解開了，卻仍是苦苦支撐著不認輸。梅老爺子一看，實在怕把他給累壞了，趕忙代他認輸。於是這一戰就出乎意料的讓清兒得勝。

清兒的得勝，多少給李老爺子掙回了點面子，現在順水推舟的結束了整個比武會。

經過兩家眾長老的商議，將三大獎品分別是「暈眩鈴」獎給李獵，「空間戒指」獎給了梅魁，而豬豬寵也被梅家的一個名不見經傳的子弟得去。

雖然結果不盡如人意，但尚算是皆大歡喜。

第七章　虛擬中的真實世界

此時天色已黑，時間不早，眾多人來到翠微軒用餐，豐盛的晚餐竟早已備好，眾人打了一天，早就饑腸轆轆，風捲殘雲，邊吃邊三五一夥的談論白天精彩的打鬥。

討論最多的就是李獵和梅魁的那場打鬥，給眾人留下最深刻的印象，同時對兩家的子弟起了很大的刺激作用，使他們清楚的看到一山還有一山高，由於兩人所使用的功夫都是眾人所熟知的，所以許多人都從中獲益不淺。

用完飯，眾人各自回去休息，藍薇柔順的陪著我，並肩而行，像是乖巧的妻子，向我的住處走去，到了我的住處，深深的看了我一眼，便轉身走了。

情意綿綿，即便遲鈍如我，也感受得到，可自己如木瓜般，在藍薇的深情前一如小孩兒般手足無措，不知該如何表達自己的感受。

前腳剛邁進屋中，後面就聽到李雄的聲音，「依天兄。」

我輕嘆一聲，該來的總是要來的，轉過身望著停在半空中的李雄，心知肚明他找我為何，駕風冉冉漂浮上去。李雄見我飛了上來，也不搭話，悶聲向另一個方向飛去，我跟在他身後也隨他飛了過去。

一直飛到城郊，在一個河邊停了下來，站在河邊，李雄望著一層不染的水面，忽然長吁一口氣，彷彿作了什麼艱難的決定，轉過身來，直勾勾的盯著我，好像一定要看到我心裏去，那麼專注和用心。倏地面頰一鬆，卻微微的笑出聲來。

接下來，便給我講述了一個故事，我大為訝異，便也知道了李雄的一個秘密。

李雄其實並非真正是李家的人，李雄很小的時候叫作李石頭，有一個不幸的家，所以還沒長大之前就開始了流浪，既然很小，在流浪中自然是要吃到許多苦頭的，李雄天生聰穎，卻性格倔強，苦頭吃的也就越發的多。

為了生存，倒也幹了不少偷雞摸狗的事，只是十次倒有五六次被人發現遭到毒打，或者偷狗不成反被狗咬，實在太多了，人小體弱又怎麼是體格壯碩的惡狗的對手。

等到再大一些，個子長高了，便開始邊流浪邊給人打臨時工，無父無母，又是外鄉人，半大的孩子就遭受更多的痛苦，小小的年齡便對世界產生了異樣的憤恨。

直到有一天，藍薇的父親在一家酒店看到了他，看中了他的資質，也同情他的身世，就將他帶回了李家，讓他體驗到了正常人的生活，感受到家庭的溫暖，更讓他有了一個如洋娃娃般可愛的妹妹。

自從那天起，小小的石頭就在心中許願，一生盡最大的努力來保護這個妹妹，漸漸的越長越大，小石頭的聰明才智在李家的年輕一輩中開始顯露頭角。

文武雙全的石頭連續幾次在李家子弟的比武會上拔得頭籌，頗受李家眾多長老的重視，然後又將小石頭送到「北斗武道」修煉了八年，直此，改名李雄的小石頭已隱然爲李家下一代家主的最佳人選。

我呆呆的看著他講完他的故事，不知該說些什麼。李雄轉過頭來，苦笑一聲道：「唉，藍薇對我只有兄妹之情，我雖是喜愛她，卻不想勉強她，一直以爲日久天長，她自然是會接受我，沒想到啊，你的出現卻使我的心如墜谷底。」

嘆了一口氣，又道：「當斷不斷必受其亂，這樣也好，現在我就把保護藍薇的職責交給你了，你千萬不要辜負了藍薇的一片心意，不然我這個作大哥的可不饒你。」

看著他說到最後，神采飛揚，竟有如釋重負之感，心中不禁感嘆，即便是身爲一代人傑，也是不堪「感情」的重負。

四目交觸，我情不自禁的點點頭，道：「放心，我會的。」李雄仔細的凝視著我，仿若要從中看出我說出這句話的可信度，半晌，忽然哈哈大笑，摟著我的肩膀，道：「聽說你送給老爺子一葫蘆珍貴的『猴兒酒』，不知我這個大舅子有沒有這個福氣享受到『猴兒酒』的味道？」

我瞠目結舌的望著這個奸笑的大舅子，剛才還一副感嘆世事變遷，不甚唏噓的模樣，現在又使盡心機想要從我這套走僅剩的一葫蘆「猴兒酒」，我現在有點知道爲什麼他接任下任家長的位置會這麼高了，完全和李老爺子是從一個模子裏刻出的另一個小狐狸。

我當機立斷，不能給他機會，道：「沒有了，剩下的那點全被老爺子給套走了，想要，找老爺子去，希望他和梅家的那個老爺子會心甘情願的分你一點。」

見我把話題扯到老爺子身上，他乾笑一聲，不再繼續向我討要「猴兒酒」，向兩個老爺子討，那是萬萬不可能的，只看老爺子那看到「猴兒酒」兩眼放光，十分沉醉的樣，就可以肯定是自己鐵定討不到，最怕的是兩個老頭子自己都不夠喝，自己再去要，恐怕會成爲兩人的出氣筒。

回到屋中，躺在床上，心中回想著河邊的一幕，不禁有些好笑，藍薇雖然對自己有好感，不過自己和李雄兩人就這麼私下把藍薇未來歸屬問題給定下來，未免也兒戲了。

搖搖頭不再去想這件事，畢竟未來的發展誰也定不下，我還沒有去四叔那，三叔那裏也要去一趟的，自己總不能這麼遊手好閒下去吧，或者應該去正規的讀讀書、修煉武道。

這一切都得去過四叔和三叔那兒，才能定下來，現在就說要談婚論嫁的，未免是太早了些，再說自己還有很多疑惑，希望可以在兩位長輩那得到答案。

所以，這時候還是先把個人的感情問題放一放吧，有緣自然會在未來道路上和她走到一起的，想著想著，不禁安睡過去。

時間又過了兩天，向李家告別，隨著梅家的飛船踏上了后羿星的旅途，臨走之時，沒有見到藍薇，倒是李雄不斷的諄諄囑託我，一定要回來，我不在的日子，他會幫我看著其他的追求者，不讓他們打藍薇的主意。

對他的做法雖然感到好笑，但心中亦是感動，李雄真的是把我當作一個可以相信的朋友，可以託付自己寶貝妹子一生的朋友。

只是愛情這東西，又怎麼是強求所能行的！

通常坐飛船需要七天到十天的時間就可以抵達后羿星，還有一種較快速的方法，就是採用時空跳躍，瞬間的工夫就能夠到達。

理論上來說，採用時空跳躍技術可以在一眨眼的工夫從一個地方到達另一個無限遠的地方。但是這需要巨大的能量才能夠完成，而且跳躍時所產生的壓力會對船身造成很大的磨損。

所以一般來說，如果沒有必須的情況，大家都是用飛船進行星球間的旅遊，而且時間也不是很長，在飛船上的日子正好可以用來欣賞窗外浩瀚如海的星河。

因爲和梅家的人都不大認識，所以和梅老爺子打了招呼後，便逕自躲到屬於自己的那間船艙中，修煉武道。

關上艙門，坐在巨大的床墊上，打量了一會兒陌生的住處，心念一動，便喚出大黑來，自從那日將「魚皮蛇紋刀」換了「土之厚實」神劍回來，大黑便沒有了棲身之所。說也奇怪，按說神劍比起四叔贈我的那柄刀要高上一籌不止，可是我卻不能把大黑給封印到神劍中。

在我第一次想要將大黑封印到劍中的時候，不但神劍放出微微的光芒，連一向懶散的大黑，也十分心不甘情不願的，最後竟然施展自己的能量來抵抗我的封印。最後沒有辦法，只有將其暫時封印在「靈龜鼎」中，直到今天我想利用這幾天在飛船上的時間來研究一下，爲何神劍與大黑相互抵觸。

大黑出來後依然懶洋洋的沒有什麼精神，喘著粗氣爬到腳邊，一屁股就坐了下來，舔舔我的手掌，就靠著我的腿閉上眼睛睡起來。

我抓著牠頸部的皮毛，搖著牠的大腦袋笑罵道：「快起來，天天不運動，你都開始長肥肉了。」

我已經打定主意，今天帶著牠去神劍中的世界一遊，召喚出神劍，瞬間將意識投了進去。

意識進入神劍中，意外的發現和上次我來的時候沒有什麼變化，仍然皚皚白雪，冰封千里。

李霸天老爺子曾告訴我說，神劍中的世界是虛幻的世界，並非真實存在，所以每次你所看見的都不是同一個世界。

空氣很好，乾淨得很，沒有風，天空晴朗，這讓我心情很好，默默凝聚精神力召喚在現實世界中的大黑，過了半晌一陣能量波動傳來，大黑也出現在我身前，只是看牠的模樣，好像是十分不樂意的樣子。

大黑用兩肋下的肉翼飛翔著來到我身下將我給托起來。大黑的肉翼我曾見過，就是那次差點把小黑的父親那隻大龜給掛掉的那次，大黑身體的龍丹和我體內的龍丹遙相互應，大黑因而產生異變。

穩穩的坐在大黑的背上，感覺到大黑的體內充滿了力量，肉翼有力的拍打著，托著一個人，大黑仍顯得很輕鬆。

雪的世界，處處是雪白一片，冰峰山川、雪原山谷，大黑馱著我轉悠了半天，我還沒有找到上次的那個山洞，想如同上次一般循著大地之熊的呼嚕聲行走，卻意外的發現空氣中除了偶爾風吹松枝發出的「吱呀」聲，便再沒有其他的聲音了。

招呼一聲大黑，便在一個雪林中停了下來，我試探的召喚那隻可愛的小熊，不知道在這個虛擬的世界上，牠能否感應到我的召喚。

過了很久的時間，仍不見牠出現，我嘆口氣，放棄了等牠來找我的可笑念頭，駕起風坐到大黑身上，只好再漫無目的的找找看，碰運氣吧。

大黑「呼」的帶起一陣狂風，從雪林中穿梭而過，我和大黑循著來時的路往回飛去，四周的景物在眼前飛馳電掣的閃過，我仔細的捕捉著可疑的地方，我堅信那個山洞就在這一片。

忽然，我感覺到幾股不易覺察的能量波動，在離我們不遠的右前方，心中有所懷疑這虛擬世界怎麼還會有能量的衝擊，示意大黑向著能量衝擊的方向飛了過去。

遠遠的我便看見白色的底景中，一個土黃色的動物格外顯眼，不是小熊還能是誰。小熊見我向牠飛過去，顯得很開心，抬頭望向我。

在小熊的眼睛中，我又看到了那個憨態可掬的小傢伙，忽然就在小熊望向我的時候，周圍兩道白光一閃，分別向牠撲去，我心內大驚，卻意料不到看起來憨憨的小熊，反應十分迅速，白光剛動，牠突然站立而起，厚厚的肉掌向白光拍去。

「啪啪」兩聲，兩道白光被小熊的肉掌拍得跌趴在積雪上。

這時候，我才注意到小熊的身邊圍著好幾隻奇怪的生物，不算龐大的身軀有小熊兩個半大，猙獰的面孔，頭頂長著兩根牛角，兩肢站立，腳如雞只有三指，上肢也是三指，長著鋒利的指甲。

由於全身雪白，如果不注意，還真是看不出這裏還站立著幾隻怪獸。

先前偷雞不著蝕把米的兩隻怪獸，此時已然爬了起來，嘴中發出「呵呵」的聲音示威，腳卻往同伴身後移了移。我停在空中盯著那幾隻色厲內荏的怪獸，想看一下小熊究竟能做到什麼程度。

我數了數，總共有六隻之多，以眾敵寡，又佔有身強體壯的優勢，一次的進攻受到阻礙，此時竟有後退的意識，小熊四肢著地，引頸發出低沉的怒吼聲。

我在上面看得一清二楚，暗笑這些成群結隊的怪獸真是孬種，不過也沒什麼奇怪的，小熊能夠成爲第二劍靈，自然是有一些震懾群醜的本事。前面四隻怪獸慢慢的後退，身後的兩隻怪獸在小熊大部分注意力被吸引過去，卻突然停止後退，作勢撲了上去。

我搭救不及，小熊的背後一下被咬傷，流出血來，前面四隻怪獸看後面兩隻怪獸得手，一反剛才懼怕的神色，「呼呼」的都撲了過來。

後面兩隻怪獸甩出長舌頭，「吧嗒，吧嗒」的舔著獠牙上的血肉。

小熊吃痛之下，又驚又怒，突然能量劇烈的湧動起來，小熊忽地長高了不少，厚厚的大肉掌閃電般的擊在兩隻偷襲的怪獸身上，一隻怪獸反應不及，醜陋的腦袋成了肉餅，另一隻雖然反應得比較快，用兩隻前爪擋了一擋，卻如螳臂擋車，被折斷成兩截，另一截插在胸前，嗚呼哀哉倒在雪上，再也爬不起來。

後面的四隻怪獸，被小熊身上的能量反震出去，級別相差太多，四隻怪獸急忙落荒而逃，等到小熊解決了那兩隻怪獸再回轉身的短暫時間，四隻怪獸已經跑出七八米之遠。

小熊厲聲吼叫著，前掌重重的拍在地面上，一陣「轟隆隆」的聲音傳出。我驚奇的發現，彷彿是憑空產生的石錐剎那從地底鑽出，數排石錐瞬間將幾隻怪獸給撕得支離破碎，鮮血迅速把一片白雪給染紅。

做完這一切，小熊龐大的身軀，又迅速的縮小。我降落下去，取出兩粒早就準備好的「百獸丸」，一粒餵給牠吃，一粒碾成末敷到牠受傷的後背上。

藥性很快就隨著血液運行開，這種藥丸百試不爽，不多久小熊的傷口就已經不流血了。

小熊在前面帶路，我和大黑跟著牠走進了山洞，山洞裏面沒有變化，還是我上次來的樣子，走了一段路，再次見到那個龐大的能量罩，大地之熊仍在沉睡中。

只是那能量罩一反常態的放出明亮的黃色光線，黃光愈來愈烈，彷彿一切都要在黃光中粉身碎骨，大黑突然發出一聲低沉的怒號，化身爲半龍半狗的樣子。黑色鱗甲披身，一對肉翼長滿了鱗羽，四肢伸出長而堅硬的鋒利指甲，一條粗大的尾巴拖在身後。

龍丹的力量進一步的甦醒了，這一次變身比上一次更像龍，當大黑再也抑制不了龍丹的力量，而令牠全部甦醒的時候，大黑也將被龍丹強大的力量所摧毀。

小熊忽然趴在能量罩上，我剛想呵斥，黃光再一次大盛，充滿石窟的每一個角落。能量罩不再存在而化爲濃烈的光暈充斥在每一寸空氣中，小熊撲上去，本來沉睡的大地之熊，忽地消失，原來竟只是一個鏡像而已。

此時忽然地動山搖，身體好像動了起來，被濃烈的光暈包裹著、拖曳著拉向遠方。耳邊突然響起不帶絲毫感情的女聲：「請坐穩，你將被送往第四號行星，時間在十秒之後。」

身體湧來強烈的壓迫感，五臟六腑好像被擠壓在一起，空氣彷彿被抽乾，四肢也好像要脫離身體，難以控制的噁心感突然湧了上來。

就在我無法忍受的時刻，耳邊再次傳來那個女聲：「安全抵達第四號行星，按照聯邦法第十章第二十條的規定，除非受到總統的特赦，你將永遠待在第四號行星。」

聲音剛落，我便落在一個陌生的地方，身上的黃光消失，身體輕鬆起來，卻再也忍不住在一邊乾嘔，過了一會兒，終於感到好受一些，抬頭打量著這一片陌生的地方。

自己身處一望無際的大草原，不遠處有幾個土坡，除此之外，在草叢中零星的長著幾棵大樹，茂密的草叢竟有一米多高。

我疑惑的望著這一片陌生地域，腦中回想剛才聽到的那個女聲，好像是說這裏是個叫第四行星的地方，而且還說按照聯邦法律，沒有總統的特赦，我將永遠待在這裏。

「星際聯邦政府不是早就垮台了嗎，大概也有幾百年之久了，難道她搞錯了，不過說這話的人又是誰？」這些念頭在我腦海中匆匆的閃過。

第八章　追源溯本

大黑和小熊一左一右傍在我身側，沒想到在草叢中行走還真是困難，草叢中不但生長著茂盛的野草，也長滿了各種帶刺的灌木和藤蔓，走了很久才來到一個小土坡之上。

只是沒想到這裏卻已經有主人了，兩隻離群的雄師，我只好順手把牠們解決，令我大跌眼鏡的是，兩隻獅子並非我想像中的那麼好解決，如果沒有大黑的幫忙，我想我得忙好一陣子。

望著兩隻倒在血泊中的雄師，我氣喘吁吁地坐下來，心中嵩道：「這究竟是什麼鬼地方，莫名其妙的被一陣黃光從神劍的虛擬世界中送到這裏，難不成這裏也是屬於神劍中的另一個世界？」

頭頂的太陽射出火辣辣的光芒，溫度竟是高得出奇，以我現在的修爲竟也受不了。好歹我也是修煉到第三曲的至陰境界，體質大異常人，竟然抵擋不了太陽光的照射，說出去怕要被別人給笑死。

大黑早就吐著舌頭爬到一棵大樹的下面，樹的枝葉很茂盛，像是一個巨大的蘑菇，只是樹枝之間很奇怪，像是彼此相連的，無數樹枝交叉相連組合成現在如蘑菇般的形狀。

「這裏還真是一個奇怪的地方啊！」心中感嘆一聲，向樹下走去，我可不想被熾熱的陽光給曬焦了。

就在我被曬得暈頭暈腦，漫不經心的向大黑走去的時候，異變突起，大樹四周倏地伸出無數的樹枝，牢牢將大黑給捆住。

另一邊的小熊也差不多是這個情形，被樹枝給裹到半空中，發出「嗷嗷」的嗥叫，像是在叫我幫忙。

大黑猛的大吼，銳利的指甲一下就劃斷好幾根樹枝，低頭使勁咬去，樹枝紛紛斷裂。只是令人震撼的是，更多的樹枝再圍繞過來，而斷裂的樹枝流出綠色膿狀液體，整個樹身搖動起來，遮蔽陽光的「蘑菇」緩緩的收起來，如果再讓它收下去，大黑和小熊就會被一塊吞噬掉。

百忙之中，全力灌足內息的「蛇皮護臂」向前張開，我施展「御風術」向那巨型怪樹衝去，在空中感到身體異常沉重，以我現在的全部內息，竟也支持不了多久。

武器化的鱗刺，受到強大的阻力，只割斷十數根就再也下不去，眼看數十根樹枝也向我纏來，我趕緊避開，乏力的落在地上，大罵這是個什麼鬼地方。

眼見大黑和小熊很難再堅持下去了，我豁了出去，召喚出神劍，在我全力的催動下，展現出神劍的風采，濃烈的光暈，從劍身延伸開去，大地的力量從腳下傳了上來，我虎吼一聲，頓時神光萬丈，人劍合一向怪樹刺去。

「蘑菇」被我當中劈開，「呼啦」一聲倒向兩邊，光芒所及之處，如削豆腐般容易，眨眼間，龐大的一棵大樹被砍成十幾段，散落在草叢中，大黑和小熊終被我給拯救出來。

我剛想喘一口氣，驚駭的發現倒在草叢中的樹枝扭動著身軀，不斷的向一起靠近，看樣子好像是可以再次復活。

我正要有所動作，忽然從草叢中閃出一群孩子，個個十幾歲上下，男孩子都精赤著上身，下身只是簡單地裹著一些粗布，另外少數的女孩子也只是簡單的多裹住上身的一些重要部位。

看著他們黝黑的健康身體，應該是強烈的太陽光所賜。

一群孩子，出現後並沒有人來招呼我，而是一窩蜂似的衝過來拚命地撿那些噁心的樹枝，而女孩子手中拿著的容器似的東西，連留在草叢中葉子上的黏稠綠色液體也不放過。

我瞠目結舌的望著這夥突然出現的小傢伙們，不過心中卻大大的開朗起來，總算是看到人了，證明此地並非是無人星球。

過了很大一會兒，一棵龐大的怪樹總算是被他們給收拾得一乾二淨，我對他們微微一笑，上前問道：「小傢伙們，請問這是什麼地方？」

一個虎頭虎腦，身體健壯的小傢伙走出來，皺眉看了我一眼，向我喝道：「你是新來的嗎，不過看你白白淨淨的，應該是新來的。」

我見他很有趣的樣子，於是道：「小弟弟，我是剛到這兒，你能告訴我這裏是什麼地方嗎？」

小傢伙眼珠一轉，忽然故意裝作大人模樣，指著我道：「這裏是我們的部落，你私闖我們的部落，按照規矩是要殺頭的，不過看在你是新來的份上，只要你交出你身上的一樣東西，我就可以放你一馬。」

「哦，是嗎？」我呵呵一笑，小傢伙的眼珠盡在大黑身上瞄來瞄去，想必是看上我的寵獸了，所以殺頭之類說法只是在找藉口。

我逗他道：「想要只管說就好了，我都送給你。」

小傢伙見我答應得如此乾脆，頓時喜上眉梢，樂呵呵的就想說出要我的寵獸，這時女孩子中有一個黑美人走出來，斥責道：「石龍，父親是怎麼教導我們的，你怎麼可以騙別人東西，是不是這兩天父親不教訓你，你又開始皮癢了！」

小傢伙被女孩一罵，不敢吭聲，只是低著的腦袋，仍不時的向大黑瞟過來。

看女孩子柳眉倒豎，冷著臉罵他倒頗有一番威嚴，女孩見男孩子屈服，轉過臉來，秀眸無畏的迎上我注視的目光，淡淡一笑道：「遠來的客人，這裏是我們石族部落，我是族長的女兒石鳳，不論你是從哪個部落來的，請跟我到我們的部落來做客。」

抱著既來之則安之的心態，我決定跟眼前的黑美人去她們的部落看看，也許會弄清一些頭緒，我十分疑惑這裏究竟是什麼星球，從來沒有聽說過什麼第四行星，而且我懷疑，這裏隱藏著一個什麼秘密，而且那個女聲不是也提到什麼聯邦法律嗎。

石龍此時又神氣起來，道：「姐，那邊還有些獅子肉，要一起帶回去，哈哈，父親要是看到我們打到這麼多獵物，肯定高興死了，何況還有這麼多的『鞭樹肉』，父親一定會稱讚我的。」

作姐姐的白了他一眼道：「得意什麼，這些東西還不是這位客人打到的，你只不過是花力氣去撿回來而已。」

被黑美人當頭澆下一盆冷水，石龍仍沒有氣餒，呵呵笑道：「只要你不告訴父親，我不告訴父親，他又怎麼會知道。」

黑美人狠狠白了他一眼，不再理他，來到我身前，身高到我的鼻子，美麗的大眼睛好奇地盯著我，眨了眨，笑贊道：「你的功夫很好，竟然可以一人劈開『鞭樹』，我們部落最看重英雄了，你跟我來吧，父親一定會很高興我帶你去部落的。」

我看了看這個膽子很大的黑美人，緊跟在她身後，向遠處走去。

走在黑美人的身後，望著她搖曳生姿的婀娜體態，心頭忽然生出一種異樣的感覺，那種感覺令我整個人都酥酥麻麻的，有些口乾舌燥，心頭一陣的躁動，彷彿來自身體深處的呼喚。

正沉醉在那種感覺中，忽然一怔，清醒過來，暗罵自己怎麼會對一個小姑娘產生齷齪的念頭，心頭升起藍薇的倩影，要是換了藍薇，我會怎麼做呢？

倏地覺得自己很好笑，以前可從沒有過這些念頭，自我解嘲的笑了笑，往旁邊看去，兩邊的孩子們都沉浸在收獲的興奮中，沒有人看到我的醜態，收回目光舒了口氣，卻碰到石龍正看著我，眼睛射出狡黠的目光，隨即轉過頭不再看我。

我猜，剛才一直盯著石鳳挺翹的臀部看的情形他一定看到了。只是他不揭穿我，不知心中想搗什麼鬼。

旋即又安慰自己，不過是看看吧，有什麼大不了的。

走了大概一個多小時的路，終於來到了石鳳口中的石氏部落。眾人中，我倒顯得最爲狼狽，身上的衣服大多破爛不堪，反觀其他人，雖然赤著大部分的身體，卻神色平常，少有劃傷。

可能是他們平常已經走慣這種路吧，這些孩子的修為個個都不錯，身上背著東西，仍能行走得這麼快，他們的部落的族長也不能小看啊。

石氏部落坐落在一個中型的盆地中，背靠著山壁，有地底泉水汩汩湧出，也算是依山傍水吧。

剛下到盆地，就看見不遠處有幾個強悍的大人把守在前方，見孩子們打獵回來，主動向我們招手。

待到走近，突然看見我的存在，微笑的臉馬上沉了下來，盤問道：「你是哪個部落的人，可知這是石氏部落的地盤？」

石鳳笑吟吟地道：「箭叔叔，他是我請來的客人。」

那個被石鳳稱作箭叔叔的人，仔細地盯了我一眼，剛想放行，石龍突然插嘴道：「箭叔，他可厲害了，一個人就解決了一棵鞭樹，吶，這些都是我們撿回來的鞭樹肉。」

鞭樹是一種極為強大的物種，要不是天生無法移動，這個行星怕早就是它們的天下了，即便是族長也只能勉強幹掉一棵尚未成年的鞭樹，對面的年輕人，斯文而且狼狽，要不是看在小崽子們帶回來的鞭樹肉，還真是不敢相信。

想著，突然間出手向我打來，速度頗快，不過看得出已經留了幾分後手，怕我名不副實不小心被他打死。

不等我出手，早已不耐煩的小熊倏地縱身出去，本來就受了鞭樹的氣，又走了這麼長的路，太陽這麼熱，要不是我管制牠，早就犯了野性，此時看到前面有人突然對自己的主人不利，一腔不爽的火氣全發了過去。

眼前黃影一閃，強悍的大漢慌忙側身躲過，同時抽出手中的兵器，反手打過去，小熊看也不看，厚實的手掌一下子就將那個大漢的兵器給打成兩截，接著就想衝上去。

我趕忙制止牠，不能讓牠惹出事來，這可是人家的地盤，不能太放肆。那人驚魂未定，嚇得一頭冷汗，吃驚地望著我。

石鳳笑了笑，領著我正式踏入石氏部落的居住範圍，一群半大的孩子看到如此驚人的寵獸，喊叫著也跟著進來，走了很遠，回頭看時，那個大漢還愣在那兒。

如果他知道這隻看似幼小的熊實際上已是位列神獸範圍的八級的大地之熊，也許他會好過點。

這一個多小時的路程，我想通了幾件事，第一，就是能量罩中的那隻大熊，實際上並不存在，或者早已死去，真正的劍靈恐怕就是這隻小熊。第二，這絕不是神劍中的虛擬世界，雖然我不知道這是哪裡，但我可以肯定，這是個真實存在的星球，這在我成功的將神劍召喚出來的時候，就已經確定了的，如果我仍在神劍中的世界，我是不可能召喚到它的。第三，我可能無法回去了，或者說我暫時沒有辦法找到回去的路了，畢竟，到達這個星球的時候，那個不帶感情的女聲曾說這是第四星球，而我是被聯邦政府遣送來的。

聯邦政府早在幾百年前就已經垮台，所以我大膽地猜測這一定是聯邦政府存在的時候開發出來的星球，只不過這個秘密，隨著聯邦政府的倒台，也隨之被掩埋在地下了，而我只是運氣不好被送了過來。

而這裏的生存環境顯然非常惡劣，生物要比地球要多上十倍不止，而且奇形怪狀的物種隨處可見，自己也突然無法飛行，一時也搞不清狀況，現在對我來說，最重要的就是怎麼生存下來了。

石鳳帶著我來到一個巨大的木屋中，剛進到屋中，就看到一個年輕美婦在伺候一個身材剽悍、面容堅定、雙目如電的中年人洗腳。

見到我們幾人進來，他露出慈祥的笑容道：「這麼早就回來了，有沒有什麼收獲，怕是空手而歸吧！」

石龍搶先一步道：「父親，這次你可猜錯了，我不但打到兩頭獅子，而且還有一種東西，你怎麼也不會想到的。」

中年人聽他這麼一說，微微露出驚訝的神色，道：「會是什麼東西？要是真能讓我感到吃驚的話，我就答應你一個條件。」

石龍沒想到這麼容易就換得一個條件，自己早就對部落培育的那幾個高級幻獸蛋貪戀已久，無奈，那是得族長親自賞給部落裏英雄的幻獸蛋，雖然族長是自己父親，卻一直都不通融。

想到興奮處，馬上喊起來，道：「哈哈，父親說過的話不准反悔。」

中年人面帶微笑，一隻大手一邊在那個美婦身上活動，一邊道：「小子，你就說吧，不就是想要那幾隻高級幻獸蛋嗎，只要你說出來，我一定滿足你就是。」

石鳳也不答話，含笑立在我身邊看著他們。我奇怪地望著這個奇怪的家庭，自從進來，他便連正眼也沒看過我一次，和子女說話，竟然還不忘和美婦調情。

石龍得意地道：「父親，我們帶回來一棵成年的鞭樹肉，而且是一整棵哦。」

中年人聽到這話，表情突然變得嚴肅起來，湛湛神光，突地向我掃來，我大爲佩服此人智慧，瞬間就能判斷到我才是殺死鞭樹的正主，想他的兒子這點本事，又怎麼可能幹掉連他自己都很勉強的鞭樹呢，而我這個陌生人的出現，顯然兩者是有聯繫的。

我目光不變的和他對視著。

中年人和我對視了半晌，忽然收回目光，拍拍那個美婦的背，美婦人知趣地站起身走了出去，經過我身邊的時候，好奇地打量了我幾眼。

在那個美婦人走出去後，他哈哈大笑起來，對著石龍道：「好小子，確實讓老子驚奇，雖然這鞭樹不是你獵到的，但是老子答應的話仍然算數，飯後就讓你選一隻高級幻獸蛋。」

石龍大喜，歡天喜地的跑了出去，看樣子是炫耀去了。

中年人又道：「來人，傳我命令，擺下酒席，就說老子要招待客人。」

雖然說話粗魯，卻給我一種豪爽的感覺，感覺這個族長不錯。中年人腳擦也沒擦，便直接從水盤中走出來，邊走邊道：「我的乖女兒，還不給我介紹一下，這位客人是誰，竟能一個人斬殺鞭樹這種強大物種，我石頂天，什麼人都不佩服，就佩服這種好漢。」

我心中暗道，原來這個中年人叫石頂天，名字倒頗有氣勢。

石鳳美目瞟了我一眼，道：「父親，他是我和弟弟出去打獵遇到的，並不知他姓名，只看到他獵殺鞭樹的颯爽英姿，還有兩隻很高級的幻獸，其中一隻可單獨捕殺兩隻雄師。鳳兒知道父親最喜歡結交這種英雄人物，所以就把他邀請回來。」

我接著她道：「小弟依天，不是這個星球的人，至於怎麼來的，自己也仍是稀裏糊塗。」

石頂天的眼神如劍一般犀利刺進我的眼中，沉默了一會兒，好像是在判斷我說的可信度究竟有多少。

見我一直真誠的望著他，發出爽朗的大笑道：「依天！我的名字裏也有一個天，看來我倆真是有緣分，敢問，今年是聯邦多少年了？」

我大愕，道：「聯邦多少年？聯邦早在幾百年前就垮台了。」

「垮台了，都已經幾百年了！」石頂天情緒激動地道，接著喃喃地道：「竟然已經垮台幾百年了。」神情有些落寞。

我和石鳳不敢打擾他，呆站在一邊望著他，好半晌，石頂天哈哈大笑：「好，垮台的好，依天兄，今天不醉不歸，哈哈，來人，快點擺酒席，老子今天高興，要一醉方休。」

趁著酒席尚未做好的當兒，石頂天給我說出來一段秘密，也正好解了我心中的疑惑。

這個星球早在聯邦二十年就已經被發現，只是後來人們發覺，這個星球不但小，而且環境根本不適合普通人類生存，最終放棄開發這個星球。

這裏的地形並不複雜，只是重力遠遠高於地球，是地球重力的十倍，普通人到這裏連路都走不了，而且環境異常，修爲再高強的人到這裏都只能發揮不到五分之一內息，並且這裏很多奇怪的物種，進化緩慢卻生命力強韌。

最後聯邦政府決定把這個星球用來作爲重刑罪犯的流放地，同樣用來流放罪犯的還有其他幾個小行星，不用說環境同樣惡劣，不適合生存。

那些罪犯一批批的被放逐到這裏，其中大部分人都無法適應惡劣的環境而死去，剩下來能夠勉強生存的人，逐漸在這裏繁衍後代。

由於被遣送來的時候，除了一身衣服，便一無所有，只能過著原始的生活，經過幾百年後的今天，也只進化了一點。

神劍中的那個特殊環境，就是當時聯邦政府設定用來遣送的跳躍站點。

至於怎麼樣才能回到我生活的世界中，石頂天也不知道，雖然感到非常遺憾，心中卻有了希望，當初聯邦政府既然可以回去，那麼我一定也會找到跳躍點，再次跳躍回去。

石頂天的祖先自從被放逐，到後來兒孫們建立了現在的部落，一直發誓要有一天回去，報復聯邦政府。所以石頂天聽我說聯邦政府早就垮台幾百年了，才會失態。

到了晚飯的時候，一桌子的菜，真是無比豐盛，只是我有些奇怪，為什麼幾乎每一道菜都是肉食，難道連點蔬菜什麼的都沒有嗎？

石頂天親自給我抓了一個烤得黃澄澄的獅腿，雖然很油膩，卻吃得非常爽，味道辛辣的酒喝起來也非常過癮，只是不記得喝了幾碗，我便醉得沉睡過去，半暈半醒中，只聽到石頂天豪爽的笑聲：「兄弟功夫這麼好，酒量卻是這般小，美娘，你今晚伺候我的小兄弟。」

接著便是一個柔美的聲音答應了一聲，便再也不記得什麼了。

次日清晨，迷迷糊糊的醒來，只覺口乾舌燥，口渴得厲害，努力想爬起來找點水喝，剛爬起一半就被人扶住，接著盛著清涼的水的碗湊到我嘴邊，情不自禁地喝了下去，感覺十分受用。

一氣喝了個盡，碗被拿走，靠在一個柔軟的身體上，淡淡的香味鑽進鼻孔，竟是從沒聞過的。

腦子清醒了些，忽然憶起昨晚的事，駭然翻身，心中叫道，自己不會昨晚與這個石頂天叫來服侍我的美娘發生了什麼吧，俗話說酒能亂性，自己雖不想做，可能做了自己也不知道。

想到這，心中越發的不安起來，想爬起身，卻四肢乏力，終究只能躺在那美娘的懷裏。

我有些結巴道：「我和你昨晚沒發生什麼吧？」

叫美娘的那個女人赫然就是昨天在石頂天帳中見到的那個年輕的美豔少婦，此時見我一臉呆相，「噗嗤」嬌笑，好半晌才停了下來，道：「你這人看起來高高壯壯，怎麼醉酒卻像一個大孩子。」

我被她笑得心驚膽戰，試探地道：「我昨晚醉酒都做什麼了？」瞧著我心虛的模樣，美娘笑得花枝亂顫，半晌才撫著酥胸，水汪汪的大眼睛望著我道：「你一直抱著我，管奴家叫母親。」

「呼……」我大大的噓出一口氣，原來是這樣，雖然丟臉，卻好過發生那種事情，石頂天怎麼會讓他的侍妾來侍候我，真是想不通。

體內積蓄了少許體力，努力的盤腿坐起身，閉目調動體內的內息，陰涼的內息瞬間遊遍七經八脈，如此幾番過後，身體已經恢復如初，頭腦也不復先前般渾噩。

輕鬆的起身站起，打量了一眼四周的環境，發現屋內的擺設極爲單調，器具的製作也是極爲粗糙，看來他們的文明正處在地球幾千年的初期，不經意回頭，剛好美娘驚奇的看著我。

美娘美目異彩連閃，道：「你修煉的什麼功夫，爲何一下子就能從醉酒中清醒過來，連部落的勇士，醉酒後也得睡上一整天。」接著又道：「爲什麼剛才你身上會散發出那種冷冷的氣流，要是你早些發出那些冷氣就好了，也不用奴家用扇子扇了一夜。」

目光掃過去，剛好看到床上有一片大的植物葉子經過粗糙的加工，真的是一把簡陋的扇子，心中已然相信她的話。

此地溫度還算不高，比起部落外面那些地方已經算是涼快了，不過雖然這樣，溫度仍然很高，心中不禁起了憐香惜玉之心，刻意施為下，涼爽的氣息頓時將整個屋子充塞。

美娘忽然衝上來抱著我，飽滿的酥胸緊緊的抵著我，令我大感尷尬。性感的朱唇重重的親在我臉上，然後鬆開我，興奮得在屋內跳啊跳啊，像是個得了玩具的孩子。

我忽然想，是不是去看看族長石頂天，順便把他的侍妾送還給他，他送我的這份大禮，委實令我心中難安，心中卻也知道，這怕是他們的習俗，地球的古代文獻也曾提到過，古代曾有妻客的習俗，只是我所處的文明，這種習俗實在無法接受。

我叫住開心不已的美娘，道：「你能領我去見族長嗎？」

美娘面有難色，卻又欲言又止，女人在這裏是沒有什麼地位的，而我作為一個客人，卻享有很高的部族待遇，所以我提出的要求，美娘不敢拒絕，遲疑了一下，小心翼翼地道：「奴家很有久有感覺這樣舒服了，可不可以多待一會兒，讓美娘再領您去。」

原來是為了這個理由，我不禁莞爾，道：「呵呵，這還不簡單，只要你不離開我身邊，我保你出去也一樣能感受到這種涼爽的氣息。」

看著美娘半信半疑的跟著我走到屋外，我心中一笑，分出一些意識來控制體內的真氣運轉，至陰的內息以我為媒介，源源不斷的向外釋放著至冷的氣息。

外界的溫度太高，離開我兩米，差不多就回到了正常的高溫。

頭頂豔陽高照，身體卻絲毫感覺不到熱量，奇怪的感覺，令美娘又驚又喜，歡喜的領

路向族長的大帳走去。

一路走過，井然有序，人們各自做著自己的事。

不大會兒，來到昨天那個大帳，掀帳進去，石頂天正要實現自己昨天答允石龍的諾言，帶他去存放幻獸蛋的地方。見我進來，雖然好奇我昨晚醉得一塌糊塗，爲何現在還能神采奕奕，仍邀請我一同去。

我懷疑他們口中的幻獸蛋，應該就是寵獸蛋，見他提議，自然是欣然同往，而這種重要的地方，女人是被禁止的，即便如石鳳的高貴身分也同樣不能被允許，不過她要幸運點，擁有族中普通女人所不能擁有的幻獸。

在這裏，幻獸是很稀有的寶貝，族中的男人們尚不能全部擁有，何況地位低下的女人們呢，這個時代的女人最重要的職責恐怕就是養育後代吧。

美娘單獨留在帳中，我收回至陰內息，尾隨著石頂天兩人向族中最神聖的地方走去。

越接近目的地，普通的族人越少，遇到的大多是族中的戰士，個個神情肅穆，手持利器，見到族長，遠遠的就趴在地上行禮。石頂天並不看他們，只是和我談笑。

在我們幾人經過後，跪伏在地面的戰士們自動起身，繼續履行他們的義務，守護貯藏幻獸蛋的地點不被外人侵襲。

逐漸可以看到前面的目的地，石龍更加興奮起來，蹦跳著道：「父親，我要那隻吞食獸，我已經想了很久了。」

第九章　吞食獸

來到屋內，我愕然發現裏面簡簡單單，一眼看去哪有什麼幻獸蛋，卻見石頂天在屋內一角搬動了一下什麼東西，屋內正中，立即出現一個通向地下的階梯。

我們拾級而下，地下通道的兩壁上點燃著羊脂油燈，穿過通道，終於來到一個守衛森嚴的石室內，偌大的石室中央有一個寬大的蓄水池樣的所在，待到我們幾人走近，我才發現裏面堆放著一些幻獸蛋。

幻獸蛋有大有小，但無一例外的，都是一半在水中，一半暴露在空氣中。我在心中數了數，大概有二十來枚。

我疑惑道：「為什麼要把這些幻獸蛋放在水池中？」

石頂天望著已經歡快的跳到水池中的石龍，微微笑道：「小兄弟，你不知道，根據祖先留下的記載，我們的幻獸和你們世界的幻獸是不大一樣的。」

我也微微笑道：「我們管你們口中的幻獸叫作寵獸。」

石頂天哈哈大笑：「那只是名稱的不同罷了，沒有什麼本質的區別，我說的是根本的區別，這個秘密恐怕只有我們這些被放逐到這裏被聯邦政府遺棄的人才會知道。」

見他還耿耿於懷那些幾百年前的事，我淡淡地道：「聯邦政府早都垮台了，你們並不是罪民，而是被人們遺忘的人類同胞。」

石頂天沒有反駁我，向我解釋道：「根據祖先記載，在你們的世界中，大多和人類合體的都是一些強壯的動物，飛翔類、陸生類、海洋類，可謂是無所不包。但是我們的祖先被放逐到這裏後，卻發現這個星球比較特殊，根本沒有可以和人類合體的生物，但是經過眾多祖先的探索，終於發現了一個秘密，就是這裏的某些特殊種類的植物可以和人類合體。」

我這才明白他口中的本質區別，原來是指與植物合體。

石頂天接著道：「又過了不知多少年，智慧的祖先，通過一些途徑可以將某些動物改造然後形成幻獸卵，經過血祭，然後孵化出來的小獸就可以合人類合體。」

石龍這時候已經在水池中，摸摸這個，抱抱那個，甚至把臉貼在幻獸卵上，彷彿在感受幻獸卵的聲音，最終在一個幻獸卵邊停了下來，臉上現出狂喜，一把抱住那個卵，叫起來：「我就要這個了！」

我定目望去，這顆卵是其中最大的一顆，最小的卵只頂這個三分之一大小，我暗自忖度，這枚卵就是他口中的「吞食獸」了。

石龍忽然從懷中取出一把簡陋的匕首，迫不及待的向手指上割去，我瞪大眼睛望著，心中暗道這就是所謂的血祭了。

剎那間，石頂天怒聲道：「混球，不能在這裏血祭，這會令其他的幻獸卵產生不安的，快出來。」

石龍聞言趕忙停下，卻仍是割破了手指，一滴細微的血滴滴落在卵上，他懷中的卵頓時將血滴吸收掉，表殼產生微微的紅芒，周圍的幻獸卵正如石頂天所說，不安分地晃動起來。

我們三人關閉這間石室急忙步出地下室，再次來到地面，石頂天狠狠地盯了他一眼，臉色微慍，緩緩道：「要想成爲一個偉大的勇士，接掌我的職位，做一個部落的首領，那就要學會用腦子，做事不可魯莽。」

石龍沒有頂撞，使勁的點了點頭。石頂天鼓勵似的拍拍他的腦袋，然後領著我們出了密室，我們三人又暴露於毒辣的陽光下，接受太陽的曝曬，收到石頂天的示意，石龍興奮地抱著幻獸卵來到離我們大概兩米遠的地方。

他小心翼翼地再一次割破手指，血滴彷佛珍珠串般散落在幻獸卵上，卵殼越來越紅，逐漸的出現了裂縫，伴隨著碎裂的聲音，一隻綠色的觸手首先從卵殼中伸出，接著便是整個身體。

一株奇異的植物便出現在我面前，令我感到震驚的是，這是一株長著腳的奇怪生物，像腦袋的部位長著一顆大大的眼，此刻幾根觸手齊伸，彷彿在太陽下，小傢伙感到非常興奮。

突然我看到了令人驚駭的一幕，當石龍把它舉起來的時候，忽然那株植物的所有觸手同時扎進石龍的皮膚中，只看石龍痛苦的表情，就知道這並不是我眼花。

石頂天一把攔住正要衝上去的我，笑道：「這就是幻獸和你們地球寵獸不同的地方，你們是通過特異的方法將寵獸封印到自己的兵器中，要用的時候就拿出兵器，召喚牠們即可，我們卻不行，我們鑄造兵器的方法很落後，而且這裏欠缺器材，無法鑄造出和你們社會一樣的神兵利器，所以我們就透過另外一種方法，可以隨時召喚我們的幻獸。」

我吃驚地望著正咬牙苦忍的石龍，道：「這就是你們想出來的辦法?」

石頂天含笑看著沒有發出一絲聲音的石龍，顯出滿意的神色，道：「我們通過血祭的方法，使它們從出生時就可以和我們的身體融合，當然在它們長大之前，它們會從我們體內獲得必須的養分用來生長。待到長大時，它們便不會再從我們體內汲取養分，安靜的待在我們體內，只有等到我們召喚時，才會再從我們身上汲取一些養分，不過這個時候量已經很少了。」

我點點頭，看著那株已經快要鑽進石龍體內的植物，問道：「等到它們成長起來，大概需要多長的時間？」

石頂天道：「這株『吞食獸』是這個星球上最爲兇狠的幻獸，成年的野生吞食獸，鮮有人可以敵得過，越是厲害的幻獸需要生長的時間就越長，大概要半年多的時間，其他的幻獸需要時間較少，大概四個月到五個月。」

我點點頭，總算對他們的幻獸有了個大概瞭解，此時幻獸的根已經緊緊的扎在石龍的手臂上，張開嘴巴，露出一口森森的牙齒，細小的觸手在空中揮舞，顯得很興奮。

石頂天道：「這種植物類幻獸最是喜歡陽光，在陽光下，它們的力量要比在其他條件下強上一倍多。」

這時候的石龍在徹底收服了「吞食獸」後，欣喜萬分，表情很激動，想要成爲一個強大的勇士，沒有厲害的幻獸配合是不行的，而幾乎每一個族群的族長，無一例外都是族中最強大的勇士，擁有族中最厲害的幻獸。現在擁有了「吞食獸」，就是邁出了成長之路的第一步。

我道：「你們成年的幻獸會長到多大？」

石頂天眼中神光一閃，道：「就讓你看看，成年幻獸有多大。」只聽他口中急促地念了幾句奇怪的語言，空氣一陣震動，「嘩啦啦」的響聲中，一個龐然巨物陡然出現在他身邊。

我定睛細看，竟是和石龍同樣的「吞食獸」，龐大的身軀，兩臂展開有七八米之長，巨大的嘴巴可以將我一口吞下，唯一的獨眼射出兇狠的光芒，數十根觸手在兩邊揮舞，更添這個大傢伙的聲勢。

石頂天忽然道：「小兄弟，聽鳳兒說你的寵獸也非常厲害，放出來讓我的族人也看看，究竟是誰的更厲害一些。」

受到族長的招呼，很快周圍聚集了一大群的族人，看到他的幻獸的形態，我也頗有點心動得躍躍欲試，不過我現在手中幾乎無可用之兵，大黑受到龍丹力量的威脅，我不能再加重牠的負擔，小熊雖然貴為大地之熊，可惜還在成長中，恐怕不是牠的對手。

小龜級別太低，不可能與牠一戰，似鳳就更不可能了，渺小的身軀怎麼可能是體型龐大的「吞食獸」的對手。

衡量來衡量去，我仍沒有拿定主意，石頂天豪氣萬丈地道：「小兄弟，怎的如此婆婆媽媽，既然如此，為兄的先出手了。」

一聲令下，「吞食獸」如同巨大的猛獸跨步向我攻來，雖然行走緩慢，但是靈活而又伸縮自如的觸手彌補了牠的不足。

見無數隻觸手捲動著向我纏來，我不再停留，騰的跳躍起來，吃力地施展出「御風術」，十倍的地球重力實在太重，至今仍沒能習慣，施展出「御風術」頓時令我輕鬆不少。

手中一握，神劍受到召喚立即出現在手中，反手輕輕揮動，遭受到前所未有的強大攻擊力，「吞食獸」被我削斷了很多根觸手，雖然觸手又長了出來，但是睜著那顆僅有的大眼，不敢上前。

石頂天哈哈大笑道：「既然小兄弟不願意放出自己的幻獸，那麼讓爲兄的來陪你玩一玩。」說著話，也騰身而起，速度之快，比起我竟然猶勝幾分，矯健如蛇，在吞食獸頭頂一點，瞬間來到我眼前。

面前影子一晃，刹那就被擊中兩拳，接著而來的腿影拳風令我目不暇接，我如在狂風暴雨中求生存的一葉扁舟，竭力躲避著他快速銳利的攻擊。

感覺到他的力量不是很重，但是速度快得讓人受不了，令我難以適應。

突然速度正在顛峰的石頂天忽然收手，我呼呼喘著粗氣，正要問他爲何停手，卻見他是往下降落，望著我的眼神中帶著驚奇的神色。

我狐疑道：「石大哥，你不會飛嗎？」

石頂天挺身站立在「吞食獸」的頭頂上，道：「不光我不會飛，這個星球的人也沒聽說過誰會飛的，地球果然是武道的發源地，功法確實不同凡響，小兄弟明明在內功修爲上要差我一籌，卻偏偏會飛。」

我被他說得不好意思起來，道：「如果石大哥不嫌棄的話，我願意把這套飛天的功法教給大哥。」

石頂天眼中精芒一閃，驚喜道：「小兄弟此話可當真，如若真的如此，做大哥的絕不會白白得來小兄弟的一套功法，以它物相換。」

我傳他功法倒沒指望他能送我什麼，也並不在意他能給我什麼東西，自己身上的寶貝還不夠多嗎，等他說完，微微一笑道：「只要大哥能讓我天天大碗喝酒，大塊吃肉，小弟就滿足了。」

石頂天爽朗的笑聲傳來，道：「那還不容易，以後小兄弟就是我石族部落的長老，只要你一天回不去，就住在大哥我這兒，保管你樂不思蜀，天天酒肉隨意。」

石頂天不愧是一族的族長，幾句話就把我給套住了，在這種危機四伏的時代，哪個部落不是把自己的功法藏得嚴嚴實實，也只有我這個來自三十世紀的地球人，才會感覺不到功法的寶貴。

石頂天一番話，不僅是得到了一部不凡的功法，又多了我這個強大的助力，可謂是老謀深算，在他心中，我根本不可能再回到地球了，畢竟他們祖祖代代都生活在這兒，卻一直沒有辦法回去，何況我孤身一人初來乍到。

我微微一笑道：「多謝大哥，那麼小弟就卻之不恭了，要一直住下來叨擾大哥，希望大哥不要心疼那些酒菜啊。」

石頂天哈哈大笑：「今天大哥我高興，來來，咱們再過幾招，我還沒打過癮呢。」

我身在空中看著，愕然道：「大哥不是說不會飛嗎……」

石頂天眼神中露出狡黠的目光，倏地彈身躍起，在空中喝道：「合體！」忽然間石頂天身上閃爍出白光，同時我發現他的皮膚忽然長出無數的白色細線，以肉眼難以捕捉的速度，將他裹住。

也只是眨眼間的工夫吧，合體就已完成，我吃驚的望著眼前的怪物，心中咋舌不已，難道他們合體後的樣子都是這樣的嗎？石頂天已經消失不見，取而代之的是一個半人半獸的傢伙。

和古代傳說中的雷公竟有幾分相似，人的體型，雙手雙腳，但是一對巨大的白色羽翼插在他的背後。臉頰和身上也都長滿了羽毛，只有那對眼神沒有變，還是人的樣子。

石頂天熟悉的聲音傳來，道：「小兄弟，我看你也合體吧，大哥合體後，你已經占不到會飛的便宜了。」

果真如此，我仔細望去，石頂天背後的一對大羽翼前後的擺動著，看他輕鬆的樣子，應該可以猜出，他能夠靈活應用那對突兀的羽翼。看到他，我便想到了自己剛逃出村子的那段日子。

因爲功力沒有恢復，一直沒法飛行，只好和「似鳳」合體，借用牠的翅膀來飛行，忽然我心中產生了一個模糊的概念，爲什麼我會感覺，他們這種合體的方法才是最正宗的呢，而地球的寵獸合體後產生的一套鎧甲，應該不是正宗的合體方法。

一時間也理不清個頭緒，暫時將其放在心中，等有時間再來研究吧。

望著特異的變體，我心中頓時蠢蠢欲動，嘴角露出一抹笑意，道：「小弟就陪大哥熱熱身。」

心中一動，「靈龜鼎」突然出現，高溫下霞光漲伏，族人都驚奇得張大了嘴巴，望著這個忽然出現的奇怪東西。

靈龜鼎是我用地心之火煉就而成，越是高溫，越是歡喜。小龜受到我的召喚，頓時靈龜鼎五彩光華閃動，一隻體型龐大的黑龜出現在眾人的視野中，引起一片驚呼。

我也吃了一驚，小龜的身形又比以前大了許多，長相也更加猙獰起來，看著就像一隻作惡多端的凶獸，粗大的脖子轉過來，望著我的小眼睛中露出和藹的神色。小龜身上的軟鱗甲，現在已經消失不見，代之的是背殼上突兀的鱗片，大片大片的組成了一個怪異的龜殼。

劇烈的陽光下，小龜的神態卻顯得悠閒無比，顯得很滿意周圍的高溫。

我在心中猜測，牠一定是從靈龜鼎中得了不少好處，進行了再一次的進化，就變成了現在這個模樣。

靈龜鼎忽然旋轉著飛旋起來，小龜穩穩當當的趴坐在鼎上，小眼睛在望向四周的族人時，凶光不時閃動。靈龜鼎來到我身邊便停了下來。

我伸手拍拍牠的殼，笑道：「不可以捉弄大家。」

石頂天也頗為驚異的看著小龜，道：「你的幻獸看來都不是凡品，看來我今天遇到對手了，快點，我手都癢了，合體讓大哥看看，究竟你們地球的寵獸和我們星球的幻獸哪個更厲害。」

我嘻嘻一笑，低喝道：「鎧化！」小龜帶動靈龜鼎旋轉起來，高速的旋轉中，只見一片黑光和彩光交接，再看不見小龜和靈龜鼎的實體，我暗暗皺眉感到有些不妥，看情形好像是小龜帶著靈龜鼎和我一塊合體。這種情況我從沒遇到過，更別說見過了。

難道這是因爲小龜的進化引起的？心中隱隱有些不安。

一片熾熱的高溫倏地貼身而來，那應該是小龜沒錯，牠由原先的陰屬性內息在煉鼎的那次意外中吸收地心火氣，轉換成了陽屬性。

彷彿置身蒸爐中，陽屬性的小龜和我的陰屬性體質不大對路，引起體內的一點波動。

從頭到腳被火熱的蒸汽給裹得嚴實，我呼的大吼出來，熾熱的氣流迫體而出，滾滾的向對面的石頂天衝去。

吼出來，感覺身體舒服多了，突然間，一股奇異的能量流，在經脈中突然出現，源源不絕，安撫著受到熱氣擠壓的經脈。

這股能量很熟悉，我瞬間就醒悟過來，這是「混沌汁」的能量，上次我喝過少許之後，就停留在我體內，自動幫我治療受傷的經脈和器官，端的神奇，不過在我離開李家之前，就從體內消失不見了。

後來因爲也沒受過傷，竟把它忘記了，現在重新感受到那股能量溫和、清涼的屬性，倒頗多欣喜。

石頂天歪著頭，疑惑的望著我道：「這就是地球人類與幻獸合體後的樣子？」

我自然是知道他的疑慮的，我們地球鎧化後的樣子與他們合體後差別非常大，他和我一樣對同樣的合體爲什麼產生截然不同的效果感到疑惑不解。

這個問題當然不是一句話可以說得清楚的，我朗笑一聲道：「大哥，咱們開始吧，你的族人都等急了。」

石頂天也高聲道：「好，就讓我的孩兒們開開眼界，讓他們知道什麼人算得上是高手。」說話間，毫不含糊的向我攻來，羽翼一展，身姿依然靈活，速度卻比先前更快上幾分。

我早有防備，見他一動，就已經蓄勢待發了。石頂天合體後，身體強壯了不知多少倍，「砰砰」的撞擊，我手中的龜劍與他手臂相撞，竟占不到絲毫便宜，心中大嘆他們強韌無比的肉體。

石頂天背後的一對羽翼就好像是用了幾十年一樣，純熟無比，彷彿就是自己的一部分，我全力施展「御風術」，也只堪堪和他打個平手。

石頂天撲騰著翅膀，飄在我身前甩了甩手臂，嘿嘿笑道：「過癮，好久沒遇到你這麼硬的對手了，咱們再來過！」

看他甩手的樣子，是我高估他了，他的肉體還沒強硬到那種程度。

石頂天確實比我高一籌，合體後仍隱隱的壓著我，虧我的小龜給我帶來驚喜，小龜加上鼎的力量，令我抗擊打能力大大加強，又有那股「混沌汁」化成的能量不斷的爲我治療受創的部位，最後才讓我堪堪與石頂天打了個平手。

石頂天只道是地球方法的合體後增強力量要強於他們的合體，才會讓我在合體後與他打了平手，言語間頗多羨慕。

午飯中，又是諸多肉食，我雖然喜愛肉食，卻納悶爲何這裏沒有清淡點的食物。

見我問起，石頂天爲我解釋了緣由，原來這顆小星球，真正的霸者並非是人類或者各種強大的肉食動物，乃是不起眼的植物，所以在這裏一年，四季都是茫茫一片綠色草原。

這裏的野生植物生命力特別旺盛，而一般的植物比如野草之類，人類無法食用，可人類能食用的植物，多半都具有一定的攻擊力。說著給我舉例，就像那天初來時，斬斷的「鞭樹」，味道鮮美，非常適合食用，而其綠色的汁也有很大其他功用。

不過其攻擊力和生命力都十分罕見的強，一棵鞭樹都佔據自己的地盤，方圓百里之內絕難看到第二棵一樣的。接著對我笑道：「不要以爲那天你把那棵『鞭樹』給削成碎片，就以爲它死了，實際上，這種植物如果不除根，過不了幾天就會再長出一棵新的『鞭樹』。」

過了這麼多年，人類也逐漸培育了一些可以食用的植物，不過仍然種類稀少，一般不到大祭等一些節日的時候都很少食用。

午飯過後，石龍忽然來找我，見他賊眼溜秋的在我身上瞄來瞄去，我暗道這小子怕是來敲詐我的，我笑著道：「有什麼話就直說吧。」

石龍看我這麼鎮定，大訝，挺胸道：「好，既然你這麼光棍，我也明人不做暗事，我看上你的幻獸了，送我一隻便罷，要是你不答應，嘻嘻，我會告訴姐姐，你那天跟在她身後……嘿嘿！」

果然是拿這個來威脅我，我心中早有計較，哪輪到你這個黃毛小子來算計我，淡淡的起身道：「否則如何，你是不是想說，如果我不答應，你就告訴她，我在她身後一雙賊眼在她豐腴的身上瞟來瞟去是嗎？如果你覺得這樣就能打擊我，只管去說好了，我不在乎。」

石龍頓時愣住，他只道用這個來脅迫我送他一隻寵獸是手到擒來的事情，沒想到我表現的完全出乎他的意料，一時愣在那兒，沒有話說了。

瞧他傻了的樣子，我暗喜在心，繼續道：「看你姐姐的樣子，怕是對我大有意思，你要是想替我告訴她，那麼我先謝謝了。」

石龍洩氣地道：「誰說的，告訴你，石鳳可兇了，她要是知道，你在她身後用那種眼光，定會把你砍成十段八段的。」

「哦，」我故作驚訝道，「既然她這麼兇，你就去告訴她，看她會不會把我砍成十幾段，只怕她還歡喜得很吧。」

石龍見我根本不吃他那一套，徹底喪了氣，坐在床上，耷拉著腦袋。

我剛要得意，耳邊立即傳來石鳳特有的聲音，人未到，聲音已經先傳來：「小弟，竟敢拿我來做生意！想死了嗎！」

不用說，剛才我和石龍的對話都被她聽到耳裏，我大感窘迫，再看石龍比我好不了多少，神色慌張，驚恐萬狀。

石鳳站在我面前，青春熱力迫人，充滿野性的目光一眨不眨地注視著我，在她逼視而來的目光下，我簡直無地自容，看也不敢看。

石鳳擠進我的懷中，一對美眸直勾勾地望著我，一雙玉臂環在我的腰上，感受到她呼氣如蘭的噴在我臉上，氣息已經變得渾濁起來，柔軟的櫻唇在我臉邊摩挲。

美女在懷，我頓時意亂人迷，雙手也輕輕的攬著她的蠻腰，感受到她腰部傳來的驚人彈力，胸前的壓迫令我一陣緊張。石鳳輕輕一推，我和她立即倒在床上。

石龍見機的閃到一邊，叫道：「姐，你這麼快就投降了，上次，夏族部落來向父親求婚將你許配給他的那個小子，我還記得是被你打得狼狽逃竄，只差一點就被你砍成十段八段了，怎麼遇到依天長老，你就如此不堪！」

被石龍這麼一叫，頓時恢復一點清明，我當即運功全身驅逐慾火，神色清澈如水，自然的將石鳳擁著坐起來，然後放開手，坐到另一邊。

自從來到這顆星球，我就十分奇怪，爲何自己格外受不了誘惑，很容易就會產生邪念，彷彿不受自己控制的樣子。

石鳳和石龍驚奇地望著我，他們倆誰也沒有料到，在這種情況下，我仍可以把持得住，在最後關頭推開她。

石鳳沒說什麼，對我盈盈一笑，並不責怪我，氣氛頓時顯得有些尷尬，還好石龍解圍，道：「依天長老，不如我們再去獵一株『鞭樹』吧。」說著話，咂了咂嘴巴，顯得意猶未盡。

昨天爲了救大黑與小熊而用神劍斬斷的那株「鞭樹」，被石龍他們帶回來後，每個族人都只分得一點，大部分都經過處理貯藏起來了。

我雖然不想去招惹那種強悍的生物，不過此時卻是求之不得的事情，我當即起身道：「那好，走吧。」

石龍只是隨口一說，沒想到我這麼輕易就答應了，愣了一愣，馬上反應過來，興高采烈道：「好，這就走。」

石鳳沒有反對，跟在身邊，隨著我們兩人一起走出部落，由於上午被石頂天宣布爲長老，所以此時出來，族人對我都禮敬有加，石龍石鳳又是族長的子女，一路出來，沒有當值的戰士前來詢問我們因何事要出部落。

待到走出部落，石龍在我身邊輕聲道：「這次咱們不要把鞭樹帶回部落了，我有一個隱秘的地方，可以放在那裏。」

看他吞吞吐吐的樣子，我當然猜得到他在心裏轉著什麼念頭，凡是打回來的獵物，統統都歸部落所有，石龍要把東西放到他的秘密地方，自然方便他。

我沒有任何意見，還可趁機看看這個精靈古怪的小傢伙口中的秘密地方，究竟都藏了哪些好東西，我也大可拿此來威脅他。

現在的時節正是夏季最熱的時間，我倒無所謂，石龍石鳳雖然長期生活在這種環境中，也是特別耐高溫，不過全力奔走，漸漸也有些不支了。

見兩人體力有些匱乏，我建議先休息一下，趁在休息的當兒將「御風術」的一部分口訣，教給他們。我已經答應石頂天教他飛天的功法，現在先教了兩人倒也沒什麼不妥。

空曠無際的大草原上是不缺乏風的，一陣風起，我抓著兩人的手臂飛身而起，兩人在我的幫助下，一邊施展「御風術」，一邊仔細感悟風的方向。

石龍年紀尚小，剛剛擁有幻獸，而石鳳雖然擁有幻獸，可能不是能夠飛天的那種，因此兩人現在非常興奮，神情雀躍。石龍不斷的催我飛得更高一些。

在高空中俯瞰大地，我已經是不止一次了，他們兩兄妹卻是破天荒第一遭，不停的感嘆著。整個大地如同一塊綠色的地毯綿延到遠方，高大的樹木此刻在眼中比螞蟻還要細小，所有的生物此時在眼中都變得異常渺小。

風漸漸變大，石龍嗆了幾口大風後，識趣的停止哇哇大叫。帶著兩個人飛了這麼長一段路，我體力也漸漸的有些不支了，鼓足內息大聲道：「下去了。」覓得一地方，緩緩向目的地滑翔著降下去。

石龍大呼過癮，在我面前蹦來跳去，石鳳體貼的站在我身後幫我擋著陽光，體力雖然透支得厲害，體內的氣機卻格外的旺盛，我舒服地躺了下來，隨手布了一個氣場將我們幾人給罩在當中，熾人的溫度迅速降了下來。

這一手又引得石龍哇哇大叫，吵著要學，此乃家傳武學，又得從小開始練起，他現在要練怕是遲了些，只好敷衍幾句了事。

很快我就恢復了體力，站立起來，四下眺望，茫茫草原無遮無擋，很快讓我發現了幾棵孤單矗立的「鞭樹」。

兩人此時也歇得差不多了，此刻在我的提議下，向最近的一棵「鞭樹」走去。

這一棵「鞭樹」比起昨天的那棵要矮上少許，不過亦是十分高大，我們三人合抱才能將它圍一圈，周圍雜草叢生，枝繁葉茂。

石龍在它所及的範圍外，邊繞著它走，邊咂嘴，評頭論足，彷彿在觀察這棵「鞭樹」夠不夠肥大，如果不夠肥大，他倒不屑去砍來吃。

這個時候，我已經將神劍取出來，反射著太陽的灼灼光華，神劍愈發顯得光彩奪目，伸指輕輕在劍身一彈，即發出嗡嗡的響聲，將內息灌注劍中，光芒倏地改變，由柔和變得尖銳起來，冷氣蒸蒸而起。

石小子貪心的盯著我手中的神劍，不過他該知道，無論施展什麼手段也無法從我手中得去的。

就在他全神貫注盯著我神劍的時候，不小心走進了「鞭樹」的禁區，數根藤條漫無聲息的向他捲纏過去。

等到被纏實的時候，他才驚覺，頓時手腳揮舞大聲叫喚起來。

我朗笑一聲，駕風而起，破風突至，劍芒閃動，纏在他身上的幾根藤條被我輕鬆斬斷，我一把抓著他，如提小雞般給他帶了出來，將他放在安全的地方，又反身飛回。

「鞭樹」的藤條揮舞著向我纏過來，我眼觀六路，靈敏的閃避著藤條的糾纏，有了上次的經驗，今天顯得輕鬆無比，幾次交鋒，大概已經摸清了它的虛實。

「鞭樹」攻擊力並非很強大，它的強大在於它的生命力，被我斬斷的斷枝都在極短的時間內就恢復了攻擊力，長出了新的枝條。

「鞭樹」大概感覺到了我比它以前遇到的對手難纏多了，遮擋在半空的蘑菇腦袋發出「咯吱，咯吱」的響聲，纏在一起的藤條都松了開來，彷彿無數個分身向我擊來。

一不小心就被它纏住，還好我及時將纏在身上的藤條砍斷，迅速的向後逸去，望著漫天舞動的無數根枝條，不禁有些頭皮發麻。

石龍在我身後不知死活地叫囂：「幹掉它，幹掉它。砍掉它的手，烤來吃。」

回頭瞥了一眼，見這小子高聲大喊，唾沫四濺，手舞足蹈，好似此刻是他在與難纏的

「鞭樹」在爭鬥，喊到連臉都憋紅了。

摸清了它的底細，再纏鬥下去也沒有什麼意思，人類之所以很難與「鞭樹」爭鬥，就在於沒有鋒利的神兵利器，以他們現在的冶煉技術，恐怕還得發展百年才能夠鍛造出像樣的兵器。

我一聲大吼，放出漫天劍光，身前的藤蔓紛紛被絞得粉碎掉落下去，一道長及數米的劍氣，彷彿閃電般穿過觸手所組成的防護，斜劈而下，劍氣所至，如割豆腐般將其斬斷，手腕揮舞，來回幾次，高大的「鞭樹」轟然倒地。

石龍與石鳳歡叫一聲一起奔了過來。

石龍一邊在碎樹中東挑西揀，口中一邊遺憾的道：「可惜，可惜。」

見他人小鬼大的樣子，我微微一笑問道：「不要貪多，只要挑上一些，就夠你一人吃上十天八天的了。」

石龍沒有理我，只顧在地上挑揀，嘖嘖的道：「你不明白的，我說可惜，並不是嫌拿太少，而是怪自己忘了帶罐子來取這些綠色的液體，真是失策啊。」

我心中問道：「這個東西能有什麼用？看起來也非常噁心。」

石龍站起身瞥了我一眼，道：「論武功修為，我比不上你，但要說到這方面的知識，你拍馬也及不上我的，就連姐也不知道。」

石鳳見我望向她，搖了搖頭，道：「這個死小子，從小就不愛好好練武，總愛搞一些稀奇古怪的東西。」

我再問他，石龍卻搖頭不語。

我心中暗罵，這個小子比猴都精，如果不給他點好處，休想從他口中得到答案。從烏金戒指中取出一個盛放「猴兒酒」的葫蘆，裏面的「猴兒酒」早已被似鳳那傢伙喝光，現在只剩一個空葫蘆。

抬手扔給石龍，石龍來回看了兩眼，志得意滿的道：「不要以爲這個綠色的汁液看起來噁心就看不起它，它可以強身健體，還可以解酒，不管你醉得多厲害，喝上一點馬上就可以清醒過來。」頓了頓，露出神秘兮兮的笑容嘿嘿道：「還有一點也是最重要最有價值的一點，就是可以增強男人那方面的能力。」

接著走來拍拍我的肩膀道：「依天長老風流倜儻，剛來一天，就把部落那些女人迷得七暈八素，以後有十幾個侍妾是很正常的，所以今天我告訴你這個秘密，你以後可千萬不能忘了我，不是我吹牛，整個部落只有我一個人知道這個秘密的。」

被他說得哭笑不得，好像在他眼中，他日我定是荒淫大帝似的，他雖說得露骨，石鳳卻不以爲意，好像男人擁有十幾個女人乃是最正常的事情。

想想倒也正常，這個時代，女人乃是男人地位財富的象徵，越是有本事的男人，女人越多。

我不再反駁，也取出一個葫蘆開始汲取斷枝中的綠色汁液，落在石龍眼中，臉上露出「孺子可教」的神情，嘿嘿笑著繼續低頭努力工作。

我也隨手撿一些「鞭樹」的藤蔓放在烏金戒指中，這些東西都是稀罕之物，說不定以後都會有用處。

忽然發現樹根部位附近生長著一些奇怪的草，散發著極淡的怪異味道，我拔了兩根放在眼前仔細看了看，確定以前確實沒見過這種品種的草，印象中就是百草經中也未提及。

我拿起一根拋給石龍，石龍看了一眼，就扔在一邊，極爲不屑地道：「這種破草，滿地都是，尤其是在鞭樹的周圍，它們功用與鞭樹相似，不過功效就差得多了，平時就靠著從鞭樹身上得點好處才得以生長起來。」

「哦。」被他一說，我總算是明白爲何我一來到這個星球就感覺到情欲非常難控制，肉慾的感覺特別強烈、敏感，原來是這些東西在作怪。放眼望去，莽莽草原，這種淫草生長得遍地都是。

過了一會兒，石龍用藤蔓將收集的一堆枝條裹起來，依依不捨地望了望散落在地的「鞭樹」，道：「依天長老，咱們走吧。」

我再次將兩人拎在手中，按照石龍的指示，向他的秘密石穴飛去，全力的運起「御風術」，風馳電掣的向前掠去，這是離部落的一個西南方向大概十幾里外的地方。沒想到他一個半大孩子會找到一個離部落這麼遠的地方。

第十章　寒冰洞遇敵

由於道路難以行走，又頗多野獸出沒，即便是成年人走到這麼遠的地方也是不容易的。

想到這，我不禁有些佩服他的毅力。

翻過一個山坡，突然被眼前的濃霧所震撼，一道天塹在不遠的地方將偌大的草原分割成兩半，上面有一道狹窄的吊橋連接。

濃霧正從下面不斷的升起，越是接近，空氣中的溫度越低，令人感到意想不到的涼爽，我暗贊大自然的奇妙，停留在崖邊，我探頭望下去，由於被濃霧所隔，不能分辨下面究竟有多深。

石鳳大訝，道：「這裏是寒冷之源！」

「寒冷之源！」我重複道，用在這裏倒是頗爲貼切，看那小子猶在得意，我淡淡道：

「小子，你不會告訴我，你的那個什麼秘密石穴就在這裏吧。」

石龍兩眼一翻道：「想人所不能想，這才是真正的智者，越是別人所無法想像的地方，才越是安全的地方，我的秘密石穴，就在下面，跟我來吧，便宜你們了。」

只見他奔到不遠的地方，回來後手中已經多了一個火把，然後在崖邊一個隱秘的地方弄出一條粗長的繩子，一手舉著火把，一手抓著繩子向峭壁下攀去。

石鳳也大著膽子跟著攀了下去，我展開「御風術」跟在他們身邊，懸崖兩邊相隔百米，越是向下，霧氣越重，空氣中也越來越濕，溫度更是讓初來的石鳳禁不住打起了寒顫。

忽然火把陡然熄滅，就聽石龍罵道：「糟糕，今次霧氣太重，霧水把火把給打熄了，西皮奶奶的，早知應該帶著打火石！」

石龍罵罵咧咧的不知該如何是好，要是在以前，我自然可以輕鬆放出三昧真火，只是我現在乃是至陰的內息，如何可以施展三昧真火。

忽然我想到可以祭出自己的任何一件寶貝，它們的光芒足夠我們認路了，心念一動，靈龜鼎光芒四射的出現在兩人眼前。

周圍的濃霧立刻被逼到一米以外，我突然有了一個好主意，心中默念：「大，大！」靈龜鼎聽話的不斷長大，眼看可以坐上三個人了，便停止讓它繼續長大。

我俯身飛過去，抱起兩人，然後飛到靈龜鼎上，將兩人放下，靈龜鼎本是陽屬性的寶物，此刻在我指揮下，漸漸的放出熱量，本來感到寒冷的兩人很快就暖和起來。

石鳳抱著我一條胳膊乖乖的靠著我坐下，而石龍這個小子，好奇心大起，不安分的左摸摸右摸摸。

我一邊駕馭著靈龜鼎向下潛，一邊道：「石龍，你的秘密洞穴在哪？」

石龍見我發問，才戀戀不捨的爬起身來，望著前方道：「向下潛，然後順著石壁向前，大概兩百米的距離，向右拐，再走大概五十米會看到一塊巨石擋路，繞過巨石就是我的秘密洞穴了。」

我依言向下潛去，接著向前，走了一段路，果然看到一塊巨石擋在面前，駕著靈龜鼎飛到巨石之後，經過一個狹小短窄的入口，眼前豁然開朗，洞中有光，彷彿白晝，洞中極安靜，「滴答、滴答」水聲可清晰入耳，由於光線作用，反而透出一種神秘的美。

奇形怪狀的鐘乳石充滿洞內，洞中的溫度不是很低，比起外面要高出不少，但要和濃霧外面的世界比，又顯得很低了。

不經意間，一顆水滴墜落在我臉頰上，我抬頭看去，發現高高的洞頂不規則的點綴著很多根冰錐，少數冰錐受到陽光的照射，不斷的滴下水來，不但沒有打破冰洞的寧靜之感，更令我覺得有一種奇異的和諧。

石龍看我和石鳳驚奇的打量著他的秘密洞穴，傲然道：「不錯吧，這可是我花了很多工夫找到的，你們能看到這裏的奇景全是托了我的福，不過你們是我的客人，以後歡迎經常到這兒來。」

說完便不再管我們，逕自將帶來的那些食物進行分類收藏，這裏的溫度很適合貯藏食物，大概放上幾個月都不會壞。

過了一會兒，等到他收拾完東西，拿出一些他以前收藏的食物分給我和石鳳，然後坐在一邊吃得津津有味，道：「累死我了，以前走到這裏根本不會覺得累，現在一個身體得要養兩個人，得多吃一點。」

他拿的多是一些肉乾之類的東西，我對這些沒什麼興趣，還給了他，從烏金戒指中取出一些新鮮的藥物野果吃著。看他餓狼一樣大口地吃著那些肉乾，心中想到，他現在是剛獲得屬於自己的幻獸，還得從身體中供應營養給幻獸，所以更容易消耗大量體力。

石龍抹了抹嘴，忽然向我諂媚的笑道：「依天長老，以後咱們就是一家人了，我看你有這麼多好寶貝，有什麼不要的，可以送給小弟一樣兩樣的，小弟是不會嫌棄的。」

我不禁莞爾，這小子，什麼時候都不放棄從我這兒得點好處，瞥了他一眼，指了一下靈龜鼎道：「小子，你要是能把它拿走，我就送你了。」

他親自感受到靈龜鼎的神奇和威力，見我要送給他，想也不想，立即站起身來，不客氣地謝了我一聲，就向靈龜鼎走過去。

我心中笑罵：「小鬼頭，不知天高地厚，這種通靈的寶物你都敢要。」心中一動，偌大的靈龜鼎倏地變小，只有石龍的一半大小。

本來石龍望著高大的靈龜鼎有些愁眉不展，不知該從哪下手比較好，此時見靈龜鼎突然變小，竟然不想是我搞的鬼，眉開眼笑地伸手去抱。靈龜鼎雖然體形變小，但是仍是沉重異常，光憑臂力是根本無法將它抱起來的。

只見他用足了力氣憋得紅光滿面，但靈龜鼎仍然穩穩地立在那兒，紋絲不動。

石龍又試了幾次，最終只好放棄，走回來，訕訕地道：「我改變主意了，這個是依天長老的護身寶物，太貴重了，我是萬萬不能要的。」

說到最後已經是滿臉失望，沒了氣力。

見他頹喪的樣子，我也不忍心再調侃他，從烏金戒指中取出一截不錯的鐵木，用神劍再將鐵木截成兩段，劍氣閃動，瞬間兩把已經成型的鐵木劍出現在我手中。

兩人疑惑地看著我，石龍以爲我要送他什麼寶物來補償，更是睜大了眼睛看著，待我停下手來，見在我手中只是兩把木劍，不禁失望地嘆了口氣。

看他不以爲意的樣子，我就知道他沒有見過鐵木，或許這個放逐星球，壓根就沒有這種生物。

腦海中浮過「霜之哀傷」中的「御劍訣」最後一訣，兩把木劍冉冉浮起，陡然綻現劍芒，奔若雷電，撞擊在一塊大鐘乳石上，「轟隆」聲響，鐘乳石從當中斷裂，碎石向四下裏迸濺。

兩人十分驚訝於小小一把不起眼的木劍竟有此等威力，目光有些呆滯地停留在木劍上。

我伸手一招，兩柄小木劍乖乖地落在手中。石龍呆呆地看著，忽然反應過來，忙走到我面前，呵呵笑著道：「對不起，依天長老，都怪我不識貨，依天長老拿出來的東西當然不會是劣等貨色。」說著話忙不迭的就要從我手中去拿劍。

我使了個手法，兩把木劍倏地飛到空中，在上面盤旋著不下來，石龍見狀急跟在後面，不時地蹦起，想把木劍抓下來。看差不多也玩夠這個鬼靈精怪的小子，伸手一指，木劍受到我的指揮，劃了一個圓弧，分別向石龍石鳳落去。

誰知異變突生，一個蒼老的尖銳聲音，陡然在空中爆炸般響開，音波在寒冰洞中橫衝直撞，以我的修爲也不能倖免，石鳳兩人更不濟，被震得跌坐在地上，臉色蒼白，雙手捂著耳朵。

「呷呷！小娃娃，你的木劍不錯，老子要了！」聲音剛落，一個黑影驀地從洞中更深處躥了出來，速度極快，以雄鷹之姿陡然抓向那兩把木劍。

一瞬間，我為之驚懼，但更多的是憤怒，出道至今，還沒有人能讓我吃暗虧，即便像李霸天這種超一流的高手也沒讓自己膽怯。

我一聲怒吼，身體如箭般倏地飛了出去，口中喝道：「想要我的劍，得過了老子這關。」

那人有些驚奇地瞥了一眼，隨即「哈哈」狂笑道：「敢跟老子面前自稱老子的人，你還是第一個，滾下去！」

一股霸絕的雄渾拳風向我襲來，這股內息相當雄厚。石頂天也算是這顆行星的絕頂高手了，但比起眼前突然出現的怪人，也頂多算是個半大的娃兒。

我的意識異常靈敏，但是從進來就沒有察覺到他潛藏在洞內，等到突然出現了，我才發覺，心中有些不平的怒氣，把心一橫，雙拳連出，瞬間轟出數十拳，身在空中輕易錯過他的拳勁。

怪人不知道我會「御風術」，頓時吃了個虧，連中數拳，被我打得倒翻出去，只是下落的身體忽然奇怪的扭動兩下，竟轉過身來，腳點在一塊巨石上，以更快的速度向我掠來。

我喝叫一聲，身體也以極快的速度向後方退去。

怪人口中發出尖嘯聲，震得我一陣氣血沸騰，沒想到眼前的怪人竟然會使用音波攻擊，這是除了二叔外，第一次看到有人可以使用。

我匆忙調用仍飄浮在空中的兩柄鐵木劍，兩柄鐵木劍電閃而至，「呼嘯」著向怪人刺去。怪人怪叫一聲，大叫道：「起！」地面突然出現無數枝藤蔓擠破土地的束縛，纏繞著拚命向上生長。

這一切都在一瞬間完成，兩柄木劍瞬間就被藤蔓給牢牢地困住，怪人嘿嘿一笑道：「雕蟲小技，劍是不錯，可惜使的人太差勁。」

說著話，雙手化爪，幻出漫天掌影，熱力破體而來，我隱隱感到不安，眼前的攻擊忽然合而爲一，彷彿一隻巨大的窮兇極惡的花斑蜘蛛伸出巨大的爪子向我抓來。

我邊想邊退，速度幾乎已經達到我的極至，風馳電掣在冰寒洞中掠動。

熱勁如影隨形，無論我怎麼躲閃，始終緊緊附在身後，我一咬牙猛的轉身正面對敵，沒想到剛轉過身來，一股熱氣倏地撲面而來，隨即感到一個手掌印在胸膛上。

無窮的熱氣紛紛湧向體內，強大的壓力下，我情不自禁地吐出一口血，摔了下去。

怪人哈哈大笑道：「不自量力，毛都沒長齊就在老子面前撒野。」

陰陽相生相尅，熱氣剛一進入體內，至陰的內息忽地就將熱氣給撕裂開，那股「混沌汁」形成的治療能量也迅速的將受傷的部位給治療得七七八八。

雖然吐出了一口鮮血，事實上我並無大礙，這種熱氣還傷不到我，都怪他太小看我，剛才我完全沒有還手之力，只要他再加把勁，就可以讓我下地獄。

我也收起對他的小視之心，本以爲能和石頂天打個平手，這顆行星不存在能威脅到自己的高手，沒想到在這個地方還能遇到這種高手。

我一落在地上，腳尖點地又彈了起來，幾個起落就來到石鳳和石龍面前，兩人蒼白的面色仍沒有好轉，我道：「沒事吧。」石鳳搖了搖頭，顯得很辛苦。石龍苦著臉道：「依天長老，這下完了！」

見他這麼洩氣，我臉容一整，道：「怕什麼，有我在，還怕他這個怪人。」

石龍露出惶恐的神色道：「不是我不相信長老的修爲，不過那個人更厲害，就算是父親在也不是他對手。」

我大訝，眼前的怪人究竟是什麼人，能讓天不怕地不怕的石龍嚇成這個樣子，我問道：「他是什麼人？」

石鳳道：「依天長老，我們真的可能要死在這裏了，那個怪人是……」

怪人忽然插嘴道：「哈哈，連我是誰你都不知道，小子你是哪個部落的？我倒想知道，究竟是哪個部落能培養出你這個不知輕重的小子，看你的樣子不像是石族的，你是塔而干族？還是夏族，抑或是尼莫族？」

石龍在一邊低聲說道：「只要看他的裝束就知道，在我們這裏只有他是全身裹在衣服中。」

我仔細地看著這個怪人，從頭到腳都裹在衣服中，在這顆行星中，溫度這麼高，所有的人都只穿著僅能蔽體的衣服用來散溫，眼前的敵人確實很怪，穿著這麼多，只露出一雙眼睛。

石龍接著道：「這個傢伙叫作沙拉畢，不屬於任何部落，脾氣古怪得很，看誰不順眼就殺誰，曾經因爲瑪雅族長的一句話，單槍匹馬挑翻了瑪雅族，連殺三位瑪雅族長老，族長也被他廢了功夫。」

聽他這麼一說，我不禁再仔細地審視對面的可怕敵人，一個人對一個部落，而且至今仍活得很好，這說明他不但修爲極高，而且一定擁有驚人的智慧。

怪人聽到石龍說出他的底細，不但沒有驚慌，而且哈哈大笑起來，半晌才徐徐地道：「石小子，看在你收藏在這裏的食物令我安心的在這裏待了一個月，我就破例放了你和那個丫頭，不過這個人我得留下，他的功夫很奇怪，我很有興趣知道這是什麼武功。」

望著我的眼神閃過一絲殘忍的意味。

「哼！」我冷冷地哼了一聲，不屑地望著他，心中卻已經做好全力以赴的準備，這一戰將會是我最艱辛的一次，如果我還能保全我的小命的話，我的修爲會再提高一個級別！

我瞥了一眼石龍兄妹，低喝道：「走！」石龍兄妹的功夫和我們相差太多，他們留在這兒只會讓我分心來照顧他們。既然怪人有心放了他倆，等於是幫了我一個大忙。

石鳳固執地望著我，眼中閃過複雜的神色，突然長身騰起，光芒躍動，待到她再落到地面，已經合體成爲一隻麋鹿，彪壯的四肢，頭頂兩隻大而利的角，低吟一聲，四蹄踏動倏地向怪人衝去。

我心中暗道不好，卻是攔之不及，怎麼也沒想到，石鳳的性格這麼剛烈。四蹄生風，疾若光電，氣勢如虹的向怪人衝去。

怪人沙拉畢冷冷地看著她，神情頗爲不屑。雖然表面看來，石鳳氣勢慘烈，事實上光憑蠻力根本連一點勝算也沒有，我長嘯一聲，「大地之劍」倏地出現在手中。

爲救石鳳，也顧不得寒冰洞能否禁得住神劍的威力，最後一式御劍式猛的施展出來，無限的光芒陡然向四周猛烈的逼射過去。

沙拉畢顯出震驚的表情，他可能萬萬沒想到，世上還有如此威力的神劍，迅速收起輕視的神色，身體猛的向前，數米的距離，只跨了一步，迎上變身後的石鳳，「霍」的一拳擊出，石鳳哀號一聲被震飛出去。

「大地之劍」在我的意識下，在空中倏地掠過，以肉眼無法捕捉的速度向沙拉畢刺去，留下的只是破空的刺耳呼嘯聲。

「大地之劍」在我的駕馭下，至少可以發揮兩倍於我本身的實力，怪人沙拉畢取出剛搶來的兩把木劍迎了上來。

我邊控制著「大地之劍」，邊接住石鳳，石鳳受此一擊立即被打得恢復成人形，無法保持合體的形態。我將石鳳放在石龍懷中，大聲喝道：「快帶你姐走，這裏有我攔著！」

石龍倒也乾脆，扶起石鳳一聲不吭，轉頭就走，我暗道：「這小子，倒真的說走就走，一點不講義氣。」

我轉過身，集中精神全力駕馭「大地之劍」，與怪人展開殊死拚鬥，兩把木劍在他手中發揮著令我難以置信的威力，不僅成功的抵住了神劍的一波波攻勢，更有隱隱將神劍壓在下風的趨勢。

我暗罵一聲，眼前的大敵實在平生僅見，修爲高得嚇人，能夠縱橫各大部落，當然得有不凡的修爲。最可氣的是，這個怪人搶了我的木劍還想要了我的小命，打又打不過，逃又逃不掉。

「拚了！」我厲喝一聲，瞬間召喚出靈龜鼎，一聲「鎧化」金光條條，瑞氣萬千，一股強絕的能量從我身上散發出去。我冷冷的迫視著他，喝道：「想要我的命，得付出代價。」

怪人先是動容的看著我，忽然狂笑道：「這才有點意思，太容易殺死你，實在沒什麼意思，既然這樣，就讓你看看我真正的力量。」

空間能量突然顫動起來，一隻巨大的雌獅在一陣白光中現出身來，接著無數枝藤蔓迅速的從他身上鑽出，很快的工夫將他包裹在裏面，只能隱約看出一個人形！

狂笑聲陡然從中傳出來：「哇哈哈！讓你看看我的力量來源，也是老子縱橫幾十年不敗的原因，看過的人都已經死了，你今天也難逃一死！」

隨著他厲喝聲，對我虎視眈眈的那隻體型龐大的雌獅突然縱身而起向怪人撲去，快要接近時，怪人陡然喝道：「二次合體！」無數隻觸手驀地從怪人身上冒出來，半空中將巨獅給裹起來。

伴隨著巨獅的一聲聲獅吼，綠光不斷的從怪人身上閃躍出來，漸漸的露出人形，獅首人身，粗大的四肢長滿了鋒利的爪甲。

一道刺人的幽綠光芒陡地從眼中射出來，感覺到他凌厲的氣勢，我不禁有些氣餒，更是動容他竟可以兩次合體，從不知道更沒想過有人可以合體後再一次合體。

他給我的感覺像是一座無法撼動的高山，散發著凜然不可匹敵的氣勢，以他現在的修爲應該可以趕得上李家大家長李霸天鎧化前的力量，我咽了唾沫，直勾勾地望著他，暗自忖度難道我就要死在這裏了嗎，他就像一隻覓食的野獸，充滿了殺氣和野性。

這都是我無法具備的，和這樣的人對敵，我幾乎沒有勝算，如果我是優秀的獵犬，他就是狡猾狠毒的野狼。

怪人欣賞地望著我眼中不斷浮現的恐懼，倏地發出清脆的笑聲，道：「呵呵，害怕了嗎，你應該感覺到我們之間的區別了吧，憑你的精神修爲，就算功力比我高，也無法戰勝我，今天就讓我成全你。」

說到最後一字，身體突然掠動，彷彿幽靈般一下子就出現在我面前，完全打破了距離和速度的定律。

我下意識快速掄動拳頭擊向他的面門，待到發現揮空時，背部傳來銀鈴般的笑聲，接著就是劇烈的疼痛，肋骨不知斷了幾根，額頭冷汗直冒，咬緊牙關旋身踢腿。

一股巨大的力量與我反踢過去的右腿相撞，腿骨瞬間折斷，發出「咔嚓」的脆響，整個身體如同玩具般被拋飛出去。

銀鈴般的聲音再一次響起：「呵呵，再試幾次結果也是一樣，我們之間差距實在太大了。」

我靠坐在一塊石頭前，驚懼地望著他，心中閃過「爲何他會發出女人的聲音」的念頭，隨即被恐懼所替代。他冷冷地盯著我，一步步的向我走來，獅形的雙腿每往前踏一步，寒冰洞都要爲之顫動一下。

我的右腿已斷，只能眼睜睜的看著他不斷的接近我，心中掠過無數的念頭，隨著他凌人氣勢的逼近，一個念頭愈發的清晰起來，我不可死在這！當我安然度過第一曲的兩劫的時候，義父曾跟我說過「天下雖大，已沒我不可去的地方了」。

強烈的求生念頭，使我再起鬥志，「御風術」帶著我的身體再一次的飛到空中。

「呵呵！」他彷彿看到了什麼可笑的事情，咯咯地笑起來，淡淡地道：「想和我拚死一爭嗎，那只是你一廂情願罷了。」

做好了最後一擊的準備，心裏反而平靜下來，從容道：「我說過，想要我的命，就得付出代價。」接著冷冷地盯著他譏笑道：「能不能告訴我，爲什麼你二次變身後，聲音竟像個女人？」

沙拉畢眼眸中突然掠過一絲精光，出乎我意料的沒有動氣，淡淡地道：「想知道答案，就等你下了地獄問閻王吧！」

這是實力之爭，任何花招都難發揮作用，兩股極強的氣分別從我和他身上伸出去，交織在一起形成一個巨大的圓形氣場，他的實力果然比我要強很多，幾乎瞬間的工夫就把我的氣推了回來。

我暗暗心驚，立即騰出一隻手抓起「大地之劍」，心中默默地祈禱：「劍靈！我需要你的幫助，快點現身吧！」

大地之劍的劍靈是「大地之熊」，位居神獸的行列，號稱只要有大地的地方，大地之熊就不會敗，大地之熊可以從大地中源源不斷地汲取能量，所以只要大地之熊雙腳踏在土地上，牠就是無敵的！

由於我的分心，我發出的氣又一步的被擠回來，沙拉畢的氣越來越強，幾乎將我給包圍起來，令我無路可退，只要他想要，我立馬就可以成爲一堆碎肉。

一股悠遠的聲音彷彿笛聲在心底升起，那是股陌生的能量，我頓時狂喜，自己有救了，這股雄渾、溫暖的力量應該就是大地的力量，這股力量彷彿母親的手拂遍全身，我好像沐浴在陽光下，完全忘記了外在的危險。

這股強大的能量由內向外散發出去，幾乎同一時刻，「大地之劍」發出強烈卻溫和的土黃色光芒，光芒中一隻體型龐大的熊逐漸出現，怒目望著沙拉畢，忽然發出一聲驚天動地的咆哮，組成大地之熊的光暈倏地分散開，手中的「大地之劍」也倏地分散爲大片彷彿有靈性的光暈，團團的圍繞著我。

手中無劍，卻心中有劍，我就似一把世界上最利的劍，散放著逼人的劍光，這一刻我有掌握天下的感覺，望著沙拉畢心中再無恐懼。

他發現我的變化，心中突然恐懼起來，想發動攻擊用氣場將我擠爲肉泥，卻突然發現氣場被圍著我的光暈給排在外面，絲毫發揮不了作用。

我微微笑著望著他，心中輕輕一動，一柄由光芒組成的大地之劍出現在我手中，心中輕輕感嘆，也許這才是神劍的真正秘密，在某種意義上講，我已經與神劍合爲一體，或者更精確地說，我已經與神劍中的劍靈合爲一體。

我現在有兩種神器護身，我就不相信我鬥不過你！

雖然此刻我也是二次合體，卻仍然搞不清爲何可以兩次合體，不過這已不重要，重要的是我可以保住小命了。

我輕輕一聲呵斥，光芒之劍向無形的氣場劈下去，剛才還強悍的氣場在光芒之劍的威力下瞬間被破，彷彿是做了一件微不足道的事情，手掌攤開，鋒利無比的光芒之劍再次化爲點點光暈圍繞在我四周。

沙拉畢壓下難以掩飾的驚恐，忽然哈哈笑道：「越來越有意思了，我就不信你能強過我。」

話還沒完，身體已經高速掠動過來，充滿強勁的內息，令人眼花繚亂的速度。

我站在空中，以不變應萬變，揮手格擋他的每一次拳腳，我不得不承認他的修爲和進攻的技巧上都遠遠勝過我，如果不是及時與劍靈合體，輸的恐怕是我。

「砰……砰！」

每次強勁的拳腳擊在我身上都如中皮革，這使沙拉畢越打越慌，不過即便這樣，拳腳卻愈來愈厲，每次化解他的攻勢都花費我不少氣力。

畢竟身體中的巨大能量不是我自己的，越用越少。

忽然感到身體一陣虛弱，心中一驚，知道是因爲體內的那股能量快用完了，可惜劍靈是一隻尚未成熟的小「大地之熊」，如果要是成熟體的話，沙拉畢可能連一招也撐不了。

與他硬拚一記，將他震飛出去，我緩緩的下降，希望可以借大地的力量來和他對抗，甫一觸地，鑽心的疼痛讓我馬上意識到，我斷了的那條腿根本無法令自己安穩地站在地面。

剎那出現的破綻，令沙拉畢欣喜若狂，夾帶著強大的內息，身體如同閃電一樣向我搶攻而來，帶動著墨綠色的光芒，向我發出了最後也是最強的一波攻擊。

我一腳踩空馬上知道不好，立即拚出最後的餘力，對上他狀若瘋狂的攻擊，希望可以魚死網破，也許可以借此獲得一條生路。

誰想到，形勢會突然逆轉呢，大地之熊的力量在逐漸消失，沙拉畢給我的壓力卻越來越大，他猙獰的面孔向我費力的擠出諷刺的獰笑。

看他的樣子，就知道他的內息也所剩無幾，我拚起所餘的力量，化出光芒之劍，猛烈的向他當頭劈下，不再顧忌他攻向我胸膛的氣場。

光芒之劍到達他頭頂的剎那，沙拉畢忽然朝我露出一抹狡詐的笑容，光芒之劍毫無阻礙的從頭劈到腳，原來他還保留餘力，剛才表現出氣力不濟的樣子，只是故意欺騙我的。

光芒之劍及體的瞬間，沙拉畢突然爆發速度，繞到我身後。我來不及應變，一股強大的力量從背後貫穿至體內。

我連哼一聲都來不及，就被這股力量拋飛出去，凝聚在體內的殘力轉眼間消失，重重地撞在石壁上，四肢盡斷，心肺都受到重創。

我剛努力地睜開眼睛，就被他的獅腳踏在臉上，石室中響起他得意的狂笑聲，半晌嘆了一口氣道：「你真是個危險人物，我縱橫大草原這麼多年，你還是第一個令我感到恐懼的人，可惜你最終還是死在我手裏。你死後，這身皮囊也沒有什麼用處了，就讓我幫助你把它給處理了！」

大量的綠色觸手鋪天蓋地的向我伸來，扎破我的皮膚向我體內伸去，象徵生機的綠色此時在我眼中與死神無異。

我殘存的意志告訴我，這些綠色觸手在不斷的吸收我的血肉和生命力，以及那一身修煉不易的內息。

我恍然大悟爲何他的修爲會這麼高，原來是因爲他修煉的陰邪功法，可以吸食別人的血肉，把別人辛苦的修爲占爲己有。

可惜我連一根指頭都動不了，只能眼睜睜地看著自己變爲一具骷髏。耳朵中盡是他得意的狂笑，得到我純淨的內息的補充，他剛才受到的創傷正在快速的癒合中，墨綠色的光芒也愈來愈耀眼。

沙拉畢感受到我至陰內息的珍貴，閉上眼睛快速的將吸收到體內的部分轉化爲己有。

半暈半醒間，再感覺不到疼痛，意識變得飄渺起來，驀地想起父親、母親還有和我相依爲命的大黑，突然間眼前閃過紅光，一道道紅光如同流星雨般爭先恐後的在面前劃過。天邊紅彤彤一片。

我覺察到一股憤怒的力量正在體內甦醒，這股力量是那麼深沉那麼偉大，快要斷絕生機的身體隨著這股力量又漸漸的活躍起來。

沙拉畢陡然睜開眼睛，這股正在甦醒的力量，讓他感到十分恐懼，雙眸精光四射地盯著我，他本想把這股力量也給吸食掉的，卻發現無論怎麼努力都無法像吸食其他能量般輕鬆占爲己有，這種反常的現象令他感到局促不安。

覺察到力量越來越強，最終下定決心將我給徹底殺死。臉龐肌肉抖動了一下，驀地大喝道：「死吧！」

強大的氣場瞬間就要把我給裂成碎片。

第十一章　獅子嶺

危險時刻，一道黑光掠過，大黑竟然在險之毫巔的時刻突然出現，肉翼搧動，將氣場的力量給抵消。黑色的龍鱗甲，鋒利的四肢，充滿力量的肌肉線條，強大的氣場，龐大的體型，殺氣沖天的油綠眼珠。

突然出現在眼前的怪物使沙拉畢感到一陣心驚肉跳，尤其是剛才自己揮出的強大氣場竟然被眼前的怪物輕鬆破了，雖然不知道牠是什麼怪獸，但是強烈的敵意，使沙拉畢知道牠一定對自己沒有好感。

大黑待在我身邊，怒目瞪著沙拉畢，口中發出「呵呵」的低吼。沙拉畢吸收了我的全部內息，站在那兒爭取時間轉化我的內息。

一人一獸僵持在那兒，時間一分一秒的度過，轉化了我大部分內息的沙拉畢修爲立即又漲高了很大一截，信心十足的向我走來。

大黑擺出攻擊的姿勢，肉翼上下振動，強大的氣流在兩翼下形成。沙拉畢空手一揮，強勁的氣場頓時把氣流給擊散。

心中的假想得到了證實，沙拉畢嘿嘿一笑，急速撲過來，搶先發動攻勢，瞬間向大黑揮出三道氣場。

龍丹的力量就像是一把雙刃劍，既給予力量又帶來傷害。轉化了我內息的沙拉畢漸漸把大黑壓在下風。

這時的我早已陷入極度的睡眠中，由於一直以來都是我的意識佔據主導地位，又有我修煉的力量主導身體活動，龍丹只能一點點的被我融化，現在突然佔據身體的力量和意識都突然消失，龍丹意外的毫無忌憚的迅速蓬勃發展起來。

受到強大力量的刺激，細胞開始快速活躍起來，折斷的四肢也漸漸的癒合，只是身體大部分血肉都被沙拉畢吸收了，現在的我再不復先前的強壯身軀，瘦弱的身軀顯得很蒼白。

破敗的身軀無法吸收更多的內息，致使龍丹的力量透過身體向外溢散出去，一團血紅色光芒將我包圍起來，一會兒工夫，寒冰洞中充滿了紅色氤氳。

對力量敏感的沙拉畢很快察覺到這股很強的力量，並且開始不斷的吸食，石室中響起他狂妄自大的笑聲：「有了這麼強大的力量，整個草原都將在我的掌握中！」

大黑再不是力量大漲的沙拉畢的對手，一面倒的被打得傷痕累累。

正在發威的沙拉畢剛一腳將大黑給踢飛出去，忽然感到脖子一緊，無情的力量迅速將他箍住，身體被凌空提起，脖子上傳來的力量讓他窒息，極度恐慌中，猛的運起全身內息撞過去。

沉睡中的我，被他這股力量撞得倒退幾步，手不由得鬆開。

現在的我也可以說不是我，身體充滿了龍丹的力量，發生了異變，像是一隻直立的野獸，空洞的眼神射出噬血的渴望，瘦弱的四肢張滿了鋒利的指甲，披著如同大黑的龍鱗甲，肋骨清晰可見，但卻散發著壓抑的強大力量。

沙拉畢驚懼地盯著我，忽然想到自己也非吳下阿蒙，壯起膽子，陡然揮拳向我打來，無數根綠色藤蔓聚集在他手前行成一個巨大的拳頭。

他功力大漲，速度已經是肉眼難辨，我從容的伸出爪子，絲毫不差抵在他的拳頭上，沒想到他的力量竟然強過我，大概是因爲他吸收了我的力量和部分龍丹的力量，現在的我已經不是他的對手。

好在我有一身柔韌的龍鱗甲護體，他這一拳只令我受了點小傷。他也沒想到自己強大至此，瞬間的驚訝，隨即暴出哈哈狂笑：「也不過如此，看來天下從此就是我的囊中之物了！」

我驀地發出低沉的吼聲，聲音悠遠彷彿在呼喚著什麼，突然間大黑化作一片烏光附著到我身上，烏光中隱隱透出紅色。

龍丹終於在特殊的條件下合二爲一，成爲一顆完整的龍丹。兩股同宗的力量彷彿兩股暴流，在體內匯成一股無可抵擋的力量，身體再一次異化，身後拖出一條長長的尾巴，四肢也粗若枝幹，暴戾的眼神有壓迫一切的氣勢。

我驀地張開嘴巴，原本充滿寒冰洞中的紅色氤氳彷彿活過來般紛紛向我口中湧來。同樣正在吸收龍丹力量的沙拉畢眼見紅色的能量團快速的被我吸收到體內，倏地放棄和我爭強的意識，怒喝一聲，重拳向我擊來，好像要把我撕成碎塊。

勁風逼體而來，我看也不看，粗壯有力的手臂輕輕揮動，就將他的攻勢化解。

沙拉畢毫不氣餒的發動下一波的攻擊，他的攻勢不可謂不強，雖然如狂風暴雨，卻每次都無功而返，此時的他在我眼中就像一隻妄圖撼動大樹的蚍蜉。

終於將溢散在寒冰洞中的能量給吸收乾淨，冷冰冰的眸子轉向沙拉畢，屢次失敗早已經使他驚慄，此時更是眼見無利可圖，心中頓生逃走的念頭。

只可惜他的敵人是一隻甦醒了的龍，在空中逃遁的身體，頓時被一股很強的吸引力給固定在空中，難以邁動一步。

我舉起單手放出強大的吸力將他一步步的吸回來，他艱難的與吸力相抗衡，實力大張的他令我一時半會無法令他屈服，眼中陡然閃現暴戾的目光，另外一隻手驀地虛空揮出。

他無法躲閃慘叫一聲，跌了出去，倒在地上，恢復了先前的模樣，合體獸從他身上脫離又回到他體內。此時的他虛弱已極，再沒有反抗的力量。我伸手再吸，他的身體像是無根浮萍被我輕鬆的吸到手中。

寒光閃現，他的衣服化爲碎片飄落下來，衣服的下面竟然是一副女兒身，高聳的乳房在眼中顫巍巍的跳動著，難得的是在這種環境下還有一身雪白的肌膚，彈指可破。

我雙手連動，一具誘人玉體很快顯露出來，臉孔也顯出本來面目，是一副漂亮的面孔。沒有意識的引導，只憑著身體本能的驅使，我褪去身上的衣物，露出醜陋而強壯的異化身軀。

俯下身，衝破阻礙進入了她的身體，上下抽動起來，同時不斷吸納她的力量，一副絕美的身軀就這樣煙消玉殞。

吸收完所有屬於自己的力量，頭腦忽然沉沉的，想要睡覺，就像是人吃飽飯，就有睡覺的欲望。

身體開始酥軟，自己的意識仍然在身體中沉睡，龍丹的力量漸漸的退去，如潮水退潮般，身體空無一物，又恢復了人類的樣子，大黑也從我身上分離出來，低頭望著我。

如果我現在是清醒的話，一定會看到大黑一對黝黑的眼珠顯露出的哀傷，大黑伸出濕膩的舌頭在我臉龐上舔了兩下。忽然低吼一聲，依依不捨的又看了我一眼，陡然張開翅膀，衝破冰寒洞飛向無限的遠方。

待我的意識從深處醒來時，我已經被石族部落的人給帶回部落中，沉睡了好幾天，剛醒來就覺得肚餓難忍，還好石鳳在我昏迷的時候一直伺候在我左右，連吃了幾碗石鳳煮的肉粥，頓覺得精神好多了。

不多會兒，石頂天在族人的通報下知道我醒過來，也過來看我，瞧我面色紅潤，身體恢復得很好，爽朗地笑道：「老弟，這次可多虧你了，不然石鳳和石龍都要死在那個妖人手中了。」

不用說，我也知道他口中的妖人是指那個沙拉畢，恐怕他也不知道實際上那個沙拉畢是個女人。

我淡淡笑道：「這沒什麼，畢竟我也是石族的長老，保護部落的子民也是我的責任。」

石頂天哈哈笑道：「既然老弟這麼說，那我就不多謝了。老弟真是本事，那個妖人禍害了大草原中的各個部落差不多也有幾十年了，我們都拿他沒轍，沒想到讓兄弟你給擊斃了，只是那個妖人修爲極其高深，恐怕兩三個我都打不贏，不知老弟……」

瞧著他望向我的炯炯眼神，我禁不住嘆了口氣，我該怎麼說呢！

我雖然受到沙拉畢的重創，意識沉睡過去。不過之後發生的事，在我剛才醒來之前，以一種奇怪的電波訊息傳給了我，讓我知曉自己昏睡過去發生的事。

但是我該怎麼跟石頂天說呢，難道說自己突然變身爲龍，然後把沙拉畢吸成了人乾嗎，這樣的話，石頂天一定會把我當成妖怪看的，說不定趁我虛弱先把我給殺了，以免我好了以後再去吸別人。

我的臉色變得很難看，心中告訴自己，這個秘密一定不能告訴別人。

石頂天見我臉色連續變化，以爲我有難言之隱，其實他也並非真的想知道我是怎麼能夠殺死沙拉畢的，重要的是，我現在是石族的長老，而且和他女兒的關係也好像非常好，我修爲越高，石族的實力就越強，這難道不是好事嗎。

石頂天哈哈一笑道：「不能說就算了，重要的是你沒事就好。哈，族中有一批幻獸蛋已經成熟了，再過幾天等你傷好了，就去領一顆，算我對依天兄弟的謝禮了。」

我掙扎著起身謝道：「謝謝族長。」

石頂天走過來攙扶著我，道：「有傷在身，不要起來了，這兩天就讓石鳳在這伺候你，要好好養傷。」

目送石頂天走出屋子，我別轉過頭對石鳳微微一笑道：「石鳳，你回去吧，我的傷好多了，只是虛弱了點，用不著別人來伺候我。」我見她露出堅決的神色，馬上改口道：「我是想練功來調養自己的身體，希望可以儘快復原，我可不想每天都待在床上。」

見我是要練功，石鳳勉強答應我，走了出去。

我現在是大傷初癒，不論是身體還是精神都很脆弱，無法抵擋籠罩在整個草原的淫草分泌出來的氣息，如果身邊整天待著一個美麗的女人，而且還一副任君採摘的模樣，我想我一定會崩潰的，而且在我知道我化身那種龍形怪獸和沙拉畢行房時將她吸成人乾，我更不敢和別的女人做出這種事來，誰知道會不會一不小心就又製造出一副人乾。

我努力的盤膝坐下，將意識沉入身體中，將全身上下都掃視了一遍，直到發覺全身的生命細胞都很活躍，沒有什麼不正常也沒有發生異變，才深深的噓出一口氣，暫時放下心來。

意識來到丹田部位，發覺連一點內息都未剩下，我運起「九曲十八彎」的功法，卻發現氣機十分微弱，忙活了半天，只聚集了很少的內息。

我嘆了口氣，看來想要一時半會就能恢復是不大可能了。以前也曾出現過這種情況，就是與高山村村長兄弟的那次，我成功逃出村子，當時內息也是所剩無幾，花了幾個月的工夫才慢慢恢復。

氣力恢復了一些，運氣將靈龜鼎取出，意外地發覺靈龜鼎發生了突變，原本巨大的體型現在變得異常精緻小巧，只有兩個拳頭大小。

取出一些「混沌汁」吞到腹中，「混沌汁」一到體內，立即化為一道清流，穿梭在經脈間，氣機感立即強烈了不少。

我想的沒錯，這「混沌汁」確實對我有莫大的好處。長嘆一聲，心中開朗了不少，這種事急不得，還是慢慢來吧。

心中一動，耗盡為數不多的內息將小黑給召喚出來。我驚喜的發現，小黑龐大而嚇人的體型不見了，變回最初的可愛模樣，一身的鱗甲，絲絲相扣，柔軟細密了許多。

我暗自忖度，難道是牠也受到龍丹的好處，返璞歸真了？這倒是大有可能，當時龍丹的能量充滿了整間寒冰洞，連沙拉畢那個女人都可以吸納，這些善於吸收日月精華的寵獸當然就有更大的可能。

又將似鳳從封印牠的「大地之劍」中召喚出來，牠與小黑的變化恰恰相反，身體長大了一倍有餘，身上的五彩鳳衣顏色更加鮮豔，尖銳的喙與鋒利的爪透出金色光芒。只有那對賊眼溜溜的眸子沒變。

這便證實了我的想法，這些寵獸都吸食了一些龍丹的力量而產生了進化，不用說，「大地之熊」也應該長大了不少。

身邊的寵獸都發生了變化，不知大黑怎麼樣了，我倒是不擔心牠的安全，以牠的能力恐怕還沒有什麼東西能夠威脅到牠，只是牠體內龍丹的力量隨時都會發作，沒有什麼東西來抑制那股力量，大黑就真的時日無多了。

也不知道牠會飛到哪裡去，在這個陌生的行星，我又該到哪找牠！

鼎靈小龜的進化引發鼎也發生了變化，以後用來煉丹會輕鬆不少。把這些寵獸一一的又封印回去，又取出幾個藥果大嚼起來。

時間一天天的過去，我每天就修煉一下「九曲十八彎」功法，然後就取出「百草經」看看，或者把三叔給我的煉器晶片拿出來看看。

每天就這麼打發日子，身體早就恢復了，可是功力卻一直沒有進展，內息在丹田中緩慢的積累，彷彿自己又回到了年幼的時候，那時剛修煉「九曲十八彎」的功法，進展一如現在般緩慢。

我懷疑自己二十年的修爲會不會在與沙拉畢一戰中被徹底毀了，如果真是這樣，我便只能認命的從頭開始修煉了。

想到這，我禁不住嘆了口氣，已經過了一個月了，丹田中的內息仍然少得可憐，看來自己真的是被廢了一身修爲，迫不得已也只能從最底層修煉起了。

我走出屋子，大地被月色染上一身銀白，抬頭一看，才發現今天是月圓之夜，嘆了口氣，開始思念跟自己熟識的人，里威村長，愛娃妹妹，還有李霸天和藍薇，清兒……

自己待在這個聯邦時代的放逐星球，也不知道有沒有機會再回到自己的世界裏去，雖然這段時間也漸漸地適應了這裏的生活，不過畢竟不是自己的出生地。

望著明月的眼神忽然變得迷離起來，眼前突然變得很耀眼，彷彿所有的月光都集中到自己身上來，想要移開眼睛卻是不能，倏地一股很強的能量從身體中出現，彙聚成一顆鵝卵大小。

忽然覺得嗓子有些癢，張開嘴巴，那顆鵝卵大小的能量奪口而出，冉冉上升，停留在頭頂二米處，一道月光射在其上，一股清爽的感覺瞬間傳輸過來，一道月光、兩道月光、三道月光，越聚越多逐漸組合成粗粗的一束。

我沐浴在月光中，簡直忘了自己身處何地。

冥冥中，彷彿自己受到召喚，流到自己體內的月能，突然間化爲百萬光點組成幾片光幕，將我包圍起來，轉瞬間，身體充滿了力量，是一種強橫的力量，與以前龍丹的力量有幾分相似，但又不全是。

心念一動就欲施展「御風訣」，念頭剛起，忽然傳來翅膀震動的聲音，身體已經徐徐的往上升起。

我驚訝的發現身後不知何時多了一對翅膀，而且就好像是自己的第二對手一樣，使用起來靈活自如。

下意識的往手望去，本來的皮膚已經被烏黑色的鱗甲所覆蓋，周圍的世界對我來說好像是一個全新的，蘊藏在體內的強大力量隨著心臟的韻律「撲通、撲通」的跳動著。

身體停留在空中，我眼望如圓盤的月亮，光華彷彿通過在頭頂的龍丹都集中到我身上，能量如水一樣在體內流動，最後回歸到丹田被龍丹的力量同化，很多的月能才形成那麼一點點龍丹的能量。

突然心中一動，強烈的危機感突然在腦中產生，是兩個守夜的族人向我這邊走來。

我張開嘴巴，一口將龍丹吞了下去，身體微微轉動，巨大的肉翼展開，「呼」的向遠處飛去，身上長出的烏黑鱗甲有利於我在暗夜中飛翔而不容易被人發現。

我悄無聲息的劃過夜空，剛才的危機感並非是我發出的，那種感覺好像是龍丹發出的，腦海中隨即出現一幅畫面，是五個人與一條身在深潭中的巨龍對峙，巨龍張開巨嘴，獠牙森然，一顆大如鵝卵的龍丹在月光下熠熠生輝，看樣子巨龍在吸食月能時，有五個人突然出現。

雖然畫面一閃而過，但是仍然被我看清楚了其中一人的面貌，正是相貌粗豪的三叔。那麼說，這五人就是父親和義父還有三個長輩屠龍的畫面，由於巨龍最終被屠殺，所以這一幕被深刻在龍的記憶中。

因此，我沉浸在吸收月能的快感中的時候，突然有兩個守夜的族人出現，龍丹潛在的記憶受到刺激回想到那一幕，立即向我發出警告。

我振動翅膀隨心所欲在天空飛翔，一個月悶在屋中，身體都快生銹了，今天終於有機會可以活動一下，自然是要盡興的。

夜晚的草原在我眼中無所遁形，變身成龍的樣子，視力也得到極大提高，即便是一隻耗子也難以逃過我的目光。

循著北斗星的方向，我鼓動著翅膀，全力向前飛去，身下的大草原急速向後倒退，我邊享受恣意飛翔的快感，邊觀察周圍的環境，偶爾有小片的森林如海中的孤島矗立在無邊的草原上。

飛度過近十座連綿的山脈和三條河流，我終於感到疲勞，瞅準一個山嶺落了下去，翅膀收在背後，彷彿身上穿了一件黑而長的風衣。

回頭望去，莽莽蒼蒼，仰頭望天，依舊月光如雪，離天亮還有很長一段時間，足夠我歇息夠了再從這裏飛回去。

身體感到疲勞，卻仍沒有流一滴汗，這種酷熱難擋的天氣，全力飛行了這麼久，居然一滴汗都沒流，真是個奇跡，就算是以我功力未失之前的鼎盛期也無法做到。

疲勞感快速消失，我的呼吸很平緩，眼光銳利地凝視著前方。忽然我感到有些不對勁，這裏實在太靜了，念頭剛起，伴隨著一聲低吼，一隻體型龐大的猛獸從我身後撲上來，我幾乎可以感受到牠喘出的熱氣噴在我的脖子上。

我想也未想，自然而然的打開收在背後的翅膀，「喀嚓」一聲，那隻想吃我的猛獸，輕易被我用翅膀打得跌出去，摔在下面的樹木草枝上，壓斷了不少植物。

想不到身後的這對翅膀竟然還有這種妙用，而且力量也頗爲巨大，我轉過身來向牠跌落的方向望去。突然左右兩邊又突然撲出兩隻同樣的猛獸，吼叫著朝我撲來。

先撲到的一隻猛獸被我用翅膀打飛出去，另外一隻猛獸被我用手掐住脖子，直立在空中，怒吼著撕咬著我，絲毫不知牠的小命已經掌握在我手中。

這下我看清楚了，原來是一頭獅子，油綠的眼珠怒望著我。我身上的鱗甲實在太堅硬了，任牠怎麼撕咬卻一點事都沒有。

看著牠的眼神，我忽然感到異常憤怒，就像是一個國王看著一個不尊敬自己的臣子，這個念頭剛起，空著的另一隻手，驀地伸了出去，體格強壯的獅子瞬間被我開膛，同一時刻，另一隻手掐斷了牠的脖子。

血腥味引起了更大的騷動，幾聲低吼，又出現幾隻獅子撲了出來，我一邊輕易擋住牠們的攻擊，一邊在想這裏怎麼會有這麼多獅子，很快就有四五隻獅子喪生在我手中。

沒想到這些獅子並非是普通的獅子，有兩頭獅子死後掉出兩枚精魄，可見這群獅子乃是強於普通野獸的幻獸。

我張開嘴巴，兩枚獅子寵獸的精魄就落在口中。不知不覺我就受到龍丹力量的影響，變得有些嗞殺。我拍打著翅膀靜靜的漂浮在半空，對這些不知好歹的獅子寵，我不禁萌生了殺意，遠處傳來奔跑的聲音，獅子寵越聚越多，大概有五十多隻。

我倏地飛落再飛起時，手中多了一隻獅子，瞬間被我斃命，把屍體拋了出去。來回幾次又殺死了幾隻獅子。

忽然，獅群中響起一聲洪亮的吼聲，獅群頓時靜了下來。我知道這一定是獅群的首領出來了，一隻通體白毛的獅子從容的從獅群中步出。

我望著這隻獅群的首領，眼神忽然變得冷酷起來，睥睨著牠，身體散發出神聖不可侵犯的氣息。本來神情高傲的白獅，接觸到我的眼眸忽地一愣，旋即感到自己的霸權受到前所未有的威脅，脖頸的毛直豎起來，咆哮著朝我一聲怒吼。

我長嘯一聲，落下來，還沒站定，白獅倏地向我疾撲過來，不愧是獅王，不論是力量和氣勢上都強過其他獅子很多倍。不過對我仍然不存在威脅，龍的力量不是隨便一隻貓科動物就可以抗衡的。

冷冷的盯著白獅又一次從地面爬起來，白獅望著我，沒有再莽撞的衝過來，甩了甩大腦袋，驀地引頸發出一聲低吼，獅群相繼發出響應，剎那間山嶺處處充塞了獅群的吼叫聲。

叫聲過後，獅群紛紛退去，只剩一隻白獅，凝望了我一眼，轉身消失在山嶺中。我微微一愣馬上又醒悟過來，這隻獅子應該是向我臣服了。

天色不早，我縱身躍起，身後的兩隻大翅膀陡然在空中展開，「呼呼」搧動著向來路飛回去。

被獅群耽誤了一些時間，天際漸漸泛白，滿月也漸漸的從天邊消失，隨著滿月的消失，體內的力量也漸漸的開始消失，我大驚失色，這些力量完全不聽我控制，不斷的從體內逸走。

我不得不全力以赴向回趕，要是不能在天亮前趕回去，我就危險了，到時候失去力量的我在危機四伏的大草原上，就只有任人宰割的份。

我筋疲力盡勉強的在空中飛動著，望著不遠處的部落，呼出一口氣，終於讓我在力量完全消失前趕了回來。

我初步確定，身上的力量和月亮有關，平時也沒發現自己可變身，偏偏滿月的時候突然變身，也許只有在滿月的時候，自己才可以再次擁有龍的力量，平時只是一個喪失功力的可憐傢伙。

小心的進入自己的屋中，大汗淋漓地躺在床上，此時身上的鱗甲與一切龍的特徵盡皆褪去，我再次變回人的樣子。

我從床上爬起來，活動過度的四肢一陣痠疼，盤膝坐下，開始修煉「九曲十八彎」功法，意外的發現丹田中的能量多了不少，仔細查看，竟然是月能，細細回想，這些月能可能是昨晚沒來得及被龍丹同化的。

駕馭著月能轉動全身，不愧是大自然的能量，純淨而偉大，涼爽的感覺隨之充滿全身，疲勞感一掃而空，我小心翼翼的將這些能量轉化屬於自己的能量，儲存在丹田中。

這些能量雖然不多，但我現在是從頭練起，這些能量足夠我修煉很長時間了，所以現在任何一點能量我都非常重視。

一夜的運動不但沒讓我感到精神疲憊，反而格外的精神，剛洗漱完畢，石鳳就給我送來早飯，這麼多日子都是她伺候我，我已經習慣了她的存在，想當初在家的時候，是愛娃每天給我做飯，現在又有石鳳，我搖頭暗道：「難道註定我要被女人照顧一輩子？」

吃過飯，我決定去向石頂天索要他答應我的幻獸卵。

來到石頂天的大帳中，他也剛剛起床，正在吃早飯，見我進來，站起來迎我道：「依天兄弟今天的氣色特別好，是不是找到了什麼恢復功力的方法？」

我微微一笑道：「方法還沒有找到，不過呢，已經有了一些眉目。」

石頂天拉著我一起坐下來，聞言道：「那就好，這種事情不能著急，急於求成，反而可能對修煉不利。」

接著又道：「依天兄弟今天來找我有什麼事吧？」

我呵呵笑道：「什麼事都瞞不過石大哥，我今天是來拿大哥答應的幻獸卵，不知大哥今天方便嗎？」

石頂天哈哈笑道：「這件事啊，不著急，一起先吃飯，吃完大哥就領你去取幻獸卵。」

吃完飯，石頂天領著我又來到上次貯藏幻獸蛋的地方，水池中的幻獸蛋比上次少了很多，應該是大部分成熟的幻獸卵都被族中的年輕人領走了。

腳沒在充滿水的池中，感受著幻獸卵的氣息，忽然發現其中一隻卵散發出濛濛的青光，引起了我的注意，我漫步過去，隨手抱了起來，透過蛋殼我可以看見清晰的綠色脈絡，是一株奇怪的植物。

石頂天見我捧著那隻幻獸卵半天沒有放手，開口道：「依天兄弟，選中了嗎，這些幻獸沒有孵化出來前，是分不清屬於那種類別的。」

我聞言道：「就是它啦，咱們出去吧。」

走出地下室，來到外面的寬廣世界，按照幻獸孵化認主的過程，我需要滴血在蛋殼上，我信手伸出指甲劃向另一隻手的經脈，馬上感覺不對，因爲這個動作是我變身後的慣性，那時候指甲鋒利堅韌。

沒想到皮膚應手而裂開，流出滴滴熱血，滴在蛋殼上。

第十二章　奇異的幻獸

蛋殼破裂，一株纖嫩綠色植物爬了出來，細小的外表更像是一棵草。

分不清哪是牠的頭，哪是牠的手，牠爬出蛋殼來到我手背上，扭動兩下，身體便扎破我的皮膚向內層鑽去。

我並沒有感到疼痛，只是有些癢，逐漸牠的身體就全進入了我身體中，但是牠並沒有去其他地方，而是老老實實地待在我手背的皮膚下面，舒展開的枝葉像是我手背上原本就存在的經脈。

石頂天忽然苦笑道：「依天兄弟，你的運氣真是太好了，這種百里無一的廢物幻獸都被你撿到！」

我聞言愕然道：「怎麼會是廢物幻獸？」

石頂天解釋道：「這種幻獸是草本類，不具有任何攻擊力和輔助形態，雖然它需求的營養很少，但是卻一點用也沒有。」

我愣愣地看著自己的手背，暗道：「怎麼會這樣的，沒有任何作用嗎？既然能夠存在，就一定有它的用處，大概是他們尚未發現吧！」

石頂天見我愣愣地盯著自己的手背，以爲我是在懊悔，開口道：「這樣吧，依天兄弟，大哥再送你一個幻獸卵，這次你可要仔細挑了。」

我眨了眨眼，心道：「要再送我一個嗎？」

石頂天領著我又來到地下室中，我走在幻獸蛋之間，仔細地觀察著，這些蛋的個頭都差不多大小，又沒有什麼顏色上的區別，一眼望去實在很難分辨哪一個會孵化出好的幻獸。

石頂天在外面囑咐道：「依天，這次你可要仔細看清楚了。」

最後，我挑了一個較大個的幻獸蛋走出來，石頂天摟著我的肩膀，邊走邊道：「咱們快出去看看，這次會孵化出什麼幻獸，哈哈。」

他比我還迫不及待，恐怕他心裏是在想，這次會不會也孵化出一隻奇怪的幻獸。斜睨了他一眼，往外走去。

烈日下，我仍遵循著步驟，將血滴在蛋上，蛋殼全被染成了紅色，裏面卻一點動靜也沒有，我納悶地望了石頂天一眼，先把自己的血給止住，再這麼滴下去，我怕我還沒看到幻獸，自己就先掛了。

石頂天走過來也奇怪地望著幻獸蛋，表情疑惑，想必他沒有遇到過這種情況。忽然蛋殼動了一下，接著便傳出有韻律的破蛋聲，我鬆了口氣，心道：「這隻幻獸反應太慢了，恐怕也不會是什麼好貨色。」

過了半晌，蛋殼才出現一絲裂紋，我嘆了一口氣，暗道：「牠連破殼都這麼費力，孵化出來也不會是具有強大攻擊力的幻獸。」

一條光溜溜的小蟲子濕啦吧唧的從蛋殼裏鑽出來，小拇指大小粗細，偌大的一個蛋殼，除了牠，裏面全是水。小傢伙鑽出半個身子，探頭探腦的四下打量，被熾熱的氣體一熏，身子又往後縮了半截。

石頂天再也忍不住，哈哈大笑起來，連眼淚都笑出來了。沒想到兩隻幻獸一隻比一隻差。

肉乎乎沒有一點毛的小蟲子突然從蛋殼上鑽出，迅速蠕動牠胖乎乎的身體往我手上爬過來，費了半天勁終於鑽到我手中。

我哭笑不得地看著自己的左手，手背是一株寵獸草，手心是一隻肉肉的胖蟲子，自我解嘲地嘆道：「今天的收獲還真是頗豐啊！」

石頂天拍拍我的肩，促狹地道：「唉，不是作哥哥的不幫你，實在是你運氣太差，等以後有了新的幻獸蛋，一定再送你一個。」

我哭笑不得望了他一眼，這個傢伙看我得了兩個差勁的幻獸，不但不安慰我，還故意嘲笑我。

到了晚上，我連續孵化兩隻沒有用的幻獸的事情已經傳遍整個部落了。我正在研究這兩隻幻獸究竟有什麼作用的時候，石龍忽然走進來，見到我呵呵笑道：「長老，聽說你今天得到兩隻非常厲害的幻獸，拿出來讓我瞧瞧，和我這株吞食獸相比，哪個更厲害一點。」

說著，放出了他的那株吞食獸，他的吞食獸已經和他差不多大小，再一個月時間就可以完成發育正式成熟。

我沒好氣地瞪了他一眼，這臭小子是故意來氣我的，不理他的揶揄，徐徐地道：「小子，你就這麼對待你的救命恩人的嗎？」

石龍笑嘻嘻地走過來坐到我身邊，從懷中掏出一包食物，遞到我面前，道：「我哪裡敢對長老不敬，我只是聽姐姐說你還沒去吃晚飯，所以特意給你送來的。」

我打開包裹，露出裏面黃澄澄油亮亮的疣豬腿，疣豬腿中間夾著清蒸過的鞭樹的嫩枝，我拍拍他的腦袋，微微笑道：「算你小子還有點良心。」失去一身修爲後，很難像以前忍個幾天都可以不吃飯，嗅著這麼香的疣豬腿，早就按捺不住胃部的騷動。

石龍見我大塊朵頤，變戲法似的又從懷中給我拿出一葫蘆烈酒，搖頭晃腦地道：「疣豬腿拌烈酒，這才夠味。」然後找來一個碗給我滿滿的倒了一碗。

我瞥了他一眼道：「今天對我這麼好，是不是又有什麼事要求我？」這臭小子沒事才不會對我大獻殷勤，定是又想從我這套點好處。

被我道破心事，石龍沒有一點不好意思，理直氣壯地道：「還是長老理解我。你傳我的『御風術』我每天都有苦練，爲何每次和她比賽，總是飛不贏她！」

接著湊到面前，嘻嘻笑道：「長老不會是得了姐姐什麼好處，所以多傳了她一些秘訣吧！」

見他曖昧的笑容，我敲了他一個暴栗，沒好氣的喝罵道：「臭小子，你那小腦袋裏都裝著些什麼，不會都是裝著那些齷齪的事情吧！」

我邊大口啖著豬腿邊道：「我傳你們的口訣都是一樣的，你輸給石鳳，說明你的悟性差，說明白點就是你比石鳳笨。」

石龍像是被針扎到屁股，跳起來道：「怎麼可能，父親說我的悟性是族落裏最好的，她怎麼可能比我聰明！」

我瞟了他一眼道：「那你爲什麼總輸給她，都修煉一樣的口訣，不是你笨，難道還有什麼原因！」

石龍信心大受創傷，洩氣的低著頭不再說話。

這小傢伙倒是挺聰明的，可惜太聰明的人往往在修煉上喜歡耍點小聰明，所以到了最後反而不如笨的人修爲高。見他被我奚落得垂頭喪氣，打擊得也差不多了，我淡淡地道：「你施展『御風術』給我看看，也許可以指點你一些訣竅。」

石龍本就是想從我這得到一些訣竅，此時見我肯指點他，馬上一掃剛才的頹喪，興奮地施展起「御風術」在屋子裏飛動起來。

看了兩眼，我就知道他輸在什麼地方，他的熟練程度已經很不錯了，但是這種「御風術」需要內息在背後支撐，短距離你可能感覺很輕鬆，時間一長，內息耗盡，自然就難以御動風來推動自己向前飛。

總的來說就在於力量，也就是個人的修爲，只要動作正確，修爲又高，自然會飛得快，反之當然就慢。

這個懶惰的傢伙每天就想著怎麼可以走捷徑來更快地達到目的，捨本逐末此子爲最。我淡淡地道：「明天早上到我這來，我給你個特訓，保證你在最短的時間內超過別人。」

石龍開心的帶著他的幻獸走了。一條疣豬腿已經讓我啃食乾淨，隨意擦擦嘴，打了個飽嗝，端起桌上的酒，現在我的酒量已經鍛煉得很不錯了，心中想著明天該讓石龍負重多少斤飛上幾百公里才好。

忽然手心一陣蠕動，小蟲子幻獸沒有我的召喚逕自從我的手心鑽了出來，縱身一躍竟然跳到酒碗裏。

我目瞪口呆地望著牠在酒碗中游弋，肥胖的身體在酒中蠕動，看牠不時探出腦袋，顯得非常得意。胖胖的身體忽的鑽到碗底，半天又冒了出來，噴出一口酒氣，仰身浮在上面狀甚悠哉。

碗中的酒不斷的減少，逐漸就到了碗底，一整碗烈酒，竟被牠喝得一乾二淨，怎麼也看不出牠那圓滾滾的身軀竟可以裝這麼多酒的。

「唉……」我嘆了口氣，自己到底收的是什麼樣的幻獸啊，活脫脫就是一個酒鬼，叫酒蟲可能更形象些。

喝完酒，酒蟲打了個酒嗝，搖頭晃腦不知道是喝醉了，還是喝得很滿意，我哭笑不得，自己最近運氣真的是不太好，默念召喚口訣，將牠給封到自己的手心中。

第二天早上，石龍見到我給他準備好的道具，頓時臉色發綠，我將一個經過打磨很平滑的百斤石頭用繩子綁好，負在他的背上，望了望初升的太陽記好時間，然後給他指定方向，令他飛一百里回來。

來回便是兩百里，如果不趕在午飯之前回來就吃不著午飯，被我折磨了幾天後，小滑頭欺負我功力未恢復，無法跟著他，不知道他是否飛到指定地點才飛回來，於是開始偷懶。

不過這早在我計算之內，當他裝作苦不堪言，氣喘吁吁飛到我面前的時候，「似鳳」早就先他一步飛回來，告訴我他飛行的路線。

幾次下來，小滑頭終於老實起來，個人修爲也快速的發展。

歲月荏苒，一晃就又過了一個月，我的功力還是沒有多大起色，剛度過了第一曲的第一劫，功力只比石龍強一些。

經過一個月的試驗，我發現自己變身只能在月圓之夜才可以，平常是無法變身的，可能月圓之夜能夠喚醒龍丹潛在的獸性，所以只能在月圓之夜才能變身。

現在變身還不能受我控制，一到月圓之夜就會變身，不受意識指揮，不過變身後的身體還是受意識指揮的。變身後可以輕易獲得大量月能，這些月能對我大有裨益。所以我在上一次變身後，努力的保留了一部分令它沒有被龍丹同化。

結果，這些月能在我接下來幾天迅速促進我進入度劫的階段，二叔給我煉製的造化清丹也起了很大幫助，使我毫不費勁的就度過了第一劫。我準備在第二個月多吸收一些月能，這樣我就可以快速恢復進入第二曲的階段，大概也可以恢復到我先前三成的內息。

本來想按照百草經的記載多煉製一些丹藥供我提升功力以及度劫用，奈何這顆行星實在太貧瘠了，即便是「似鳳」也什麼都找不到。

「似鳳」仍是一如既往的貪吃，不過待在這裏，沒有什麼可以用來補充被牠吃掉的「百獸丸」，又不知道什麼時候才可以回去，爲了多節省一些，由原來的每天一顆降爲半顆。

「似鳳」揮舞著五彩的翅膀，「唧喳」的向我抗議，不過在我最後威脅等牠吃完「百獸丸」後，令牠改變胃口吃肉，牠就只好屈服。但是每天要喝一碗酒用來補充半顆「百獸丸」的不足。

我每天要弄來兩碗酒，一碗供「似鳳」，一碗供酒蟲。我大嘆倒楣，自己究竟養的是什麼幻獸，別人的幻獸任勞任怨，唯獨我的幻獸不但貪吃而且酗酒，還會同我討價還價。

一天天的過去，幾隻幻獸都沒有變化，「似鳳」等幾個受到龍丹好處的寵獸仍是現在的模樣，小酒蟲仍然小拇指大小，只有那株幻獸草長大了一些，逐漸向手臂延伸上去。

這天我閒來無事，想找石頂天聊聊，來到大帳前，掀帳而入，才發現很多人都聚在這裏，每個人都是族中的好手，我突然出現頓時使目光都集中到我身上，我一看來的時機不對，剛想退出去，石頂天招呼我道：「依天長老，既然來了就坐下聽聽吧。」

我在兩排人的末端找了個位置坐下來。

聽了一會兒，也大概弄明白了事情的梗概。他們是在研究這次派哪些人去取幻獸卵。聽他們的口氣，幻獸卵並非是他們族中自己培育的，而是在固定某個時間派人去某幾個固定的地方取回來。

當然，其他的部落也大多是這個時候派出族中的傑出戰士去這些地方取。我一直搞不懂他們怎麼弄來這大批幻獸卵，正好趁這個機會，仔細聽他們的談話。

可惜很快會議就結束了，怪我來得太晚，人群一個接一個退了出去。待人都走完，石頂天對我道：「依天兄弟今天來找我有何事嗎？以前都見你在屋中努力練功，很少出來。」

我笑了笑道：「有張有弛才好，練功也得要休息。剛才聽你們說要派族中的一些戰士去取幻獸卵，到底是怎麼一回事？」

石頂天呵呵一笑道：「本來依天兄弟要是功力恢復了的話，代替我去是最好不過了，不過你一直沒有康復，所以我也沒有通知你。」

我呵呵一笑道：「你們要去哪裡取幻獸卵？」

石頂天坐在我對面，道：「既然依天兄弟有興趣知道，那我就仔細的跟你說一說，你知道六大聖地嗎？」說完，忽然啞然失笑道：「老弟是從地球來的，當然不會曉得，讓我來告訴你我們星球的六大聖地。」

我道：「定是和幻獸有關吧。」

石頂天笑道：「那是當然的，我們每三年都會從這六個地方取幻獸卵，每年這個時候，幻獸們開始產卵，要經過兩年才能成熟，我們之所以三年取一次，是要保持幻獸的數量。」

我點點頭道：「涸澤而漁確實不可取。」

石頂天道：「據我所知，有實力的部落大概有幾十個，在這些部落中最有實力的有八個，我們石族有四千多人，戰士八百，排名第三，實力最大的是熊族，擁有族人一萬，戰士三千，其次就是雅哈族，擁有族人六千，戰士一千。」

石頂天頓了頓，見我聽得入神，接著道：「其他的小部落不足道哉，沒有滅亡，是因爲星球太大，我們不屑去攻打他們。」

我點點頭道：「以熊族的實力，想要統一其他的小部落確實易如反掌。」

石頂天笑了笑，沒有對我的話加以評論，又道：「當然實力強還是有很大優勢的，每年從六大聖地獲得的幻獸卵總是熊族最多，幻獸卵越多實力就越強，因此很多小部落前來依附，所以熊族每年都會從所得的幻獸卵中取一些賜給這些小部落。」

我疑惑地道：「那些部落若想要幻獸卵，自己去取不就好了，何必要看別人的臉色過活哩！」

石頂天哈哈大笑道：「依天兄弟，你以爲取幻獸卵是這麼容易的事情嗎，先不說這一路上艱難險阻的，即便是到了聖地，那些神出鬼沒的幻獸也大多不好惹，憑小部落的武力要想去六大聖地取幻獸卵，無疑是走獨木橋，搞不好就墜落懸崖。」

我心道確實沒錯，那些野生的幻獸一個個定不好惹，再加上數量龐大，只有幾百人的小部落，又有什麼資格取幻獸卵呢！

石頂天道：「要是這麼容易，我也不用每三年都要爲這件事頭疼了，唉，我身爲族長，是不可能離開族落的，但是要選一個人替我去，還真是困難。」

見他眼眉都皺到一塊，看來這件事是挺頭疼的，我問道：「石大哥，那六大聖地是怎麼回事？」

石頂天清了下嗓子，道：「六大聖地就是：狼原、熊谷、豹子林、蛇溪、樹窩、鷹子崖。這六個地方分別以狼、熊、豹、蛇、樹、鷹而聞名，當然這些地方仍然居住著很多其他的幻獸，不過，其中數量最大的就是我說的這幾種。」

我道：「這些地方都分別在哪些方位？」

石頂天皺眉道：「難就難在這，六大聖地，分別在六個方位而且相隔很遠，所以得分六組人馬去六個地方。」

我脫口道：「我們只去一個地方，只要取得的幻獸卵數量與上次相同，不就等於是去了六個地方嗎？」

石頂天嘆氣道：「你以爲這個方法我沒有想過嗎？關鍵是，每個聖地的幻獸卵數量相同，大家都分成六批人馬，如果我們合成一組，那勢必要和其他部落產生衝突，別人我倒不怕，只是熊族的實力委實太強，我們石族根本無法抗衡。」

石頂天嘆了口氣，忽然道：「還有兩個地方也盛產幻獸卵，不過數量當然比不過六大聖地，而且比六大聖地要危險，所以一般很少有部落願意去那裏，但是每年熊族都會加派一組人馬去其中一個地方收集幻獸卵。」

我道：「是哪兩個地方？」

「猴山，獅嶺，在靠近猴山的地方有一個更小的地方，叫作鼠窩蛤蟆村，這個地方千萬不能去，這裏的幻獸相當歹毒，喜歡群攻，而且大多帶毒，很難醫治。」

我心道，獅嶺會不會就是那天我誤闖的地方。

過了一個星期左右，熊族和雅哈族以及一些其他的部落分別派出了使者來到石族，主要是爲了商討今次各部落的人馬分配，較大型的部落一般都分六組人馬。

名義上是探討兵力分配，實際上是利益分配，誰出的人馬多，誰分的就多。當然各個部落都是一塊行動，收集的幻獸卵也要統一分配。

石頂天幾天沒睡，終於想好了人馬的分配，分別派出了六組人馬，配合著其他各部落一塊向六大聖地進發了。看石頂天煩惱的模樣可知，不論是在哪裡，什麼樣的社會形態，人才都是領導最頭疼的問題。

我被理所當然的留在部落中，最可氣的是連石龍、石鳳都跟隨著大部隊出發了，石頂天說石龍是未來的部落首領，要培養他的膽識，鍛煉他的領導才能，所以讓他和石鳳跟去。

我眼巴巴地望著他，他卻說我是病人要留在家裏養傷。

唉，大部隊都已經走了幾天了，還能有什麼辦法，沒了石龍、石鳳，周圍一下子安靜了，倒讓我有些不適應，我決定下一個月圓之夜偷偷地跑出去尋找六大聖地。

爲什麼要下一次月圓之夜走呢，這是有我的理由的，下次月圓之夜我有很大可能越過第二劫進入第二曲的境界，這樣內息就比現在深厚許多，在危險的大草原上我就能安全許多。

而且下一次月圓之夜，我變身可以更快的追上部隊悄悄的跟在後面，讓他們帶我去六大聖地。

主意打定，我就開始暗中準備一些食物和水以備路途中不時之需。眼看還有兩天就是月圓之夜，一切必需品我都打理得妥妥當當。

石頂天倒是沒想到我會偷偷溜出去，不過應該很少部族的長老會做出這種小孩子幹的事吧。石頂天以為我現在功力未復，就算出了部落，也走不出多遠。

終於等到月圓之夜，等到所有人都睡了，我悄悄地溜出部落，開始變身，銀輝照耀在身上，像是給我鍍了一層銀膜，感受到力量的召喚，我放開身心，任由龍丹的力量從黑暗中升起。

雄厚的龍之力緩緩的充溢在身體的每個角落，悄無聲息的改變著我，我熟練的張開嘴巴，龍丹「忽」的衝了出去，霎時間銀芒大盛，我沐浴在銀芒中享受著涼爽的月能。

大量的月能快速地湧進體內，再很快的被龍之力同化，因為缺少大黑那部分龍丹而無法徹底地變身成為完美體，此時正被越來越多的月能一點點的補充。

一條龍尾漸漸地生長出來，在身後輕輕地搖著，我「刷」的一聲展開翅膀，雙腳蹬地，翅膀有力地揮動，身體已經飛了起來，龍丹跟隨著我，始終飄浮在離我一米遠的距離。

我一邊飛行，一邊補充月能，另外，我努力的將一部分月能貯存起來，使其沒有被龍之力同化，這些能量是供我變回人類時用來提升修爲用的。

循著記憶中大部隊行走的方向，努力的飛去。走之前，也從石頂天那裏瞭解到六大聖地的大概位置。六大聖地中我決定先去鷹子崖瞧瞧。

我並不怕追不上他們，因爲他們人太多，來自不同的部落，修爲參差不齊，不可能走得很快。以我現在的飛行速度，如果要趕上他們，也不過是幾天的工夫吧。

當然我不可能每天都這麼飛，況且天亮後，我變回人的樣子，就沒法在這麼快速的飛行了，只有在我進入第二曲的階段，內息加深一些，才有可能一定時間內施展「御風術」。

我就這麼一直拚命的向前飛，終於在天亮前趕了很長一段路，我想這麼長的路程應該夠他們走上好幾天的吧。

沒想到第二天罕見的降下大雨，等我找到一個可以躲避的石穴的時候，我已經被淋透了。大雨將眼前的世界全部化爲白茫茫一片，任我六識再好，也無法看清十米以外的地方。

大雨一下就是三天沒有停過，幸好我準備了充足的食物，不虞餓肚子，前天還有一隻爲了躲雨慌不擇路跑進來的兲豬，現在已經成了我食物的一部分。這一段日子，別的沒長進，倒是跟著石龍學會了燒烤的竅門。

吃著自己烤的食物，味道倒也不壞。我充分利用大雨的這幾天轉化收集來的月能，修煉「九曲十八彎」功法。爲防止被進來躲雨的動物所打擾，我放出大地之熊和小龜兩隻寵獸來爲我守護，一隻是七級的寵獸，一隻是正在成長的神獸，不出意外我應該很安全。

我費勁地轉化著月能，心中暗自納悶，月能被龍之力轉化的時候，就好比呼吸一樣容易，現在被我轉化爲自己屬性的能量，就要困難許多，難道能量也知道欺軟怕硬不成。

功夫不負有心人，我再次成功地度過第二劫，進入第二曲的境界，屬性能量也化爲陽屬性。

恢復了往日的三成功力，心情頓時好多了。這時候天也漸漸放晴，我又等了一天，待確定大雨終於過去之後，我駕著晚風，全力施展開「御風術」繼續向前進。

到底是內息不夠深厚，只飛不到一個時辰，我就累得不行了，只好降落下來，找一個小片的林子作爲今晚的棲身之所。

出來已經七八天了，還沒有發現一點大部隊的影子，每天一個人單調的飛行早就使我厭倦了，放出喜歡吵鬧的「似鳳」每天陪著我前進，確實減輕我不少寂寞。

一路飛來，不知道飛了多遠，空曠的大草原一望無際，很快我連來時的路也分不清了，又行進了一個星期，我終於不得不承認——我迷路了，我想得太天真了，以爲尾隨大部隊的方向就可以成功地追到他們，誰知道最後還是迷了路。

此時回去，倒不是難事，只是就這麼回去，令我頗爲不甘，自己一定要找到一個聖地看看。而且我懷疑石頂天他們口中的聖地，恐怕就是流傳在我們四大星球那邊的「力量之源」。

傳說，聯邦政府控制四大星球的時候，每年都會產生很多寵獸實驗的失敗品，這些失敗品被秘密的置於一個極爲隱秘的地方，在聯邦政府倒台前，把所有正在實驗的寵獸也全部都放在這個隱秘的地方。

大戰過後，寵獸數量急劇減少，七級以上的寵獸乾脆滅絕了，七級的寵獸也極爲罕見。

而這個傳說中充滿力量強大寵獸的秘密地方，也就被稱作「力量之源」，一代一代的流傳下來。

這裏作爲放逐重刑犯的星球，很有可能就是聯邦政府投放失敗品的地方，種種相吻合的猜測，令我欲罷不能，一定要親眼見識一下「力量之源」，才不虛此行。

偌大一顆行星，憑我個人的力量是萬萬無法找到傳說中的「力量之源」，一定得借助「似鳳」的能力才有可能找到。

「似鳳」是天生對天材地寶極爲敏感的寵獸，早在地球就證實了這一點。我想用牠來幫助我尋找「力量之源」。不過，這個傢伙任何時刻都不放棄勒索我的機會。

連拿數顆「百獸丸」，「似鳳」都不放在眼裏，一副高傲的樣子，矛頭直指我珍藏的鳳凰蛋殼。就在我無計可施的情況下，突然心中一動，突然令我想到了另一樣好東西，那就是「猴兒酒」，想必這個酒鬼對這個不會忘記吧。

經過我循循善誘，這個傢伙終於大義凜然地答應我，我們的目標「猴山」，雖然不是六大聖地之一，不過我猜想這種危險的地方亦可媲美「六大聖地」。

當年的聯邦政府不可能費氣力去把寵獸分類然後投放到這個星球的不同地方，而是投放的寵獸多了，慢慢的聚合成現在的六大聖地和猴山與鼠窩蛤蟆村。

如果在地球上，憑藉進入第二曲的功力可以勉強跟上「似鳳」的速度，不過到了這裏，「似鳳」好像完全不受十倍重力的影響，速度依然如箭一樣疾快，可憐我飛一段路休息半天，被折騰得半死。

沒辦法，我只好借助合體來增強內息，以便施展「御風術」的時間會更持久一些。初始這個方法也只是飲鴆止渴，飛得越久，身體越疲乏，休息的時間也就越長。

不過有一次，當我累得不行，降落下來歇息的時候，忽然感覺到身體中不斷有涓涓能量流出補充耗盡的內息，我好奇的將意識探進去尋找力量的源頭時，身體就突的發生了異變。

閃亮的黃色盔甲逐漸的褪去耀眼的光澤，感覺皮膚被綳得愈來愈緊，光芒內斂，骨骼粗漲起來，有種異乎尋常的力量迅速恢復身體疲勞。往身上看去，發覺自己已經發生了一種獸態的變異。

現在的我已經和這個星球上的人一樣，合體後變成半人半獸的模樣，身體的力量和內息都比鎧甲化有了進一步的提升。

和「大地之熊」合體後，我彷佛成了「大地之熊」的分身，手腳充盈著巨大的力量，我邁開熊步，不知疲倦的在大地上狂奔。

雖然速度比飛行稍慢，但是卻更持久，「似鳳」在天上飛行帶路，我在地面迅疾地奔跑。現在我知道，地球上的合體方法可能是一種錯誤的，或者是不完全的合體，以至於合體後只能留於表面。

憑藉熊的靈敏嗅覺，我嗅出了不遠處的乾燥氣味，又奔行了一天，我和「似鳳」彷若已經來到了大草原的盡頭，橫在我們眼前的是漫天黃沙，熾熱的陽光在這裏顯得更加毒辣。

沒想到在這種草原星球還有這種大面積的沙漠，一眼望不到邊，很難想像這片沙漠究竟有多大。橫向看也無法估算它的長度，想繞過去的念頭只好被否決。

迫不得已，只好硬著頭皮穿越眼前的沙漠，出乎意料，穿越沙漠並不如想像中那麼艱難，也許是「似鳳」領我走的是最短的捷徑吧。

穿過沙漠，周圍仍是不毛之地，熱浪翻滾，眼中不時出現一副副殘留在沙土中的野獸的白森森骨架，又前進了一天，眼前赫然出現高達百丈的荒蕪山脈，山脈縱橫連綿，蜿蜒百里，將我阻在山腳下。

身上攜帶的水已經用得所剩無幾，不知什麼時候才能尋到水源，只能緊巴巴的節省著用。天色漸黑，我決定在山腳下休息一夜，明天一早出發。

可笑，我對路上森森白骨視若無睹，到了晚上，卻引來一群野狼，這群野狼看起來餓了很久，每隻都很瘦，癟著肚皮。面對比牠們強大許多的敵人仍然個個奮不顧身，堅決把我當作晚餐。

我正愁食物越來越少，既然食物自己送上門來，我自然不會客氣，誰知道看似瘦弱的群狼卻兇猛異常。

瞬間我即陷入危機，這群野狼拚起命來，比獅群還讓人感到恐懼。我手中握著唯一的兵器「大地之劍」，仗著銳利的神器，使狼群一時半會尚未得逞。

換作是兩個月前的我，施展出「御劍訣」三兩下就能把牠們殺得乾淨，可嘆現在我是虎落平陽被犬欺，和大地之熊合體後，全力使用「大地之劍」也只能僅以身免。

隨手又將一隻悍不畏死撲過來的野狼劈成兩段。身上已染滿了血跡，有野狼的也有我的，我一人兩手實在難以顧及來自四面的攻擊，背部和手臂都已經被抓破了好幾處地方。

一隻大個的野狼蹲在週邊，啃食著已經死去的同伴的屍體，不時抬起頭來，引頸長嚎。

雖然知道殺了狼王就可以令狼群退去，可恨自己就是無法騰出空把牠給搏殺了，狼群越殺越多，好像又有一個狼群加入了攻擊。大地補充進入體內的能量也逐漸跟不上消耗，眼前一花，一隻狡猾的惡狼從側面的死角撲了過來。

我側步轉身，雙手握劍，斜斜的撩上去，手中一沉，手中的劍毫釐不差的切中野狼的腹部，忽然肩部一陣劇烈的疼痛。頭上迅速冒出冷汗，我心中一顫，知道自己力量終於消耗殆盡，無法如先前那樣將狼給劈成兩塊。

垂死的野狼，狠狠的從我肩部咬下一大塊血肉。我抬起腳迅速將狼踢飛出去，牠在空中哀嚎一聲，摔落在地面砸起一片灰沙，瘦巴的身體幾分鐘內被同伴給咬噬得一乾二淨。

突然間，一長一短兩聲嚎叫頓時令場中的群狼安靜下來，我將神劍拄在地上，撐住疲憊的身體，大口大口地喘著氣，野狼瞬間靜止下來，更令我感到不安。

我瞪著周圍惡狠狠死盯著我的狼群，隱隱感到，生死時刻就要到來了。狼群漸漸讓出兩條路來，分別走出兩條一大一小兩隻野狼，大個的一隻是青色，小個的一隻土黃色。

兩隻狼的寬大吻部沾滿了鮮血，半張著的嘴中鋒利的牙齒上還掛著一些皮肉。我看得暗暗心驚，兩隻吃飽了的狼王，也許比狼群還要難對付。後背上與手臂上的傷口，遲遲沒有癒合。

按照我正常的體質，這些抓傷應該早就癒合了，腦中忽然記起石頂天告訴我的話，說除了六大聖地外的兩個地方，寵獸一般喜歡群體進攻，而且通常帶毒，中了毒後還比較難治。

想到這，心中開始發涼，那麼來說我一定是中毒了，右臂被撕去一大塊血肉，流了很多血，失去了作戰能力，神劍已交左手。身體處於極度的疲勞中，全憑堅強的意志撐著。身體和內息處在一生中最低谷，但強烈的求生念頭令自己的鬥志熊熊燃燒著出生以來最旺盛的階段。

土黃色的狼王忽然急促的叫了一聲，身體往後退去，青色狼王也大聲的響應著，陡然縱身跳起，向我撲來，月光下，露出的牙齒閃爍著死亡的光芒。我全力舉劍，想搶先一步幹掉這隻狼。

鋒利的爪子抓在神劍上，竟然絲毫無恙，強大的衝擊力將我撞倒在地面，沒有內息作後盾，這麼好的神劍竟也只能作一般的利劍使。

耳邊風響，接著就是撲面而來的腥臭熱氣，我將頭一偏，另一邊的肩膀發出鑽心的疼痛，兩隻狼王一前一後將我壓在地面，眼看就得死於狼吻，強烈的鬥志竟然不能令我撐一個回合。

兩對油綠的眼珠就像是死神的召喚，沒有任何一個時刻，更令我如此的接近死亡，體悟到死亡的可怕。

我哀嘆一聲閉目等死，如果我不是托大，先放出兩隻強大寵獸，應該也不會讓我有如此下場。現在內息空空如也，如何也不能召喚出寵獸。我真是沒有想到，和大地之熊合體後，還能被兩群野狼逼得如此狼狽，甚至性命也只是瞬間的工夫就會從世界上消失。

狡猾的土黃色狼王，突然張開大嘴向我喉嚨咬下來。

千鈞一髮之際，一聲嘹亮的鳴叫，周圍泛起一片火紅的光芒，感覺到一陣熱浪逼人的氣體席捲過來。正要咬下來的土黃色狼王忽然哀叫著從我身邊離開。壓著我的青色狼王也忽地鬆開四蹄向後退去。

我驚訝的反頭望去，土黃色狼王身上不知怎麼失了火，此時正拚命在沙地上打滾，我抬頭向上望去，五彩鳳衣在火光中格外明顯，「似鳳」正張大嘴巴向外吐出又一個火球。

暫時安全了，我費勁的撿起落在地上的神劍，退到「似鳳」的下面，「呼呼」劇烈喘著氣罵道：「混蛋，剛才到哪去了，你主人差點被這批野狼給幹掉，爲什麼你每次都出現得這麼晚！」

狼群驚嚇過後，一起緩慢的向我們逼過來，著了火的那隻狼王，跟沒事一樣，狠狠地盯著「似鳳」。

「似鳳」見救了我，還被我罵，不滿的向我「唧喳」的叫著，我喝道：「快點，再吐火球，牠們要過來了，要讓牠們過來，你也會成爲牠們的晚餐！」

「似鳳」不但不甩我，反而飛得更高，振動著五彩鳳衣，發出一聲又一聲有規律的鳴叫聲。我剛想罵牠，忽然感到阻在身後的山脈，傳出細碎的腳步聲，隱約有尖銳的叫聲迴響。

狼群彷彿也發現了異狀，停下來向山上望去，聲音越來越近，竟然是成百上千的猴子，「吱吱」的尖叫著從山上蜂擁而下。

一場罕見的猴狼大戰瞬間在眼前上演，數量明顯占上風的猴群很快把狼群趕走。我一屁股坐在地上，感受著活著的滋味。

第十三章　獸源主人

在頭領的帶領下，兩群野狼留下數具屍體匆匆地逃走了。

直到牠們逃得不見蹤影，我才重重地舒出一口氣，放下心來。「似鳳」落下來，停在我面前向我邀功的揚著腦袋。我苦笑一聲道：「謝謝你了，我又欠你一次人情，我會記得的，下次有了好處定少不了你。」

「似鳳」對我的應允顯得很滿意，拍拍翅膀，逕自去呵護牠的五彩羽翼。

猴群在擊退了狼群後，追趕在敗退狼群後面咆哮了一陣，然後猴群中傳出了一聲尖嘯，眾猴頓時作鳥獸散，按照來時的路又消失在我身後的高聳山脈之後。

瞠目結舌的看著幾百隻猴子翻山的壯觀場面，我忽然道：「笨鳥，這些猴子是你的朋友？」

「似鳳」不高興我叫牠笨鳥，伸出翅膀打了我兩下，叫了兩聲便不再理我。

我自言自語道：「這些猴子既然不是你的朋友，為何在我生死一瞬間突然出現救了我？」這麼多猴子還真是壯觀，想那次和「似鳳」一塊去偷「猴兒酒」，被幾大群猴子追趕也沒有今次來的場面大。

我嘿嘿笑道：「你是不是剛才去那群可憐猴子的窩中偷酒去了？」

「似鳳」又是搖頭又是鳴叫，表情好像是垂頭喪氣，我哈哈大笑道：「你說有猴子在專門看管這些酒，所以你沒偷著就被人發現了，還被人追了出來。不會剛才牠們突然出現，是因為追你這個偷酒的笨鳥吧！」

我脫去上身的衣服，免得血跡乾了，會把衣服和傷口黏在一塊，那就麻煩了。剛才實在太緊張，沒有感到傷口的疼痛，現在狼群撤去，傷口一陣陣的隱隱作痛。

牠們身上的毒性令我的傷口癒合得非常慢，我不敢立即坐下調息，誰敢保證這裏還會出現什麼厲害的猛獸呢，我取出一些「九幽草」和「百獸丸」吞到嘴中，徐徐運氣加速藥性的發散。

這些治療寵獸的珍貴藥物對我同樣有效。我打醒十二萬分精神，心驚膽戰地觀察著四周。

第二天清晨，我被「似鳳」的叫聲給吵醒，昨晚神經繃得太緊，竟不小心「呼呼」睡過去了。陽光直射在身上，昨晚的傷口已經癒合了一半，此時在陽光下有些發癢。

經過休息，精神好多了，趁著早上比較安全，我趕緊打坐調息，一個時辰後，立即精神飽滿，內息也恢復了大半，將護衛我一晚的小黑收回到鼎中，放到烏金戒指裏，施展開「御風術」向山脈的頂上飛去。

「似鳳」渾然不知昨晚的險惡，歡叫著跟在我身邊。

待我幾分鐘後來到山頂上，頓時被眼前豪華的秀麗景色給驚呆了。

身前身後宛若兩個截然不同的世界，一個充滿了死寂，另一個則洋溢著勃勃生機。山脈包裹中的低谷斷崖峭壁、龍潭飛瀑，山泉清澈、幽谷深秀，美不勝收。林深茂密、青山碧水，各種鳥獸出沒其間。

為什麼差別這麼大，我驚喜中，歡呼著駕馭著山風，如覓食的山鷹俯衝下去，心中暗道：「怪不得『似鳳』在剛才上來的時候顯得很高興呢。原來大山的背後竟隱藏著這樣的一個所在。」

踩踏在沾滿露水的柔軟青草上，本來被狼群襲擊弄得很糟糕的心情漸漸愉悅起來。好奇地打量著如同仙境一般的地方。

清晨的鳥兒顯得很活躍，三三兩兩站在枝頭，「嘰嘰喳喳」的拍打吵鬧著，不時有幾隻鳥兒追逐著在眼前劃過。

我彷彿一個尋勝探幽客，在青蔥翠綠的闊葉林中行走著，這裏溫度適宜，空氣濕潤，比起山背後那個鳥不拉屎的地方實在天差地別。

我心曠神怡地欣賞著這裏美麗的景色，心中頗爲疑惑，難道這裏就是石頂天形容的那個極度危險的產幻獸卵的地方嗎？

道路的坡度漸漸升高，走過最高點，一個百丈寬的湖泊出其不意的在眼前展開，陽光照上，湖面籠罩著一層濛濛毫光。湖水清澈見底，湖底鋪滿了五彩斑斕的鵝卵石，那些石頭光可鑒人，陽光照去，反射出陣陣霞光。

這個神秘的地方處處透露著驚喜，我剛要穿過樹林，向前面的空曠的湖邊走去。突然湖邊憑空響起巨大的「呱呱」聲，緊接著一隻巨物破開水面鑽了出來，兩隻在林邊戲耍的猴子逃走不及，被一口吞下。

我大駭站在那兒，死死地盯著那隻巨物，一身難看的皮膚充滿了疙瘩，兩隻凸出的大眼，缺乏力氣似的漫不經心地觀察著四周，黏嗒嗒的舌頭捲起一隻猴子在口中不斷地咀嚼著。

吃掉兩隻猴屍，怪物彷彿意猶未盡，努力地扭轉著龐大的頭顱左右看了一下，才不情願的邁開巨大的腳蹼，一步步的向湖中挪去。

這是一隻超巨大的蛤蟆，有三頭牛合起來那麼巨大。

我咽了口唾沫，終於相信石頂天的話，這裏確實充斥著危機，自己剛抵達這裏就經歷了一次生死，又觀看了一次生死，萬萬不可以因爲美麗的環境而忽略潛藏在暗中的危險。

看起來並不怎麼大的闊葉林竟讓我迷路了，找不到通向猴山的路，剛要騰起身子從空中飛到猴山去，突然眼前從林中出來幾隻嬌小的猴子，堵在我面前，對我指手畫腳。

由於自己有和寵獸交流的經驗，看出牠們是要領我去一個地方，我料想這些救我命的猴子應該對我沒有敵意才對，放心的跟著牠們去了。

猴子們帶著我和「似鳳」在林中穿梭，走出林子，又翻越了幾處土坡，轉到一個山的背後，我再一次受到震撼。

面前是個巨大的湖泊，先前那個百丈寬的小湖和這個簡直沒法比，此時天空飄著微微的毛雨，彷彿一層輕紗罩在湖面。在遠處湖的中心屹立著一個小島，由於被雨霧籠蓋，看得不大清楚。

站在湖邊不遠處的小林中，小猴子們再不肯前進了，指著遠處的神秘小島，齜牙咧嘴的對我比劃著，好像告訴我，前面那個島就是我的目的地。幾隻猴子尖叫兩聲，奔回樹林中不見了。

望著寬廣的湖面，我呵呵一笑，很久沒有游泳了，我就趁此機會再熟悉一下我的水性，看退步了沒有。

順手將不會游泳的「似鳳」給封印起來，怪叫一聲衝向湖邊，踩在湖邊的沙灘上，軟軟的感覺很棒。

剛要縱身躍到湖中，忽然感覺不大對勁，好像有一股排斥的能量阻擋了我的身體。我躍出的身體果然撞到透明的能量罩上，被送回到沙地上。我奇怪地望著眼前看不見的能量罩，心中十分驚訝。

這顆行星的文明還只處在部落時代，怎麼在這裏出現這種高文明的產物！以這個能量罩的強度倒是不能阻擋我，只是爲何出現絕不可能存在的東西，猜了半天也猜不透，只好暫時假想這個是聯邦政府在幾百年前留下的東西，可能有什麼特殊的動力系統，所以至今仍沒有失效。

伸手一揮，護臂倏地長出來，幾根鋒利的鱗刺，正是破壞這種能量罩的最好武器，鼓足內息用力捅下去，能量罩像是一個泡泡在陽光下消散般被破開了。

我奮身一躍，如同一尾善游的大魚鑽到了水中，水中的我靈活自如的展動四肢，我敢保證自己與魚兒比起來也絕不遜色。

湖水清澈涼爽，比起地球的湖水還要乾淨許多，水底世界和養活了我們全村的那條溪流是相差無幾的，水草和常見的魚類是水底的主人。

我在水中游得很快，即便這樣，仍然游了半個多小時才快要靠岸，我暢遊在水底世界，突然間腦中掠過一絲疑雲，自己從剛才入水到現在，竟然沒有浮到水面換氣。

這是完全沒有可能的，如果硬要憋住呼吸游半個小時，自己恐怕勉強可以做到，不過，卻不能做到像現在一樣，神情自如，絲毫沒有氣悶的感覺。身體彷彿可以自己製造氧氣，源源不斷的供應給每一個細胞，我想不出這究竟是何原因，難道是變身爲龍後帶來的好處？

卻又不敢確定，望著前方的岸邊，決定先上岸。

剛登上岸，我便被眼前的大手筆所震驚，湖水圍繞的小島，竟被人工修葺成一個依山傍水的宮殿。漫山遍野的綠色中，仔細看便可看出其中隱藏著金碧輝煌的宮殿的一角。湖邊有茂盛的喬木林，枝寬葉茂，長勢極好，雄偉的宮殿群在綠樹叢中忽隱忽現，氣勢非凡。

一條道路蜿蜒通向山頂，我仰望蓋在山頂的那座最高最大的宮殿，不禁嘆爲觀止，忽然兩句人類的聲音，立即令我警惕的望去。

「您好，歡迎到自由島，我們主人有請。」

我立即轉過頭望去，身後立著兩個青春的少女，曼妙的身材熱力迫人，聲音如黃鶯出谷，清脆好聽，只是兩個女孩目光呆滯，像是歷經了滄桑的老人，又或是等死的獵物。

我驚訝於集兩種極不協調的感覺於一身的兩個少女，問道：「你們的主人是誰？」

兩個女孩並不說話，只道了一句：「客人請這邊走。」便不再理會我有沒有跟來，轉過身，率先往山上走去。

我訝異地望著忽然出現的兩個奇怪女孩，心中雖然知道事有蹊蹺，不過在這種地方卻是沒得選擇，況且我也想看看，這裏的主人究竟會是何等人物，不但擁有這種規模的宮殿，而且還擁有超出這個星球千年文明的科技產物。

尾隨在兩個女孩子的後面，望著她們挺翹的臀部，柔美的腰肢作出習慣性的擺動，腦中忽然浮現兩個女孩空洞的眼神，身上不禁打了個冷顫，她們主人的容貌已然被我想像成一個惡魔的樣子。

行走不久，就來到了宮殿的入口，另有兩個同樣裝扮的美麗女孩，領著我走進宮殿中，六根巨大的金柱雕龍盤鳳，支撐著幾米高的頂端，豪華奢侈的裝修只有在想像中存在。

大廳的盡頭是一道寬厚的電磁門，兩個女孩熟練地領著我通過，電磁門背後是一條狹長的磁鐵通道，兩邊安裝著熱能感應燈，先進的通氣設置令人一點也不感到氣悶。

這些都是極爲先進的科技，這顆落後的行星怎麼可能會早一千年出現這種文明？

心中更爲狐疑，臉色卻不像在山腳處那樣明顯的表現出來，如果說這裏沒有安裝窺視裝置，真是鬼才相信，說不定我的一言一行早就落在別人的眼裏了。

狹長的通道居然如同鼴鼠的窩一樣，四通八達，交錯縱橫，如果沒有人帶路，自己是一定會迷路的。暈頭轉向地跟著兩個少女走出了其中一條通道，在一個較小的廳中停下來，兩個女孩將我送到這，轉身退了出去。

我步入廳中，四下觀察，這間較小的大廳比先前那個裝飾又要華麗很多，金碧輝煌極盡奢侈之能事。

突然空中響起一個蒼老的聲音，迴響在大廳中。

「來自遠方的客人啊，歡迎來到自由島。」

如同詠唱詩歌溫和的聲音，頓時令我警惕起來，緊張地望著四周。

左邊牆壁的一塊忽然轉動一圈，露出來的背面顯出一個人的影像。

在螢幕中一個白髮蒼蒼的老人，慈眉善目正向我微笑，一身衣服絕對不是這顆行星的，倒像是地球的古老裝束。老人雖然頭髮鬍子全白了，卻精神奕奕，面紅齒白，顯得非常健康，無一絲蒼老的跡象。

我凝望著面前的影像，道：「你是誰？」

老人笑了笑，徐徐笑道：「我活的時間太久了，也不記得自己的名字了，我是自由島的主人，所以別人也都管我叫主人。」

「主人？」我皺眉低聲道，「你好像不大像這顆行星的人。」

老人並未因我懷疑的口氣感到不高興，反而呵呵笑道：「難得還有人看得出我不是這裏的人，小傢伙，你也不是這顆星球的人吧？」

「我是從地球來的。」

老人點點頭，道：「看你的年齡應該很年輕才對，你是剛從地球來到這裏的吧。」

我暗自忖度這個看起來和藹、善良的老人怎麼總令我感覺有些怪異，說什麼「應該很年輕」，我本來就很年輕。我望著他道：「您說得沒錯，我是不久前才從地球來的。」

老人好像早就預料到我會這麼回答，陷入沉默，喃喃地道：「終於有人發現這裏了嗎？」

我打斷他的思緒，道：「請問你知道怎麼回去嗎？」

老人從思考的情緒中醒來，疑惑地道：「你說什麼？」我又把剛才的疑問說了一遍。

他聽過後，表情一愣，和藹的眼神突然變得很凌厲，如鷹隼般盯著我，半晌始道：「你不知道怎麼回去嗎，你是怎麼來的？」

我被他突然的變化給嚇了一跳，不過心急怎樣才能找到回家的方法，便沒有仔細想下去，道：「我是莫名其妙被傳送過來的，對了，抵達這個行星的時候，有一個女聲告訴我，這是第四行星。」

老人見我說出原因後，露出釋疑的表情，道：「原來如此，現在地球是聯邦多少年了？」

我驚訝道：「聯邦政府已經垮台數百年了，現在四大星球各自獨立，分別採用不同的紀年法。」

老人顯出吃驚、悲傷的神情，但很快又恢復到古井無波，淡淡地道：「原來他們最後還是失敗了，一幫戰友，現在就只剩下我了。」

我聽得心中震撼不已，聽他的口氣，他好像是生活在聯邦時代的人，如果他不是瘋子，那麼他應該有好幾百歲的年齡，很難想像一個人類可以活得如此長久，何況他的外表一點也不蒼老。

老人見我吃驚、狐疑地望著他，嘴角露出一抹得意的笑容，忽然從螢幕中走下來，老人手中拄著一根鑲金鍍銀的手杖，站立在我面前。

我可以清晰地感應到他血肉的跳動，絕對是一個活生生的人，而不是一個虛假的影像，老人親切地道：「小傢伙，跟我來吧，讓我來帶你參觀一下我的別墅，千萬不要小看了它，這是花了我幾十年心血，花了無數的金銀才建造出來的，也因此我才能躲過一劫，活到現在。」

老人手杖一揮，一束銀光射下，我和他的身體自由的向上升去。

老人帶領著我四處參觀他引以為傲的別墅。

參觀了大半，我就感到，與其說是別墅，還不如說是城堡來得恰當，完全自給自足，完善的動力系統，永遠不會出現能量匱乏的情況，強大的防守、攻擊系統，正規部隊也難說可輕易拿下。

我暗暗忖度，也許這個神秘老人真的可能是活了數百年的聯邦時代的人，聽他的口氣，他在聯邦的地位還很高。但是為什麼他會出現在這裏，沒有隨聯邦一塊覆滅呢，如果說他是躲過劫難，僥倖活下來，可為何他能超脫人類生存的界限，壽命幾乎無限延長！

我強笑了一聲道：「請問您，如果您真的是聯邦時代的人，您應該有四五百歲了吧！」

老人回頭瞥了我一眼，淡淡地道：「小傢伙，懷疑我的身分就直接說出來，何必藏掖著，還要拐彎抹角的來問。」

被他說得臉上頓時染上一層絳紅，道：「我是懷疑您老的身分，依您所說，您出生在聯邦時代，到現在已有幾百歲的年齡，據我所知，即便是幾百年後的今天，科技高速發展，可仍然沒有人的壽命可以達到您這種程度。」

老人頭也不回，邊走邊道：「那是你的知識太淺薄，千萬不要把自己不知道的事，認定爲不可能的事。」說到這，他停了一下，轉過頭，眼神直射我而來，像一把匕首，神色傲然道：「你之所以會懷疑我，是因爲你不知道我是誰！」

見他要說出不爲人知的隱秘，我立即靜心聽他敘說往事。

沒想到老人眼神轉過不屑讓我知道的表情，轉過頭去，接著向前走去道：「你不需要知道我是誰，你只要知道人腦的智慧是無限的，這已經足夠了，不過我倒是可以告訴你，我是如何活這麼久的。」

老人露出緬懷的神情，幽幽的道：「當時，四大星球兵力超過我們十倍之多，又有眾多當時的強者幫助他們，我知道事不可爲，放棄聯邦政府，來到這個不爲人知的地方。這個自由島，是我使用那些該死的罪犯替我建造的，幸好我未雨綢繆，躲到這裏，才沒有和聯邦政府死在一塊。」

「在當時我正在研究一種能保存肉身不腐，並且可以爲身體的機能提供能量的一種能量液。在我逃到這裏，又過了十五年，終於讓我研製成功，那時候我身體已經開始老化，活著也時日無多，我就進入了深度睡眠狀態。」

老人嘆了一嘆，眼神中轉過一絲的落寞，幽幽的道：「沒想到，這一睡就是幾百年，老朋友都已作古，只剩下我一個人孤單的活在世界上。一個人活著實在太寂寞了，所以我決定完成當年那些老朋友未能完成的事業。」

我愕然道：「幾百年前未能完成的事？」

老人露出詭異的笑容，道：「對，是幾百年前的事。在我一百年前醒來的時候，發覺自己的身體被能量液給重新塑造，改變了，在一定條件下，我可以永保青春，長生不死，如果不給自己找些事做，我會無聊死的。」

我驚訝的道：「長生不死？四大星球的眾多生命科學家們研究了幾百年，都還不能達到這一步……」

老人打斷我道：「你可是不信，我問你，我活了幾百歲，難道我自己不是很好的例子嗎？」

我頓時無話好說，他說的確實沒錯，他自己便是一個活生生擺在眼前的實例，活了數百年依然容光煥發，神采奕奕，不得不讓人相信他確實掌握了長生的秘密。

老人笑瞇瞇地望著我，道：「相信了嗎？讓我帶你參觀我最大的秘密，這可是我長生的秘密，至今為止，你是第二個人將要知道這個秘密的人。」

老人像是一個炫耀自己玩具的小孩子，帶領著我參觀著這座城堡的每一個角落，給我解說每一個他得意的「玩具」，滔滔不絕的說著話。

我想他可能真的很久沒有和人說過話了，所以才在見到我之後，說個不停，忽然間我覺得他有些可憐，一個長生不死的人，卻沒有一個可以說話的朋友。

數千斤的牢固合金門徐徐升了上去，顯現在眼前的是一個如同溫室的地方，裏面滿布著奇花異草，果樹的枝頭沉甸甸的掛著熟透了的紅彤彤的果子，香氣若有似無的鑽進鼻孔，沁入心脾。

老人驕傲的道：「這裏的花草果實都是我這些年培植出來的，我管這個地方叫作『生命花園』。」轉頭見我垂涎的樣子，啞然道：「小傢伙你是餓了吧，這裏的果實都是可以吃的，你可以隨便。」

得到主人的允許，我迫不及待的就近摘下一個誘人的果子，咬下一大口，味道鮮美，汁液香甜。老人比劃了幾個手勢，片刻後，合金鋼門再次打開，一個女孩捧著一個容器，神態恭敬無比的低頭將容器獻給老人，道：「主人，請用餐。」

我奇怪長生不死的人也要用餐，快速的向容器中瞥了一眼，裏面是紅色的液體，好像是血液，心中猜測這個紅色的液體可能是他自己研究出來補充能量的東西，心中閃過對老人智慧的尊敬。

老人一口喝乾，將容器放到女孩的手中，揮揮手，女孩又恭敬地消失在合金鋼門的後面。

老人微微一笑道：「來，讓我帶你參觀一下我最得意的作品。」

我欣然跟隨在後，手中又摘了幾個果子，老人絮絮叨叨的跟我介紹著一路經過的這些植物是如何被他一步步培養出來的。老人的智慧和博學，又一次令我肅然起敬。

忽然眼前一亮，幾個漂亮粉嫩的臉蛋出現在花叢中，令我興起人比花嬌的感覺，心中感嘆這個老人家好像對年輕漂亮的女孩特別偏愛，從進堡到現在，見到的都是年輕貌美的女孩子。

老人突然站住腳步，指著佇立在花叢中的幾個女孩子，神情激動的道：「這就是我平生最得意的作品，有了她們，我才真正實現了長生不老這一無數人在苦苦追求的東西。」

我不禁大訝，心中頗爲疑惑，懷疑自己是否聽錯了、看錯了，他指著幾個女孩說她們是他長生的關鍵?!跟在老人後面，走進花叢中，當我近距離看著這些女孩子時，我徹底的驚呆了！

心中只有一句話「當真是慘絕人寰！」我看到的幾個女孩子竟然被人當作盆栽一樣，種植在土地上，她們的大腿以下已經沒有了，化作植物的幹紮根在泥土中，而上面依然是人類的樣子。

老人沉浸在自豪中，沒有注意到我的表情，依然滔滔不絕的說著，每一個字蹦到耳朵中就像是被雷電擊打一次。

我呆呆地站在那兒，再也說不出一句話來，心中充滿了悲憤和懷疑，爲什麼會有人這麼殘忍，爲了一己私欲，好端端的就把這些花季少女弄成這副樣子。迷茫中，機械的跟著老人又走了出去。

走在他的身後，沒有了先前的欽佩，沒有了對他的同情，腦中亂得一團糟，手腳抽搐著沒有了力量。

來到一個用來歇息的廳室中，老人笑吟吟的看著我道：「小傢伙，我很欣賞你，從今天起，你就是我的奴隸了，自由島正好缺一個管家，明天開始，我會訓練你成爲一個好管家。」

從剛才一直盤桓在腦海中的疑問，在他宣布我正式成爲他的奴隸後，陡然爆發出來，我聲嘶力竭的喊道：「爲什麼？」

老人見我暴亂的神情，微微的一驚，旋即漠然的淡淡笑道：「你是在問什麼，你是在可憐那些女孩子嗎，還是在可憐你自己？告訴你，你是第一個來到城堡中的男性而依然活著的人！所有的一切都不重要，從今天起，你只要知道我是這裏的主人！這個島以及未來的整個第四行星都由我來掌握生殺大權！世上本沒有對錯，力量即是真理。」

我怒喝道：「好！就讓我來告訴你什麼是真理！」

陡然打出一拳，所有的力量都集中到凸出的關節上，迅若奔雷的直向老人背後打去。

眼前一花，老人的背影忽然從眼前消失，我一拳打空。老人已經來到我身後，淡淡的道：「我太高估你了，你和這裏的人一樣愚蠢，但是我說過的話仍然有效。」

「大言不慚，再試試這個！」手臂上的護臂迅速進化成攻擊態，我手臂微抬，幾根鱗刺閃耀著寒芒，追風逐日的向他激射去。

幾乎同一時間，我厲斥一聲，從另一個方向掠去。

老人動也不動，絲毫不把我放在眼中，眼中閃出嘲笑的神色，道：「米粒之光也想爭輝。」手指輕輕彈動，幾根破風而至的鱗刺輕而易舉的逐一被破，同時舉起手中的手杖，倏地劃過玄奇的角度，輕鬆打在我背上。

無法抵抗的巨力一下子將我壓倒在地面，耳邊傳來他冷森森的聲音：「不要妄想做英雄，你所面對的是一個活了幾百年的長者，我的智慧是你永遠無法想像的，任何花招在我面前都無所遁形，未來的世界是我的，跟著我，你可以得到任何你所要得到的東西，我甚至可以讓你在一夜之間成爲無人匹敵的高手！想想吧。」

身下的地板忽然開始下降，等到停下來，我已經落在一個密封的囚室中，我一動不動地躺在地板上，沒有一點起來的意思。

實在想不到外貌忠厚、善良的老人竟然是披著羊皮的魔鬼，竟然拿人類做實驗。腦中不禁又回想起之前他在花園中得意洋洋的話語。

那個魔鬼告訴我在一百年前醒來後，意外地發現自己由於幾百年的沉睡，體內的細胞受到能量液的改善，得到極大發展，然後在一個偶然的機會發覺少女的鮮血可以幫助他恢復青春，從此他就開始秘密地抓一些來此地尋找幻獸卵的人類，吸食那些少女的血液，多餘的人就被他用特殊的手段，控制做爲他的奴隸。

再後來他發覺少女的鮮血還不足以彌補他衰老的身體，於是又以少女爲範本，培育出來一種特殊的幻獸，使之與少女合體，就這樣，少女就成了半人半植物的怪物，失去了人類的意識，只剩下生存的本能，她們利用植物的根，直接從土地中吸取養分，這樣一來，她們的血液變得更純、陰氣更重，那個魔鬼再從她們的身上汲取血液作爲食物。

就這樣，花季少女一個個成爲魔鬼活動的食物。

這個活了幾百年的怪物，精神上嚴重發生畸變，嚴格來說已經不能再稱爲人了。

想到一雙雙空洞的眼神，頓時怒氣奮湧，我重重一拳擂在地板上，怒喝道：「不殺此獠，誓不爲人！」

彷彿是人類飼養的雞鴨豬牛，這些正值一生中最美好歲月的女孩子，也只能作爲魔鬼的食物，行屍走肉的活著。

這個披著人皮的魔鬼出乎我意料的強大，想想倒也釋然，他可是活了好幾百年，又豈是我短短二十載的修爲可以比得上的，即便我現在恢復最鼎盛時期的修爲恐怕也不堪一擊。

不過這都不是重要的，我在等待月圓的那天，從古至今，各種傳說中，還沒有任何一個物種可以強過龍的力量，一旦我化身爲龍，雖然是不完全的變身，我想亦有很大可能打敗那個老傢伙。

靠著人類血肉活在世上的魔鬼，多活一天都是人類的悲哀，何況他的語氣中充滿了對世界的憤恨和野心，以他的實力，輕而易舉就可以統治這顆星球，最怕的是他以這顆行星爲跳板，再以更大的野心把目標放在地球、后羿四大星球上。

如果真的是這樣，整個人類都將陷入巨大的危機中。

我靜靜地躺著，爲滿月那天的來臨準備著。爲防止他會在飯菜中對我下藥令我迷失本性，我對送來的三餐動也不動。

第十四章　死亡進化

到了第二天的早上，囚室的門「嘎吱」一聲打開，那個老傢伙一副樂呵呵的模樣施施然走進來，望著我道：「看你的樣子，好像還沒有想好，做我的管家，異日便很有可能是一人之下，萬人之上，等我統治了四大星球，隨便賞你一顆星球，我這個主人可是很大方的。」

我對他的話充耳不聞，仍是靜靜地躺著。

僞善的老傢伙，很自信地走到我身前，蹲下來，望著我，呵呵一笑，道：「小傢伙骨頭很硬，不過我對骨頭硬的人一向沒有好感，讓我們來一起欣賞一下有趣的畫面，我保準你看完後會改變主意的。」

金色手杖往前一指，一幅畫面即出現在牆壁上，魔鬼淡淡的道：「這一排人，你應該認識幾個吧，尤其那個小女孩。」

話音剛落，畫面便動了起來，一個熟悉的女孩子聲音傳出來：「小龍，不要亂跑，跟在大家後面，下次再私自行動，看我還饒你。」

這是石鳳的聲音，我打了個冷顫，猛然爬起身死死地盯著畫面，有一對正在行進的人馬，形形色色男女老幼，走在中間的有一個熟悉的身影，正是石鳳，跟在她旁邊一臉不開心的赫然是石龍。

我激動地轉過頭，道：「你想對他們怎麼樣？」

魔鬼得意地瞟了我一眼，從容地道：「想必這些人你是該認識的，我對他們並沒有什麼想法，雖然要他們死也只是我抬抬手就能辦到的事情，但是我暫時還不想讓他們那麼快死，在未來，他們都將是我的奴隸，而且是忠心的奴隸，我反攻四大星球的願望還要他們來幫我實現，不過在此之前，我先要解決你這個不大聽話的小傢伙。」

接著畫面一轉，出現在一個部落的上空，魔鬼冷漠的道：「這個地方，你看著眼熟嗎，沒錯，就是石族的部落。」

他頓了頓，嘆了口氣道：「其實你並沒有什麼好，修爲又不高，又不會拍馬屁，高科技知識也懂得很少，不過我就是想收服你，讓你乖乖的做我的奴隸，誰叫你是我遇到第一個能和我聊天的人呢。」

他手杖一揮，牆壁上的畫面再變，變成一幅星雲圖，視線向下定格在其中的一顆星球上，魔鬼的聲音幽幽傳來：「這顆氣候糟糕，空間狹小的星球就是我們正處在的第四行星，你現在在地圖上看到的亮點，是在這顆行星上殘存的骯髒的囚犯的後代所組合出來的三百一十八個部落，其中最大的部落有八個。現在這些部落的生死存亡都在你的手上，如果你向我低頭的話，我就可以考慮放過這些可憐的小爬蟲，如果你繼續堅持的話，我會等你三百一十八天。」

「每天我都會來，只要你不答應我的要求，我就會消滅一個部落，直到三百一十八大后，等待你的就是死亡。」

我橫眉怒視著眼前外表酷似善良的老人，內心卻毒如蛇蠍絲毫沒有人性的魔鬼。

我暗暗的納悶他為何能做到視人命如草芥，把自己的生命建造別人的死亡上，並且樂此不彼，難道幾百年的沉睡不但改變了他的身體，也改變了他的靈魂嗎？

「想好了嗎？」漠然的聲音沒有一絲人類的感情。

我大聲喝道：「你別妄想了，我是不會屈從你的。」

他不勝惋惜地搖搖頭道：「看來，你還沒有明白，我不是在開玩笑，人命在我的眼中和一隻螞蟻沒有什麼區別，一個人對螞蟻是沒有同情心的，所以你最好不要寄望我會良心不安而放棄我的計畫。」

手中拿出一個遙控器的東西，輕輕一按，牆壁上的影像立即陷入一片火海，熊熊大火，在炎熱的天氣中如果沒有突降的暴雨是不可能被澆滅的。

魔鬼好像在做一件微不足道的事情，淡淡的道：「希望下一次我來的時候，你的答案會讓我滿意，否則你知道下場。」

腦海中第一個閃過石頂天豪爽的樣貌，接著閃過一連串石族部落中和我熟識的族人，眼淚狂湧而出，無法抑制的怒氣沖天而起，只因爲一個簡單的理由，就一下子殺死這麼多人。

我厲聲怒斥道：「不可原諒！」殺氣彷彿洶湧的海浪傾巢而出，鋪天蓋地的向他卷去，誓要把他撕成碎片，絞成肉泥。

積攢了我所有殺氣和功力的拳頭被魔鬼輕鬆地握住，無盡的殺氣如泥牛如海，一下子就消失得無影無蹤，魔鬼轉過頭，冷冷地望著我，忽然淡淡的笑道：「你還不明白我們之間的差距，憑你的修爲，再修煉幾百年也許有可能殺了我，現在的你在我眼中如初生的羔羊，對我無法造成任何威脅。」

我氣恨的咬著牙齒，下唇滲出血來，我怒聲大叫道：「你這個魔鬼！」說完陡然連續迅速的踢出數腿，沒想到他站著一動不動，每一腿都準確無誤地命中他的要害。

而每一擊的反震力量都令我感到難以抵禦。

他宛若無事一樣，漠然道：「看到了吧，就算是我站著不動，你對我也無法構成一丁點的威脅。」握住我拳頭的手心忽然傳來一股沛然的力量，身體瞬間被打飛出去。

他不再看我，轉身往外步去，同時道：「下次來的時候，你最好會想好，我的耐心有限。」

我手掌撐地，倏地躍起，如流星劃空而至，手中一揚，「大地之劍」神劍已經落在手中，黃芒劇烈的跳動，刹那間黃光充滿整間囚室，我厲喝道：「那我用神劍又如何呢！」帶著一往無前的慘烈殺氣向他投去。

魔鬼背後像是長了眼睛，手中的鑲金手杖，毫釐不差的抵在我將他砍成兩半前將神劍給截住。

他感受到神劍的威力不敢托大，迅速轉過身來，身上發出強大的能量流，見到我手中的劍，訝然道：「大地之劍，沒想到你竟然有這種神劍，我還真是低估你了。可惜這柄神劍落在你手上實在太可惜了。」

我睚眥盡裂喝道：「用來殺你這個老賊還是綽綽有餘。」

手中的神劍，如綻放的花朵飄出漫天的劍氣，鮮豔美麗卻又是最致命的，我好像得到無窮的靈感，手中的神劍突破了往日的界限，一次又一次劃著玄奇的軌跡向他的腦袋掠去。

可恨每次都在即將得手的刹那間被他的手杖輕鬆擋住。不知他手中之杖究竟爲何物打造，竟然堅硬若斯，和我的神劍硬碰了這麼多次，居然一點裂痕都沒有產生。

魔鬼不再有以前的溫馴，眼神中轉動著妖野的綠芒，陰森地道：「不要妄圖佔用神劍之力，我這個手杖也是上古神物，名爲噬天棍。」

我喝道：「什麼噬天棍，我要你死！」在我努力的召喚中，七級的小龜陡然出現在眼前，駕馭著霞光瑞氣的寶鼎旋轉著擊退了魔鬼。

魔鬼一愣，隨即冷冷的道：「功夫不行，身上的寶貝還挺多。」

瑞氣條條閃動，小龜和寶鼎合爲一體接著覆蓋到我身上，一股充沛的能量瞬間填滿我枯竭的丹田，我默念道：「二次合體。」比剛才強大數倍的能量眨眼間沖塞體內經脈的每一個角落，身體有一種如金鐵般的強硬感，這次合體令我的身體強以數倍平常的韌度激增。

這才是真正的鎧甲王！

魔鬼冷冷地盯著我，眼神不再有感情，漠然道：「來真的嗎?!」

身體散發著凌人的殺氣，我瞪著通紅的雙眼，沙啞道：「今天就讓我替天行道，殺了你這禍害人類的魔鬼。」

魔鬼陰森森的笑道：「就憑你的微末伎倆也想殺我，再修煉數百年也許可以說這句話。在這裏我就是天，不久我就是全人類的天。」

手中一緊，「大地之劍」集結一束手臂粗的黃光，當頭向他的腦袋劈下，身體也隨之飛快的掠前。

魔鬼仍是動也不動的冷冷的看著我，眼神中充滿了奚落，一根散發著濃烈殺氣的金色短棍被他從手杖中抽出，信手揮動便令我殺氣嚴霜的一擊無功而返。

魔鬼一手持杖，一手持棍，獰笑的望著我道：「你是我見過所有生物當中最笨的一個，既然你想死，我就成全你，我會讓你知道，你自以為傲的功夫在我眼中不值一哂，你自以為是的氣節在死亡來臨的一刻，將會一文不值。」

「廢話少說，看我取你的性命。」二次變身而帶來的大量內息充盈在我的經脈中，令我有種不吐不快的衝動，話一說完，迅若矯兔的彈地而起，手中神劍揮出道道劍氣。

號稱無物不摧的劍氣，擊在他手中的棍上，竟連一道細紋也沒有留下，看來他說的「噬天棍」乃是上古神物的話，應所言非虛。

金色的「噬天棍」在他手中釋放著妖異的霸氣，摻雜著魔鬼的殺氣，形成一股無形的氣場，寒冷異常，幾乎將我的血脈凍結。

我不得不承認他雖然有魔鬼的心腸，但是他的修為確實非常高，憑我現在的修為與他相鬥無異以卵擊石，可是我就是壓抑不了心中的那股殺氣，現在便是想停也停不下了。

他的速度極快，每每在一瞬間躲開我的攻擊，他如貓戲弄老鼠一樣，折磨著我，等我筋疲力盡、精神懈怠的一刻，就是被取走性命的時刻。

魔鬼邊在我劍氣中遊走，邊嘲笑我道：「你的烏龜殼還真硬，連我的噬天棍都可以擋得住。」

我從剛才到現在受了他三次棍擊，都打在背部，由於受小龜和靈鼎的益處，我的肌肉強化了很多倍，才不至於被他一擊倒地。不過畢竟他手中的「噬天棍」是上古神物，被敲擊後仍然受不了。

體內的內息雖是突然增多，但終究不是無窮無盡的，再這麼糾纏下去，飲恨敗北的人肯定是我，腦中靈光一動，令我想起了劍靈大地之熊，它可以動用大地的力量，或許能夠將他困住。

我陡然收手，飛身退回兩步，喝道：「大地之熊！」受到我的召喚，魁梧的大地之熊倏地出現在我面前，自打上次受到龍丹力量的好處，現在已和我差不多高矮。

此時一出，立即人立而起，張大大嘴露出鋒利的牙齒，巨掌前伸，發出一聲驚天動地的咆哮。

魔鬼鎮定自若的道：「越來越好玩了，『大地之劍』劍靈，可以借用大地的能量，可惜啊，這是在我的城堡中，被湖水包圍的一個小島嶼，不要妄圖能夠讓大地的力量源源不斷的補充給你們。」

我一聲怒喝，強行衝過去，大地之熊四肢著地，緊隨著我向魔鬼撲過去，打定主意在幾招之中要和他決定勝負，不再保留餘力，內息傾巢出動，「大地之劍」閃耀出更濃烈的黃芒。

橫切而去的神劍，氣機將他緊緊鎖住，魔鬼妖異的眼眸中幻出一片霞彩，落在我眼中，精神一頓，隨即醒悟過來，雖然只是片刻的功夫，已足以使他躲過我凌厲的攻擊了。

只見他身影彷彿煙霧般抽動扭曲，神劍切過，我橫劍而立，剛轉過身，就聽到大地之熊一聲哀鳴，被他當先一腳給踢了出去。

魔鬼哈哈狂笑道：「我道什麼大地之熊，也不過如此，看來世人傳說多有虛假，不堪一擊。」

我雖然臉色不變，心中卻震盪不已，以大地之熊的威力竟然連他一腳都撐不過，而且他到現在還沒有合體，只是憑藉自身的修爲和我相鬥，實在無法想像他的修爲究竟達到了哪種程度。

或許只有義父和三位叔叔中的一位才敢說穩贏他。

我在心底倒抽了一口冷氣，也許今天我會死在這裏，實在相差太多了，我的贏面連一成都不到。大地之熊爬起身，搖了搖腦袋，畏懼的射出怒色，引頸發出一聲嚎叫，前肢不安的在身前踏動著。

魔鬼看著我淡淡的道：「看來你已技止於此了，我也沒有玩下去的興趣了，既然你忤逆我的意思，按照我的慣例，你一定要死，不過我格外開恩賞你一個全屍。」

魔鬼手中的「噬天棍」淡淡金芒逐漸變得明顯，魔鬼冷漠地道：「這一招要取你性命！」說完，手中遙遙指向我的「噬天棍」微微地晃動起來，劃出一個一個的金圈。

我突然感覺他離我非常非常遠，遠到天邊，我有種鞭長莫及的無力感，在這麼遠的距離爭鬥有什麼意思呢，精神漸漸的懈怠。

突然間，他的「噬天棍」以超出物理極限的速度忽然出現在我眼前，我反應不及，興起無力躲避的絕望，束手待斃。

緊要關頭，一聲警告的咆哮將我驚醒，睜眼一看，他掣著「噬天棍」以極快的速度向我的眉心點來，我駕風而動，堪堪躲了過去，割裂皮膚的金芒將我驚出一身冷汗。

「混蛋！」我心中怒罵，明明修爲高出我很多，居然還使用催眠偷襲的招數，我騰身躍起招呼大地之熊一聲，向他攻去。

魔鬼嘿嘿笑道：「讓你的小命又多活了一刻，不過這樣更有趣。」

我襲至他的頭部，他輕舉右手用「噬天棍」將我擋住，我的身體往回一震，他隨即就要跟上來，補我一棍結束我的性命。

大地之熊忽然挺身，再重重的用牠厚實的熊掌撲下去，石室突然一陣抖動，一道道石柱憑空杵出來，魔鬼立即受阻，發出驚疑的一聲，先在半空穩住身形。

眼見這招奏效，心中一喜，這是我唯一的機會，當即不顧一切的翻身投了過來，大地之熊不斷的製造出石錐尖刺阻擋他變換的身形。

魔鬼眼見再不能如先前般自由的將我玩弄於股掌之上，惱怒的嘿笑道：「讓我來成全你吧。」身上忽然散發出強烈的光芒，強大的能量迅速將身體四周兩米之內的東西清空，石室轟然暴裂。

金剛碎石濺如雨下，我雖然震驚他的威勢，卻再無餘力避開，把心一橫，所有的功力都投注到神劍上，劍尖直指他的眼睛。怒氣中的魔鬼披頭散髮，肌肉突兀暴出，青筋鼓脹起來，神態十分嚇人。

我御劍的威勢，竟然被他用一隻長滿黑毛的大手牢牢鎖住，駭人的眼神盯著我，口中忽然發出「嘿」的一聲，另一手的「噬天棍」從我腹部穿過。

我身體軟下來的同時，頸部傳來骨骼碎裂的聲音，接著身體被他拋飛出去，忽然感到身體變冷，心中還沒來得及興起害怕的絕望，意識已逐漸的從身體中褪去。

大地之熊哀鳴一聲，也從石室中消失。

拋灑出的鮮血在空氣中劃出一個完整的軌跡，魔鬼嘿嘿狂笑道：「鮮血不要浪費了。」五指凌空一抓，尚未落地的鮮血「嗖」的被他吸過去，被他掬在手中的鮮血被他一口吞下。

魔鬼使用能量過後，體形和外貌都有了很大變化，本來適中的骨骼漲大了很多，外貌不再如先前和藹可親，而變得醜陋可怖，粗黑的眉毛下兩顆黑色眼珠幾乎占滿整個眼眶，寬闊的大嘴，露出尖利的牙齒。

他大步邁向我委頓在地的身體前，道：「一身修爲，不要可惜了。」雙手陡然插進我身體中，瞬間體內所剩無幾的內息被他吸乾。

他搖頭頗多遺憾的道：「沒想到你的能量這麼純淨，可惜剩得太少了，不能彌補我消耗的生命力。」說完打了兩個響指。

很快，一個少女捧著一份鮮血走了進來，對狼藉的石室視若無睹，彷彿任何事都不能引起她的興趣。

魔鬼傲然的拿起鮮血一口而乾，將容器摔在一邊，突然一口咬在少女的脖子上，少女的生命力一點點消逝，原本空洞的眼睛中露出解脫的神色。

少女漸漸地失去生命力，閉上了美麗的雙眸，從此再也不會醒來。

魔鬼咂咂嘴巴，從上衣口袋中掏出一條白色絲帕，斯文的拭去嘴角留下的血痕，可怕的面貌因爲補充了大量的血液，恢復了青春與平和的模樣，無一絲憐惜地瞥了一眼躺在亂石上的兩具屍體，對隱藏在暗中的兩人道：「抬出去餵狼。」

如果我還能睜開雙眼的話，一定會驚訝地看到閃身出來的兩個全身裹在黑衣中的人，竟是被我在寒冰洞中殺死的那個叫「沙拉畢」的人。

「沙拉畢」，在幾百年前某個種族語言是「往生者」的意思，不用說也能猜到，沙拉畢並非是一個人的名字，而是魔鬼製造並控制的一個爲他賣力的殺手團體。

只不過一個沙拉畢就能輕易把我打敗，並且我還因此廢了修爲，從頭開始，這樣來看，魔鬼妄圖統治這個星球，並且要向四大星球宣戰的做法，並非只是一個盲目的念頭，而是有充分的計畫和實力。

如果他訓練出成千上萬如沙拉畢這種修爲高強，又可以吸血來治療自己受的傷，擁有不死身的手下，真的有可能讓他野心得逞。

兩個「往生者」背起兩具漸漸發冷的屍體，向城堡外飛出去，越過湖泊，穿過樹林，來到我之前遇到狼襲擊的地方。

其中一個「往生者」朝天發出一聲尖嘯，不大會兒，狼群迅速而至，領頭的兩隻狼見到兩個「往生者」，低眉順目地匍匐在地上，顯現出臣服的姿勢。

兩人不再說話，把兩具屍體拋了下去，互望一眼，轉身離去，幾百隻狼望著屍體，仍老實的一動不動的趴著，待到兩名「往生者」轉身離開時，才搖搖身體站了起來。

兩隻狼王嗅了嗅，來到少女的屍體旁，彷彿對少女鮮嫩的肌膚更感興趣，張開大嘴一陣撕扯，吃了一陣，兩隻狼王舔著嘴巴往後退了兩步，其他狼群一擁而上，爭相開始吃起來。

忽然，明明已經死亡了的我的身體，驀地放出點點紅光，漸漸延伸爲一道道明亮的紅線，倏地紅芒全面暴發出來，方圓十米之內盡皆被紅光籠罩著。

狼群被異變嚇住，頓時停住撕咬，驚恐地望著我的身體。強烈的紅光突然消失，四周眨眼間又陷入黑暗中，狼群低頭發出「嗚嗚」的低鳴，彷彿非常氣憤被一個死人戲弄。

兩隻狼王競相發出狼嚎，然後向我的身體撲了上來，陡然間，兩道紅光如暗夜中的閃電，倏地從體內射出，毫無阻礙的從兩隻狼王的身體中穿過，隱沒空中。

紅芒消失的同時，兩隻狼王再也不能憑藉自己的力氣爬起來，兩隻狼王死不瞑目，恐怕到死也不知道怎麼會一下子就不清不楚的離開它們熟悉的世界，往生到另一個完全陌生的世界中。

狼群呆呆地望著牠們死去的頭領，忽然狼群中傳出一聲哀號，狼群頓時醒悟過來，強烈的危機感令牠們什麼都不顧的四下逃竄。

大屠殺才真正的開始，月高風黑，預示著今夜就是這群把尊嚴和生命都賣給魔鬼的狼群的結束。

塵歸塵，土歸土。大樹在死亡後，會把從大地那吸取的營養再還給大地，孕育出新的生命。而這群狼背棄了自己首領，敢於冒犯寵獸最高統治者的龍，只有將牠們的血肉還給最高統治者，才能彌補牠們犯下不可彌補的錯誤。

漫天的紅芒織成一個鋪天蓋地的大網，煞是好看，狼群在劫難逃，紛紛在紅芒下授首，變成一具具沒有生命的狼屍。

一時間，漫山遍野儘是伏地的狼屍，紅芒漸漸回收，又回歸到體內，空間再一次的被黑暗佔領，不一會兒，暗紅色的光芒，彷彿破地而起的嫩芽，一點點冒出頭來。

看起來如有實質的光芒如血般濃紅，身體慢慢的被紅芒覆蓋，如果有人在的話，定會看到躺在地上的狼屍眨眼間變成一具具骨架。

很快地，身體被一個繭狀的紅色光圈圍在其中，我的意識漸漸回醒過來，死前死後的情景如過電影般在頭腦中閃過。

身體雖然無法動彈，意識卻可以自由的穿梭，回想剛才被那個魔鬼吸盡了自己的能量，趕緊將意識沉到丹田中查看。

一看之下，果然空空如也，我哀嘆一聲，自己真的是太多磨難了，好不容易打頭開始練點內息出來，現在又變成廢物一個。

時間一天天過去，我始終無法動一個手指，不過思維卻在活躍的思考，揣度該如何才能消滅那個魔鬼，把他危害全人類的計畫給扼殺在搖籃中。不過想了幾天，都覺得這幾乎是一個不可能的任務。

想要殺死這個瘋狂的魔鬼，其中一個途徑就是自己的四位長輩中的一位在這裏，應該可以幹掉他。另一個途徑是自己在月圓之夜化身為龍，並且還要找到大黑進行合體，形成完美的變身，而且要在天亮之前找到並殺死他。

這些條件都是幾乎不可能實現的，四位長輩已經退隱，不知躲到哪裡參悟天道去了，而大黑更是不知所蹤，憑自己不完整的變身力量想要殺死一個活了數百年的魔鬼簡直就是癡人說夢。

看來人類的一場浩劫是躲不過去了。

在離這第四行星數千光年外的「后羿星」上，一場前所未有的災難也在悄生蔓延著，當時在黑衣人秘密實驗室中吞噬了主人，逃出來的神秘寵獸，由於本身具有的特異本領，給后羿星帶來了巨大的恐慌。

由黑衣人和那個梅家子弟研究出來的寵獸，天生具有以其他物種為食物，並且在消化了該種食物後，同時就擁有了該食物的特殊本領。從實驗室跑出來後，牠不斷地捕吃獵物，也變得越來越聰明。

開始只是以寵獸為食物，到了後來，竟然也出現在人類居住區，以人類為食，引起了星球人民的巨大恐慌。

后羿星政府已經組織了一個獵魔組，進行大力搜捕，同時懸賞上億的貨幣，卻仍無法捕捉到牠。

另一方面，在我被困在繭中等待重生機會的時候，魔鬼也邁出了實現他野心統治全人類的第一步，派遣出他的手下，每批人馬都有七八個「往生者」領隊，開始從小部落進行征服之路。

在六大聖地搜集幻獸卵的各部落人馬也不同程度的受到了襲擊，當然襲擊並不是致命的，魔鬼還要指望這群人幫他實現他回攻四大星球的願望。

受到阻隔，這批人被困在聖地中，缺水斷糧，一方面要防止聖地中日漸煩躁的寵獸的襲擊，另一方面得防範不知名神秘人馬的攻擊。

魔鬼就是用這種方法在等待他們精神無法承受巨大壓力而向自己屈服的時刻，唯一可惜的是沒有人可以和自己一起欣賞、享受成功，腦中忽然閃過被自己殺死並拋屍餵狼的年輕人，心中冷冷笑道：「反抗我的下場只有死路一條。」

魔鬼按了一下手邊的按鈕，立即進來一個「往生者」，魔鬼淡淡的道：「去看看，那兩具屍體是否只剩下骨頭。」

被招進來的那個「往生者」一聲不吭的退了出去，出了城堡，直接向山脈的方向飛去，包裹著身體的黑色衣服在天空中，兩臂展開彷彿是在白天飛行的蝙蝠。

「往生者」站在高處，望著漫山遍野的白骨，饒她平時也是殺人不眨眼、視人民如草芥，但此時看到幾乎將眼前填滿的白骨，仍是禁不住打了個冷顫，從這些骨架的外形上看，都是狼的屍骸。

這麼多骨架，怕是兩個狼群已經全都死了，究竟有誰可有如此能耐，將這麼多狼幻獸給屠殺得一乾二淨？

忽然間，遠處一個奇形怪狀散發著陣陣紅光，如心臟跳動般「砰砰」鼓動著的胎狀東西，吸引了她的注意力。雙臂展開，陡然飛了過去，憑她敏銳的直覺，這滿地的狼骨一定和這個奇怪的東西有關。

站在胎狀的怪東西之前，她完全感受到，這個東西正在以某種奇特的方式生存。她望著一上一下鼓動的怪東西，陡然揮掌擊打過去，掌風直接命中。不過令她驚訝的是，可以輕易殺死一隻狼幻獸的力量，竟不能在眼前的怪東西上留下一點傷痕。

第十五章　救世英雄

我裹在血色繭中，雖然看不見，卻清晰感受到外界的殺氣，體內真氣早就消散一空，心中雖急，卻只能束手待斃。

隨著外面敵人一次次的擊打在繭上，心臟越跳越快，明知是死卻只能等死的滋味絕不好受。

外面的那個「往生者」驚訝之心絕不下於我，越來越強的攻擊都無法對眼前這個不明的生物造成大的傷害，

逐漸的，血色繭跟隨著我心臟跳動的韻律，搏動也變得快起來，心臟跳動越快，心中就有種躁動的感覺，令我無法靜下心來，一股與以往不同的血液在體內流動著，那是野獸的血，說得清楚點，那是數以百計狼寵的血。

殺伐的欲望，令我不停地扭動起來，落在外面那「往生者」的眼中，彷彿就像是破卵

而出的蝴蝶在做最後的努力。

一直刀槍不入的血繭，漸漸裂開，一塊塊的剝落。「往生者」小心翼翼的退後幾步，吃驚地瞪著一步步裂開的血繭中露出雪白的皮膚。

全身忽然間充斥著一股爆發的力量，我驚喜地發現原本無法動彈的身體，已經恢復了自由，雙手在兩側略微使力，「刺啦」一聲，血繭頓時被我撕開。收腹挺腰，雙腳跋地，一個跟頭從血繭中躍出。

光溜溜的身軀，黏嗒嗒的液體從身上不斷的滴落下去，我露出一抹邪異的笑容望著眼前吃驚的「往生者」，悠悠的道：「沙拉畢。」

「往生者」不愧是魔鬼精心調教出來的殺手，略微惶恐過後，便又恢復了殺手本色，殺意森然的眸子堅如磐石般盯著我。

面對著對方一言不發就源源不斷的攻擊過來的眼花繚亂的招數，我顯得從容已極，應付得輕鬆無比。

光溜的身體雖然還流著黏糊糊的液體，但是我反而像是沒有了往日的束縛，拳腳之間，竟沒有了往日的生硬，彷彿每一拳每一腳每一個動作都自然得很，完全憑藉自身的感覺，遞出每一招。

明明自己功力未復，比敵人低了不止幾個級別，卻偏偏有壓著對方打的奇怪感覺，我靈敏的在對方打出的氣場中穿梭，她空有強大的招式，卻連我的邊也摸不著。

踏在這片土地中，我感到熟悉無比，躲避對手攻擊而踩住的每一個落地點，都感到自然而然。我真的脫胎換骨了，野獸般的直覺令我可以先一步察覺對方的動作，悠然避開，再從容地攻擊。

身體自由靈動地揮灑著，心中沒有一絲恐懼，只有對血的渴望，輕靈的圍繞著對手，至死方休！

「往生者」再也掩飾不了心中的驚慌，眼中神色轉厲，招式卻失去了剛開始的老練，逐漸變得散亂。我覷準一個空隙，身體突然如幽靈般穿過她招與招之間的空隙，直抵她的空檔，五指如閃電倏地伸出。

等到回過頭來，這個半分鐘前還生龍活虎的「往生者」，現在已含恨倒下，只在胸前留下一個大窟窿，透過窟窿可以看到人類存活的中樞——心臟已經不在了。

我五指攥著紅彤彤尙散發著一絲熱氣的心臟，眼中閃過一絲迷惘，忽然神色一變，心臟在手中化爲碎塊，我仰天發出一聲長嘯，破雲入霄。冷冷地看了一眼地上的屍體，剝光她的衣服穿在自己身上。

幾個起落，我已翻越山脈，向遠處跑去，現下最著急的是通知那些尙在六大聖地中的各部落的人馬，搶在魔鬼發動攻勢之前，聯合這些人馬共同抵抗那個魔鬼，或許還有一絲僥倖。

我沒有在繭邊發現「大地之劍」，可能神劍已經被魔鬼占爲己有，還好手上的那枚外觀不起眼的烏金戒指還套在手指上。

我全部家當都在這枚戒指中，沒丟就好。還好之前「似鳳」被我封在那段尚未成型的神鐵木中，沒有落到魔鬼手中，我立即把它給召喚出來，讓它帶領我去尋找六大聖地。

當然我的第一個目的地是石龍石鳳去的那個「鷹子崖」，石族因爲我的緣故，被魔鬼用大火給燒成灰燼，我應該保護石族剩下的力量。

我瘋狂的在大草原上疾奔，身體中躁動的力量，令我不知疲倦地奔跑著，我如同一隻精力無窮的狼人，飛快地奔跑著，風聲在耳邊「呼呼」而過，眼前的景物在眼中一閃而過，我時而縱身飛躍溪流，時而在樹林頂上彈跳。

我的運動神經在這次破繭而出後得到極限的提高，完全超越人類所能達到的極限，雖然我現在丹田中內息空空，卻充滿著強烈的自信，任何困難都將被我踩在腳下。

「似鳳」也如天邊掠過的流星急速的向北方飛去，彷彿感受到我內心的焦急和憂慮，這次出奇的沒有和我討價還價，但是我想牠一定不會放過我的，事情過後，牠一定不會忘記向我提出要求。

時間在我們快速的行進中，也變得慢下來。如此跑了一天兩夜，竟然趕到了鷹子崖，幸好我運氣好，這裏是離自由島最近的聖地。

走過一個吊橋，遠方天空無雲，白白的天幕下，有一個山崖，中間的一塊，有一匹白練從百米的高處鋪蓋下來，底端是一個方圓二十米的幽潭，在潭的上方，有幾個小黑點在盤旋著。

看著奇怪的地形，見到幾隻罕見的空中飛翔的寵獸，我大膽的確定這一定是傳說中的六大聖地之一的鷹子崖。

我招呼一聲，「似鳳」如風一般向鷹子崖掠去，等到跑到潭邊，這裏已經聚集了一群的寵獸，大多是飛翔類寵獸，數量最多的就是蒼鷹寵，有大有小，大如蒼鷹的兩倍，小的只有拳頭大小，最爲奇特的是一隻可以明顯從身體特徵辨別性別的寵獸，長著豔麗的羽毛，下肢仍是爪，上肢卻進化成手的形狀。

圍繞在潭四周的寵獸都是受不了熾熱的陽光，來此飲水的。忽然間見到我這個闖進來的陌生人，大多只是看我兩眼便繼續飲水。

我看到這麼多數量的兇悍野寵，還怕會引起牠們的不安，向我群起攻擊呢，這時見沒多大反應，舒了一口氣，放下心來。

忽然眼前紅光閃動，一道箭光似的物體突然向我射來，還好我反應比以前快了很多，從容避過，定睛看去，竟是先前以爲最沒有傷害力的那隻拳頭大小的小傢伙，牠長著一支長而尖的喙，披著紅色的羽毛。

我沒什麼，站在我肩膀上的「似鳳」卻極不爽的振翅飛起來。對著牠長長的鳴叫一聲，像是在宣戰。

兩隻同樣擁有嬌小身軀的鳥，立刻在天空纏鬥起來，片刻過後，一聲慘叫，那隻拳頭大小的奇怪鳥兒，脫離戰群，迅速逃逸開。

「似鳳」戰勝歸來，若無其事的飛落在我肩膀上，不過牠那嘰哩咕嚕轉動的小黑眼珠，分明在告訴我牠是多麼得意。

我打趣牠道：「只敢欺負小隻的，有膽量就把那群大傢伙給趕走。」

「似鳳」啄了我臉頰，露出「你看好吧」的神情，慢悠悠的向潭邊飛過去，那些大型的鳥出乎我意料的閃身讓開，一會兒工夫，潭邊一半的鳥都讓了出來，「似鳳」得意洋洋地站在潭邊，將腦袋探到水中，飲了一口。

我愕然地望著，忽然想到，「似鳳」是鳳凰神獸的後裔，牠吸收了我龍丹的力量取得了一些進化，這些同屬性的飛翔類野寵，恐怕可以感受到牠鳥王的氣息，所以才心甘情願的讓開路吧。

正想著，忽然天空響起一聲嘹亮的「嗚嗚」聲，眾鳥兒聽到聲音，陡然的從潭邊飛出去，只有「似鳳」仍大著膽子擺出老大的派頭，理也不理的飲水。

我抬頭望去，一匹通體白亮的飛馬正振動著一對碩大肉翼滑翔著向潭邊落下來，矯健的身姿，有令萬物臣服的氣勢。白色飛馬一落下來，就瞪著一雙明亮的眸子看著不知死活的「似鳳」，似乎在納悶這是哪來的鄉巴佬，竟敢對自己無禮。

倏地打了個響鼻，拍動了一下左邊的肉翼，帶動起一股很大的氣流向「似鳳」湧過去，想要把這個傢伙給捲走，沒想到，似鳳身材嬌小，速度如電，很輕易的從氣流沖穿出，張口吐出一個火球向白色飛馬衝過去。

白色飛馬不慌不忙，從口中吐出一股水流，輕鬆的將「似鳳」的火球打滅，「似鳳」眼見敵人比自己厲害很多，倏地不戰而退。

我驚訝的看著眼前的白色飛馬，沒想到除了「似鳳」，竟然還有其他寵獸也有這種獨特的本領。

很顯然白色飛馬是這裏的頭，發出一聲「嗚嗚」的叫聲後，一眾飛翔類野寵都齊齊站在牠的身後，虎視眈眈地盯著我，只等自己的頭領一聲令下就飛撲上來，將敵人撕成碎片。

我怎麼想到會搞成這個樣子，一時手足無措，只能做好逃跑的準備。「似鳳」顯得好像眼前的仗勢跟自己沒有關係一樣，悠閒的只顧梳理自己的羽毛。

突然，就在我慌張不知所措的時候，遠方的空中傳出奇怪的振動，聲音越來越近，我訝異地望去，頓時張大了嘴巴，黑壓壓一片彷彿移動的紅霞，數千隻剛才被「似鳳」趕走的那種小巧的紅色羽毛的鳥兒，成群結隊的正快速向我們這裏飛近。

我現在唯一的念頭就是，有多遠就走多遠，前有狼後有虎，我怎麼可能是這些野寵的對手！

正在我猶豫著要不要馬上逃走的時候，白色飛馬已經等不及了，發出清亮的叫聲，眾飛翔類野寵，發出長短不一、大小不同的叫聲，爭先恐後的向我撲過來。

我看得頭皮直發麻，罵了聲娘，就待轉身開溜。「似鳳」卻不怕死的反而從我身上離開，拍動著翅膀，展開自己的聲音攻勢，仿若魔音的聲音，向寵獸界顯現出自己不凡的威力。

很多鳥兒抵不住鑽腦透髓的聲音，肌肉痙攣從空中跌落下來。可是剩下的寵獸仍是如洶湧的波濤拍過來。

眼看「似鳳」就要被野寵淹沒，突然間，我原以爲來報復「似鳳」的那群體型嬌小的小鳥，排列在空中的形狀陡然改變，上下飛舞絲毫不亂，轉眼間，一個體型巨大無比的凶鳥由上百千隻的小鳥組成。

眾鳥兒一聲脆鳴，聲音和諧的融合成一個音符，頓有驚天動地的成效，眨動的雙眼、開合的尖喙使大鳥非常神似，彷彿真的有那麼一隻無鳥可匹敵的凶鳥突然出現。

其他飛翔類的野寵，受到強大的震撼立即敗下陣來。

「似鳳」忽然唱出一個個悠揚的音符，無數的小鳥隨著透著自然和諧的音符翩翩起舞，敵視我們的野寵受到音樂的感染也逐漸收斂凶態，安靜下來，靜靜地感受著美妙的音樂。

有時候真的覺得音樂真是一種無形卻擁有無限魔力的東西，它可以很容易使人類以及萬物受到一個個看似簡單音符的感染，心情隨著音符出現喜怒哀樂恨。

既然沒有了敵意，接下來就很容易了，如同白色飛馬這種高等的寵獸，本身擁有很高的智慧，可以很容易溝通，而且飛馬是出了名的性情平和的寵獸，很少會和人類發生衝突。

在我闡明了來意後，牠恰好知道石龍石鳳他們一行人的位置，答應帶我去。

我騰身躍上牠的背，白色飛馬仰天一聲嘶鳴，踏動四肢，躍到空中，兩翼搧動，輕鬆地馱著我向東邊飛過去。

精彩內容請續看《馭獸齋》卷三　靈獸譜系

【同場加映】

出場寵獸特色簡介

小龜：可愛的小東西，聰明乖巧，剛出生時，幼嫩的身體，通體烏色，靈動的小眼睛顯得十分機靈，合體後可寄予主人很強的抗擊打力。依天第一隻寵獸，得自一隻野生龜寵的卵，孵化後隨著依天一塊成長，為依天立下汗馬功勞，成就依天「鎧甲王」的尊號。乃是水中的霸者，後被依天煉為鼎靈，從奴隸獸進化至七級護體獸頂級行列。在成長過程中屢次幫助依天度過劫難。是依天不可缺少的寵獸。

小熊：幼年的大地之熊，力量很弱，只有簡單地使用大地力量的本領。熊系寵獸中最強大的一種熊寵，赭黃色的皮毛，形象憨態可掬，平常像是個可愛的孩子，但是發起怒來，足以使大地震顫，為了脫離神劍的控制，動用龐大的力量使自己恢復到幼年時代。五大神劍之一土之厚實的劍靈，具有汲取大地力量的本領，號稱只要踩著大地就永遠不敗的上古神獸，後為依天收復。

似鳳：最接近鳳凰的種族，是鳳凰的旁支，體型嬌小，形似鳳凰而得名，身披鳳衣，在頭腹胸尾背分別有五種顏色鐫刻著「仁義禮智信」五字，善百音，可以將音樂轉化為克敵的強大武器，智慧無比，可懂人言，可惜貪玩、貪吃，是個狡猾的小東西。速度極快，任何一種寵獸都無法比擬。與主人合體後，會在背後形成兩隻嬌小的翅膀，只是這對翅膀裝飾的作用更大些，是個讓依天又喜歡又頭疼的小傢伙，是依天極為重要的寵獸之一。

酒蟲：一隻小肉蟲，黑豆似的眼睛看起來很狡猾，白胖胖的身軀，拇指粗，寄生在依天體內，愛喝美酒，喝數斤而不醉，對劣質酒不屑一顧，天生為酒而生，一種非常奇怪的生物，蛻化後可以將普通的水變成最為醉人的美酒。

小樹人：植物系寵獸，處幼年期，看不出有何功用，寄居在主人的身體中。有四肢宛如人類，像是個木頭小人，具有一定的智慧，很害羞，不敢在陌生人面前露面，暫時不具有任何攻擊力。但是最後成長為依天最強大的三種力量之一。如果主人的修為很高，合體後，可使主人擁有植物的力量，任意借用植物的本領，更可令每一株植物成為自己的密探。

吞食獸：模樣醜陋，卻強大有力，第四行星最強大的寵獸，植物系，四五米高的粗壯身軀，可移動，但卻緩慢，無數的枝葉可作為自己身體的延伸攻擊敵人，頭若巨大的花骨朵，長有森森利齒，張開大口能將對手一口吞下。合體後可使主人有堅硬的樹甲護身，還可以極大提高主人的戰鬥力。

飛狗：烏亮的毛髮，身體健壯而普通，肋間有肉翼，快速稍遜雪鷹，爪似金鉤，齒若鋼，依天父親的寵獸，後成為依天的寵獸，神秘的寵獸，級品不可定。以其低級奴隸獸身分卻擁有不可小覷的力量，身上隱藏著巨大的秘密。因為體內龍丹提前甦醒，變幻為半龍半狗，力量強橫至無可匹敵，但卻為體內龍丹力量所傷，最後留在第四行星，與一狼王廝守。

白馬王：鷹子崖眾寵獸的王，六級野寵，力量不可小覷，擁有操控水的力量。是飛馬一系的王，當年聯邦政府按照傳說中的獨角獸創造出來的寵獸，以為實驗失敗而將此類寵獸拋棄，經過在此地數百年的發展，族類漸漸發展壯大，控制了鷹子崖，威懾整個星球的寵獸。高大挺拔的身軀，炯炯有神的眼睛，銀白色的皮毛，嘹亮的嗚嗚聲，強大的力量，當之無愧為一方寵獸之王。

豬豬寵：粉紅色的皮膚，嬌小精緻的身體，不具有任何攻擊力，是一種輔助性質的寵獸，平常喜睡，但是因為其憨厚的模樣受到女孩子們的喜愛。可以進行時間和空間的跳躍，非常神奇的寵獸。

【同場加映】

出場人物簡介

依天：依天以龍丹之力硬闖五大傳世神劍，在第四行星，歷經數次生死，在眾多朋友和寵獸的幫助下，斬殺魔鬼，蕩平邪惡城堡。在后羿星除掉為害甚大的魔羅，又幫助梅魁登上家主之位，除去為禍后羿人民數十年的飛船聯盟組織。歷經各種磨難，終於獲得藍薇的青睞，暢遊方舟星太陽海，卻意外的驚醒了一個絕世兇惡的人物……

李藍薇：清兒的姐姐，容貌氣質俱佳，美麗可人，後與依天喜結良緣。具有很高的武學天分，得到李家五大傳世神劍「霜之哀傷」的認主，並在依天的說明下喚出劍中沉睡了幾百年的上古神獸「九尾冰狐」，與依天感情深厚。

李雄：李家年輕一輩中第一高手，是從小被藍薇父母收養的孤兒，對藍薇有非同一般的感情，但在依天出現後，黯然退出。李雄擁有李家五大傳世神劍的「火之熱情」，是默認的下一代李家家主。

李獵：李家年輕一代中的高手，幾次試圖喚醒五大傳世神劍，都未能成功，因此有些自暴自棄，後與依天結為好友，並得到了主角的「魚皮蛇紋刀」。

梅無影：梅家的大家長，后羿星的一方之雄，認定依天終將成就大器。其擁有非凡的武器乾坤環，有奪天地造化之功。同樣是個狡猾的老頭，以煉製神奇的丹藥聞名天下。

梅妙兒：梅家小公主，深受梅無影寵愛，喜愛李雄，因此成為李清兒的勁敵，互相看不順眼。

梅魁：修煉梅家家主的最高武學「無影功法」，是梅家年輕一代中最傑出的人物，在梅無影逝世後成為家主。與依天是好朋友。

石頂天：石氏部落族長，為人豪爽剛直，將剛抵達第四行星的依天任命為自己部落的長老，並送給依天兩隻第四行星獨特的寵獸。石頂天擁有最強大的植物寵吞噬獸，積極回應依天的計畫，共同誅殺了暴虐橫行第四行星的魔鬼。

石龍：石頂天的兒子，未來部落的繼承人，擁有未成年的植物寵吞噬獸，與依天關係不錯，一向將依天認為自己的姐夫，得到依天傳授「御風術」，在被困六大聖地時被依天解救。

石鳳：石頂天的女兒，擁有自己的寵獸，這在第四行星中的女性當中是很少有的事情，對依天有好感，希望依天可以接受她，奈何依天與藍薇感情篤厚，始終未能以兒女私情對她。

沙拉畢：魔鬼手下最強大的人，希望可以脫離魔鬼的控制，本身也是個邪惡的人物，在寒冰洞中與依天及石龍石鳳相遇，妄圖吸乾依天的全身能量，最後反受其制，死在寒冰洞中。

遊戲時代I **天機破**（上/下卷）

上卷 特價 $69元　下卷 $249元

方白羽/著　15X21cm　平裝

一支來自遙遠西方的商隊，帶著秘密使命不遠萬里去往東方神秘的絲綢之國，在穿越大漠之時，雇傭了一個失去記憶、來歷不明的苦力。在這名苦力的幫助下，帶著秘密使命的聖女歷盡艱辛抵達臨安，並捲入了南宋、西夏、大金三國爭雄的歷史洪流之中。

遊戲時代II **創世書**（上/下卷）

單冊 $249元

方白羽/著　15X21cm　平裝

沉睡在百慕達三角海底的亞特蘭提斯，為何會突然沉沒？它沉沒的時間為何與各民族都有過的大洪水的傳説暗合？這其中與那本神秘的《創世書》又有沒有其內在的聯繫？

遊戲時代III **毀滅者**（上/下卷）

單冊 $249元

方白羽/著　15X21cm　平裝

《古蘭經》中有著怎樣的秘密？中原道教名宿，長春真人丘處機不遠萬里、歷盡艱辛去見天底下最大的汗，是出於怎樣的動機？成吉思汗橫掃中亞，背後有什麼神奇的因素在發酵？

遊戲時代IV **尋佛**

全一冊 $249元

方白羽/著　15X21cm　平裝

主人公進入「真實幻境」終於奪回了佛陀遺書，當他真正掌握《天啟書》奧秘之時，曾經的戰神終於重新駕起傳説中的戰神之車，突破遊戲世界的束縛，駛向廣袤無垠的星海……

遊戲時代V **通天塔**

全一冊 $299元

方白羽/著　15X21cm　平裝

在浩渺無垠的星空中，也有一座如同聖經中的巴比倫塔。它集中了人類多個領域的精英，創造了驚人的科技成果，就如同巴比倫塔威脅到神靈超然地位，它從誕生之初就注定了被毀滅的命運。

遊戲時代VI **銀河爭霸**

全一冊 $299元

方白羽/著　15X21cm　平裝

掌握了《易經》、《古蘭經》、《天啟書》等原始密碼的主人公，遭遇人類歷史上最偉大的軍事統帥——曾經下落不明的毀滅者，這才真正遇到了一生中最強大的軍事對手。

遊戲時代VII **天之外**（END）

全一冊 $249元

方白羽/著　15X21cm　平裝

《遊戲時代VII・天之外》驚悚大結局
宇宙黑洞有可能就是傳説中的地獄？
西方極樂世界與天堂其實是同一個地方？
而輪迴只是再自然不過的一種現象？
一個震懾人心的結局、顛覆常識的故事！
我們今天的世界，究竟是真是假？
是虛是幻？

幻獸志異 ② 虛擬實境（原名：馭獸齋傳說）

作　　者：雨　魔
發 行 人：陳曉林
出 版 所：風雲時代出版股份有限公司
地　　址：105台北市民生東路五段178號7樓之3
風雲書網：http://www.eastbooks.com.tw
官方部落格：http://eastbooks.pixnet.net/blog
信　　箱：h7560949@ms15.hinet.net
郵撥帳號：12043291
服務專線：(02)27560949
傳眞專線：(02)27653799
執行主編：劉宇青
美術編輯：吳宗潔

法律顧問：永然法律事務所　　李永然律師
　　　　　北辰著作權事務所　蕭雄淋律師
版權授權：蔡雷平
初版換封：2015年8月

ISBN：978-986-352-216-4

總 經 銷：成信文化事業股份有限公司
地　　址：新北市新店區中正路四維巷二弄2號4樓
電　　話：(02)2219-2080

行政院新聞局局版台業字第3595號
營利事業統一編號22759935

定 價：280元　特價：199元

國 家 圖 書 館 出 版 品 預 行 編 目 資 料

幻獸志異 / 雨魔 著. — 初版. —
臺北市 ： 風雲時代, 2015.07-
冊 ；　公分
ISBN 978-986-352-216-4(第2冊 ： 平裝). —

857.7　　104009473